U0036677

神力小福妻 3

文創風 598

盼雨 著

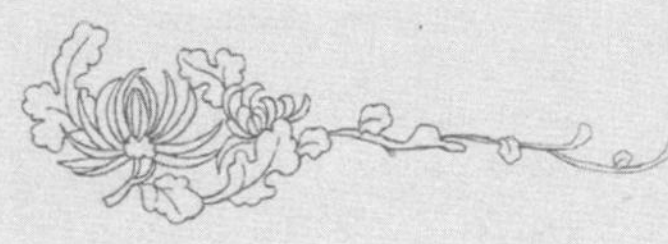

目錄

第五十一章

當林中的第一縷陽光出現時，大郎就醒了，平日的習慣提醒他，該起床去練功夫了。看著打瞌睡的阿信和阿志，他伸手輕輕拍醒他們兩個，讓他們到自己睡的地方去再躺一會兒。

阿信和阿志瞬間驚醒，不好意思的說：「哎喲，實在是熬不住，打起瞌睡來了。」

「沒事，你們倆再睡會兒，他們幾個也沒有醒。」大郎小聲說。地上的火堆還燒得旺旺的，證明這兩人也才剛剛打瞌睡，夜裡他們還是很盡責的。

阿信和阿志看另外四個人果然還在呼呼大睡，也不逞強，果真倒下去，很快就睡著了。

天大亮後，睡著的人陸陸續續醒了過來。也因為天亮了，他們很容易就找到出去的方向，順利離開山中。

他們離開後，那群吃了脫逃野豬的人露面了，那年輕人若有所思的看著大郎他們的背影，說：「他們絕對不是普通獵戶，但看來年紀不大，也不像是軍中出身，可身手卻不同凡響，到底是什麼來頭？」

大漢抓了把頭，說：「沒聽說過這附近有什麼不同尋常之人啊，都是些普通農民，靠種田為生。不過他們七個人居然騎著七匹馬，也不可能是普通鄉民。」

「所以，在我們不知道的時候，這裡已經來了一批高手，就不知是哪方勢力？」年輕人苦苦思索著，卻完全想不出有誰會派人來這個偏僻地方？看這七個人的樣子，也不像是出來辦差的，行事作風反倒更像獵戶。

「跟上去看看吧。」大漢說。年輕人點點頭，幾個人悄無聲息的跟了上去。

大郎他們一路走，一路用竹製長槍去獵殺野兔，乘機訓練自己。跟蹤他們的人，見他們不僅會用弓箭，還會用竹製長杆竹槍這樣的武器，都看得目瞪口呆。

在見到大郎和阿信連續用長杆竹槍獵殺了兩隻兔子後，有人驚訝的讚嘆道：「咦，不錯哦！」

「可不是，那手勁、眼頭，都不是一、兩日能訓練出來的。」他的同伴說。

年輕人若有所思的看著他們，說：「你們說，要是讓他們換上軍中的利器，去上陣殺敵效果如何？」

「當然厲害啊！這可比那些普通兵士強不知多少倍，起碼也能以一敵五了。」有人說。

幾個人離大郎一行人並不遠，但因為到處是樹木雜草，田野裡又不時有蟲鳴鳥叫，他們又是步行，極易隱藏自己，所以大郎他們根本沒發現後面有人在跟蹤。

直到大郎他們拐上大道，開始策馬飛奔之後，這夥人才不得不遠離。但他們一直沒放棄跟蹤，夥伴中本身就有經驗豐富的斥候，這裡又只有一條路，他們也不怕跟丟。因此跟著足跡看到翠竹村之後，他們並沒有進村，而是躲在路邊紮營，等待他們回來。

兩天之後，當他們看到七匹馬裝滿了竹器等日用品出來，年輕人笑道：「這好像還真就是打個獵，出來換點日用品而已。」

「就是。這個村子本來就是做竹器的，難道他們真只是來換竹器？」有人懷疑的問。

「管他們的，他們身手不凡是事實，我們先跟著回去，看看他們是哪個村子的。」有人說。

因為收穫頗豐，大郎他們換回來的東西有點多，比如盆盆桶桶，竹椅、竹几、竹床、簸箕、連枷、撮箕、籮筐、篩子等等，都是最普通的用具，還多都是農用品，也難怪這夥人覺得迷惘。

帶的東西多，大郎一行人回程的速度明顯慢下來，這樣更有利於那夥人跟蹤他們。

等到有人煙的地方時，大郎他們又一路和大家說話，把那些別人央求他們帶回來的東西卸下來分配，收穫一陣陣的道謝聲，並受邀留下吃飯。

「不了，出來時間太長，也該回家去了，不然家裡長輩會擔心的。」

就這樣一路走一路停的，他們每到一處總得停下來和別人說會兒話，速度就越發慢了。

「不能再跟了，去找附近的人打聽一下。」年輕人皺眉，覺得這樣太耽擱自己的行程。

於是他們隨便裝扮一下，弄成一副風塵僕僕的形象。因為大家都是逃難過來的，村民們一看到他們衣著襤褸、挽著髒兮兮的包袱，就很有感觸，防備之心也煙消雲散。

幾個人輕易就從村民們嘴裡套出了話，知道大郎他們是從蘆葦村出來的。蘆葦村是附近一個大村子，裡面的人會打獵，又心善，這裡附近的人都是逃難過來，被蘆葦村的人接納之後，才得以在此生存下來。村民還說，蘆葦村的人會時不時的接濟大家，讓大家的生活好轉許多。

大漢假裝好奇的問：「蘆葦村在哪裡？」

「這個我們可不知道，我們又沒去過，沒人知道的。」村民們紛紛搖頭。

幾個人不禁有些失望，便找藉口離去了。

「現在怎麼辦？還要跟嗎？」大漢問。

「不用了，我們去辦正事吧。既然知道蘆葦村這個名號，總能找到他們的。」年輕人帶著幾個人轉身離開，他們得到清源縣去辦正事了。

年輕人帶著手下，又花兩天時間，才回到最初大郎他們夜裡休息的地方，然後繼續往前。沒多久，一條不寬，水卻很深的河流出現在眼前，這裡還有他們的人和船。

大郎一行人回村後，辛湖有些憂心地問：「怎麼這麼久才回來？」

大郎解釋。「跑遠了點，去深山裡打兩頭野豬，才能換回來這麼多東西。」

其實，他們現在自己養豬、養雞鴨後，對野物的需求沒那麼大了，所以辛湖才會奇怪他們出去的時間為什麼比往日長。

「哦。」辛湖點點頭。她一向不管財務，也不知道這些全部是拿獵物換回來的，還以為他們也拿銀子買東西的。

大郎糊弄過辛湖後，就去找謝公子、江大山他們幾人了。丟了一支利箭，讓他心裡很不安。

「丟掉一支箭而已，不算什麼大事。」江大山笑道。

雖然那箭是利器，但又沒有蘆葦村的標記，而且那野豬受了傷，跑到深山老林裡去，遲早是個死。等牠爛了，那箭也就埋在山中，誰還那麼巧就找到那支箭？

「就是，不用太擔心，就算有人得到，我們不承認不就得了？這箭也不算是什麼特別的箭。」謝公子也說。

見他們不在意，大郎就放下心來，但還是說出心中的擔憂。「不過，我總覺得這次出門似乎有人在暗中窺伺我們，但我卻無法發現對方的形跡。」

路上他總覺得背後有人，可惜的是，在那種環境下要藏幾個人確實太容易了。而且他帶著平兒和小石頭兩個孩子，也不敢放手去追查，只好一路走走停停的拖延時間，極力表現出自己這一隊人就是普通的獵戶與鄉民。

「這樣啊。大哥，你怎麼看？」江大山變得鄭重起來，看向謝公子。

「這也只是大郎的懷疑，我們得出去查看過，才知道究竟是真是假。」謝公子說。

雖然只是感覺，但如果真的有人在跟蹤大郎他們，可不是件小事。這附近都是普通人，雖然範圍廣，村子越來越多，但實際上這些人依舊處於蘆葦村的管控之中，今天又多添了哪些人、出了什麼事，他們多半知道的一清二楚。

這也是大郎他們時不時要出去打獵，往各村跑幾趟的原因之一。借著打獵、買東西，瞭解周邊村民的活動，並且接收外面的消息。雖然他們一直沒有得到很多外界的消息，但沒有消息反而是好事，證明他們所在的這片區域，要麼是有人在撐著，要麼是還沒受到外界的影響。

第二天，江大山和謝公子帶上大郎、謝三、謝五、王林出發了。他們得趁著有些痕跡還新鮮，才能查到更多的訊息。

辛湖對大郎一回來又出去，有些懷疑了。按照慣例，剛回來的人怎麼著也會在家歇兩、三天，雖然條件好多了，但出門一趟還是很累人。況且他們才拉回這麼多東西，沒什麼東西是立即要用的，沒必要馬上又出去一趟。

「我們發現了野豬群，大家準備多打點，免得野豬下來為禍附近的村民。」大郎解釋道。

「哦，那小心點。」辛湖心知不對，卻也沒再過問，點點頭，麻利的幫他又弄了些乾糧。

對男人們的決定她一向不干涉。反正她看得很明白，在這裡大事都由男人們決定，女人說不上什麼話，何況她才多大，有什麼事也輪不到她來指手畫腳，她最多只在私下暗示大郎一些事。

不過，以她在這裡生活了四年多的經驗來說，男人們的決定還是很正確的，而且她的暗示，大郎也聽得進去。她還記得頭先苦熬的日子，隔年踉踉蹌蹌才穩定，年末村裡又增加人口，這一村子的人又一起努力三年，生活是越來越好了。

江大山和謝公子這些人，現在已經很少結伴出門，所以他們也得找藉口安撫家人，尤其謝姝兒快要生了，謝大嫂也又懷上了。

「大郎說這次出去發現了好多野豬。」兩人找的藉口都一樣。

謝姝兒驚訝的說：「讓其他人去不行嗎？現在又不需要你們去打獵。」

「可是他們剛回來，不累嗎？」江大山說。

「就是，而且大家地裡的活都多，就我們幾個閒著，我都快閒出毛病來了，得出去跑跑。」謝公子說。

「去吧、去吧，快去快回。」謝大嫂揮揮手，像趕蒼蠅一樣把這兩個大男人趕出去了。她才不管是不是真的去打野豬，反正男人要出門，女人是拉不住的。

謝姝兒跺跺腳，不滿的說：「真是的，我看他們就是想出去玩。」

「那是。大老爺們，天天待在這裡種田也是難為他們了，出去轉轉也好。」謝老夫人嘴上安慰，心裡卻對女兒的話有些好笑。誰像她？都要當娘了，還這般愛玩。

「姑奶奶、太太，喝點湯吧。」家裡的下人丁嫂子端著托盤，裡面盛著兩碗湯進來。

「什麼湯？」謝姝兒問。

「瘦肉湯，放了點新鮮的嫩菜葉。」

謝姝兒嫌棄的搖搖頭，也不要別人管，自己扶著大肚子去找辛湖了。謝老夫人要跟著她，她還說：「不用了，我去找阿湖，今天就在她家吃飯睡覺。」

謝老夫人雖然對辛湖很放心，嘴裡卻說：「妳又去麻煩阿湖幹啥？不然就在我這裡歇著吧。」

「不了。」謝姝兒嘴裡應著，人已經走遠了。看著她矯健的動作，謝大嫂和謝老夫人都笑起來。

「哎喲，她這個樣子倒是輕鬆。」謝老夫人說。

「是啊，我要是像她就好了。」謝大嫂羨慕的說。她這一胎雖然比前面懷女兒月華時好很多，卻永遠比不上謝姝兒這種從懷上到現在，一直吃得下、睡得香的人。

「要是姝兒這一胎是個男孩就好了。」謝老夫人說。

「娘，她還年輕，您急什麼啊！」謝大嫂說。

「我是怕他們又要出去啊，誰知道這一回得要多久呢？」謝老夫人擔心的說。

兒子與女婿一起出門，要說沒有什麼大事，她才不信呢。她也很明白，困在這裡，雖然吃穿不愁，但這種日子也不是長久之計，總不能真當個農戶吧？

「您想太多了。江大山無親無故的，又與夫君交好，兩人武功高，互相幫忙，不會有什麼事的。」謝大嫂安慰婆婆。她相信江大山的人品，就算謝姝兒真的只生一個女兒，往後的日子也不會太差。

「嗯，妳也別擔心，我只是隨便猜的。」謝老夫人怕媳婦擔心，連忙說。

婆媳二人說一會兒就散了。謝老夫人去看學生，阿土現在可是正經的學生，有好夫子可不能浪費了，所以阿土、大寶、平兒、大郎都得認真上學，認真練功夫，就連丁濤、陳小貓都沒浪費這種機會，他們可比別人更加刻苦。

見到謝姝兒，辛湖扔下手中的鞋底過來扶她。「妳不是在娘家嗎？」

江大山出門，自然得把妻子安排回娘家去，雖然她娘家與自己家才隔幾丈遠，有什麼事喊一嗓子都聽得見，但謝姝兒快生了，他還是不放心。

「大郎有沒有說出去幹麼？」謝姝兒問。

「不是說去找野豬嗎？」辛湖說。

「妳相信？」謝姝兒白了她一眼，問。

「相信啊。我說妳管那麼多幹麼？來，讓我和我小表弟交流下感情。」辛湖調笑道，故意轉移她的注意力。

謝姝兒瞪她一眼，正好肚子動起來，她自己也忍不住笑，說：「正在我肚子裡踢呢，是不是在和阿湖姊姊打招呼啊？」

兩人嘻嘻哈哈鬧一會兒，謝姝兒睏了，直接在辛湖的鋪上睡下。睡之前，還不忘嬌憨地交代說：「我要吃油潑麵，放些酸筍子。」

「行，我這就去擀麵。」辛湖笑笑，帶上房門。

現在她一個人睡一間房，屋裡放了兩張竹製衣櫃與幾個箱子，大郎他們幾個男孩的衣服基本上都放在她房裡。四個男孩睡一間房，真有點擠了。冬天還無所謂，擠在一起暖和，天氣熱時就覺得太壅擠，而且大郎年紀漸長，也不好意思與小屁孩們繼續共睡一張炕。

她想起前些天，大郎叫她把後面的雜物房收拾一下，說：「我先搬進這裡住著，冬天再回房去睡。」

「要不，我們再搭間房，那後面的位置太小了。」辛湖當即反對。

那本來就是雜物房，被她整理出來，專門放糧食和一些罈罈罐罐，哪裡還有位置鋪張床？而且存放糧食，多少有些味道，人住在裡面可不舒服。

「再搭也行，我們只能往雜物屋後面接著搭一間，前面沒位置了。」大郎想了想，有些頭疼的說。

辛湖睡的房間旁邊搭了間房，給春梅、秋菊姊妹倆住，共用一堵牆，現在人多，附近已沒地方可蓋房了。

「後面也沒什麼多餘的地方啊。」辛湖說。

後院搭了豬圈、馬棚、雞圈、鴨棚，哪裡還有什麼空地？雞圈、鴨棚還是直接搭在皂角樹下呢，旁邊就是茅廁和馬棚、豬圈，都擠在一起了，真沒多少空地了。

「哎，再過兩年，我們家也得蓋新房子了。」大郎今年都十四歲，明年就是正經的成年男子，卻還得和弟弟們擠在一張炕上，真不爽。

村裡沒地方蓋房子，辛湖也心裡有數，說：「那可得往外找地方建房子了。」

「是啊，如果再分家，就真的只能往遠處找地方了。」大郎也認同。

這還幸虧因為女孩子不能自己擁有房屋與田產。比如春梅與秋菊兩姊妹，就一直住在陳家，但吃飯做活卻都跟著江昊與吳凡，不然光是給姊妹倆蓋房子就找不出地方蓋。

嚴格來說，這兩個女孩目前算是江昊與吳凡的下人，只不過她們本來就是良民，江昊與吳凡也沒想要讓她們真正變成下人。一來村裡男孩多，她倆早早就被鄭豐與程進看上；再者，他們目前也養不起下人，就是以後也很難帶她倆回家去，所以大家就這麼混著過日子了。

正因為兩姊妹的情況，讓辛湖更加明白這是古代。在這裡，一個女人不可能擁有不動產，不管妳有多麼能幹，妳所有的私產都建立在有父母兄弟或者丈夫、兒子這個前提上。簡直太不公平了！想得有些不悅。辛湖手裡揉麵的力氣不禁加大，腦中胡天胡地的又亂想一陣，直到大寶和阿毛跑進來，大叫道：「我們回來啦！飯做好了嗎？」

兩人滿頭大汗，剛完成練習任務就肚子餓，先回來吃飯了。

「喲，馬上好，稍等。」辛湖回過神，連忙加快手下的動作，快速擀好了麵，切成麵條開始煮。

油潑麵很簡單，清水煮好的麵盛在碗裡，鍋裡燒熱油，小碗裡裝上半碗早就準備好的乾辣椒，再加些蔥末蒜泥，直接把熱油澆進來，滋啦啦的香氣立刻騰了起來。

「好香啊！」大寶吸著口水叫道。

辛湖又在早就燉著的肉湯裡加一把酸筍子，加大火再燉一會兒，說：「去看看舅媽醒了沒？」

「醒了、醒了。」謝姝兒早就醒了，她肚子大，睡得不太安穩，剛才大寶和阿毛回來就已吵醒她。

緊接著平兒也回家來了。

「正好，快過來吃飯。」辛湖把麵端上桌，招呼大家過來吃飯。

一人一碗油潑麵，再配上一碗酸筍肉湯，個個吃得滿頭大汗，舒爽得很。

第五十二章

大郎帶著江大山他們一路查看，剛開始什麼都沒發現，大家還以為只是大郎太多心，直到有村民說：「那天你們走後，又來了幾個逃荒人，還問起你們呢。」

「哦，是些什麼人？他們哪兒去了？」大郎裝作不經意的問。

「四個男人，兩個大個子，還揹著兩個病弱的，身上又髒又破舊，看來一路也是吃了不少苦頭。」有人感嘆道。

「是啊，還在我們家喝了一碗湯水，說幾句話就走了。」

「他們問我們什麼？」大郎又問。

「也沒什麼，就說見到你們騎著馬，還以為你們是什麼富貴人家呢。」有人說。

接著又有人說：「我們就告訴他們，你們是蘆葦村的，都是好人。」

「就是，他們還問我們知不知道蘆葦村在哪裡，我們說不知道，他們就走了。」

這下大家都清楚大郎的直覺是對的，確實有人暗中跟著他們，只不過，這附近的人只知道有個蘆葦村，卻沒人進去過，所以那些人見得不到什麼消息就走了。

「繼續往前吧，應當還會留下些痕跡。四個男人，不可能無事跑到這個地方來。」江大山說。

「大郎，你們在哪裡找到野豬的？」謝公子問。

「就在前面。」大郎帶頭，引著他們往那邊去。

「怎麼跑這麼遠？這裡已經是無人煙的荒野，離大山也太近，說不定會有大型傷人猛獸，下次別來了，我們現在又不缺那點野物過日子。」江大山皺眉，教訓大郎。

「不過是想多跑點地方。」大郎小聲辯解道。

「可是你帶著小石頭和平兒。」謝公子也不贊同的說。那兩個孩子還小，真要發生什麼事又如何是好？

「算了，以後別這樣了。這回既然出來一趟，就往裡多探探吧。先把這附近都摸熟，之後他們出來也放心些。」江大山見謝公子臉色真有些火，反倒勸了兩句。

年輕人擋不住的，越不讓他們來，他們就越有可能要來。再加上他也認為男人嘛，又習得一身功夫，多出來闖闖也好，不可能只在附近打獵，將來還是得闖出一番天地。

幾個人往深處走，終於到達當時大郎他們一行人過夜的地方，地上的灰燼還留有痕跡。

「我們當時在這裡休息一個晚上才離開的。」大郎說。

「嗯。你們也是運氣好，這一塊還真沒見什麼猛獸，要是遇上狼群就麻煩大了。」江大山說。

「這裡還不算大山區，應該沒有狼群。我們再往裡走走吧，這夥人很有經驗，一路上居然沒留下什麼痕跡。」謝公子說。沿路找來，除了大郎他們留下的痕跡，居然再也找不出另一夥人的，顯然人家都是高手。

大郎的臉紅了。他這才知道，自己真是太嫩了，雖然覺察到有人跟蹤，卻完全沒辦法發現別人。也幸好當時帶著小石頭與平兒，不敢放開膽子去查找核實，不然若碰上對方，真有可能鬧出事情來。

走沒多久，大郎發現了一支最簡單的竹箭，說：「這是我的箭。」

為了不讓江大山和謝公子懷疑自己，他做出來的竹箭都很普通，但再怎麼普通，自己做的還是能辨別出來。

「這麼說，當時你們射傷牠之後，逃跑的野豬應該從這裡經過。大家四處找找，說不定能找到牠。」江大山說。

四個人分開，沒一會兒王林叫道：「我找到了！」

大家圍過去才發現，這裡也有一堆燒過的灰燼，最重要的是，還有一堆骨頭，明顯有人在這裡吃飯、歇息過。

「看來人家撿了你們的漏，把那頭野豬吃了，就不知道其他的箭還找不找得到？」謝公子笑道。

可惜他們仔細的把附近找遍，也沒再找到一支箭，就連竹箭也沒有。

「這可怪了。那頭豬身上起碼中了四箭，我射中兩箭，阿信也射中一箭，鄭豐說他也射中一箭。」大郎驚訝的說。

「那就再往前找找看吧。」江大山說。

結果沒走多遠，就看見更加明顯的痕跡。幾個人奇道：「這裡真的有人待過，人還不少。」但依舊沒有看到箭。

「有水聲，前面有大河吧？」江大山側耳細聽一下，興奮的說。

幾人再走一會兒，果然見到河，還看到岸邊草叢中留下的、船隻停留的痕跡，和清晰的足印。也許根本沒想到會有人跟過來查看，又或者被人發現也不在意，這夥人離開時，並沒有清理掉痕跡，幾行足跡十分清楚。

「你說，這條河會不會流往清源縣附近的那條大河？」江大公問。

「很有可能，我們要是能弄條船順著這條河往前，去看看就知道了。」謝公子有些遺憾的說。那次他們就懷疑清源縣有碼頭，可以走水路通往其他地方，只是後來那邊盤查變嚴，就再沒走過那條路。

「我們弄個竹筏如何？」王林提醒大家。反正大家都會水，這裡離翠竹村也不遠，去弄些竹子回來，自己做個竹筏不就行了？

「也行，咱們先試試吧，說不定翠竹村有小船也不一定。」江大山同意了。

於是一行人射殺一些野兔，又獵了頭野豬，裝模作樣的帶去翠竹村。

結果翠竹村根本沒有船，也沒人會造，他們只得佯裝弄了些竹器，順便帶走好幾大捆粗壯的竹子。

幾個人奮鬥老半天，總算弄出一張還挺大的竹筏，然後再把幾張竹凳捆綁在竹筏上面，大家輪流上去練習如何使用竹筏。好在大部分人都有行船的經歷，訓練一會兒，很快就掌握要領。

江大山笑道：「王林和謝三伯這樣可不行，你們倆留在這裡看馬，我們幾個划得順溜的人先上去看看。」

「哎，先說好，你們去多久？是沿河去看看，還是要一直找到碼頭？」謝三連忙問。他要先確定好得在這裡等多久啊，不能他們一去十天半月，他和王林就在這裡白等。

「肯定只能看看了，就這竹筏，怎麼可能划到大河裡去？」謝公子說。他們只想證實這條河是能出去的。能看到大河，自然就有看到大船的可能，說不定還能找到漁船。

「哎，等等，如果我們出去能找到船，肯定要先去探一探碼頭啊。」江大山反對。

謝公子想想也覺得沒錯，如果找到船，哪會不想再跑更遠一點呢？天天待在蘆葦村著實把他悶壞了，都過去三年多，時局也該有些變化了。

「這樣吧，你們倆先回村裡，不用管我們了。」謝公子說。反正這條路他們挺熟的，沒有馬不過是要自己徒步，他們又不帶東西，身強力壯的多走幾天不算什麼。

「那我們倆就先回了啊。」謝三說。

「嗯，你們走吧，兩個人帶著這麼多東西，留在這裡也不好。」江大山說。

等他們划著竹筏漂遠了，謝三與王林也拉馬回村去了。

竹筏上裝了凳子，留一個人划船，其他人都坐著閒聊，看上去挺悠閒的。

大郎摸出一把在翠竹村弄到的炒豌豆，扔進嘴裡嘎蹦嘎蹦的吃起來，以驅趕瞌睡蟲。他沒有休息，連去帶來累得夠嗆了，一坐下來就想睡覺。

閒著無聊的謝五手裡拿著長竹槍去扠水裡的魚。也不知是他水準到家，還是運氣好，居然給他扠中一大約兩斤重的草魚。

「嘿嘿，我們來烤魚吃吧。」謝五得意的笑道。麻利的開膛破肚，把魚收拾乾淨，又在大郎的背簍裡摸出鹽來，撒了點上去，才發現他們置身在竹筏上，沒法燒火。

謝公子和江大山哈哈大笑起來，指著謝五說：「笨死了！要怎麼烤？」

幾個人說說笑笑，沒多久，果然就發現一個出口，匯入一條大河裡。

「哈哈，果然是大河，這麼大的河，一定能行船！」謝公子興奮的說。

「那是。我們要不要繼續前進？」謝五停下手中划船用的竹竿，問。

「先出去再慢慢靠岸，我們這竹筏也不知道禁不禁得住去大河裡？」江大山說。

河面比剛才他們經過的寬廣不少，卻不見一條船，安靜的不像話。

幾個人找個隱蔽處，把竹筏掩藏起來後上岸，然後繼續往前走，希望能找到人或村子，又或者船隻。

沒多久，果然找到一條漁船，而且還是一條比較大的漁船，上頭搭著很大的烏篷，漁民可以直接在船上生活那種。

幾個人沒花多少口舌，用幾隻野兔、一串大錢就讓漁夫同意送他們往縣城。

這裡果然能走水路到清源縣城去！大家心中都很興奮。

不過漁夫所知也不多，只知道打了魚就帶到前頭去賣，不過最近兩、三年，那邊買魚的人變少，他也過去的次數也少了，如此這般下來，日子越過越窮，要不然，也不會同意載他們四人去那麼遠的地方。

「找不到其他船嘍，都上岸了。」老漁夫感嘆道。

老漁夫帶著他們順流直下，一天兩夜後，終於又匯入另一條更寬闊的大河。眼前豁然開朗起來，天水相接，無邊無際，這才是真正的大河。

「看，前面有船了！」謝五驚喜的大叫起來。

寬廣的河面上有兩條大船，七、八條和他們坐的漁船差不多大小的船，還有幾條更小的漁船，零星的散落在水面上。雖然不多，但對於這幾天完全沒見過第二條船的蘆葦村眾人來說，已經是很大的驚喜了。

「喲，這些船從哪裡來的？」江大山問。

「這可是大河呢，來往的官船、商船都多，誰知道是從哪裡來，又要到哪裡去的啊？不過現在已經很少了。」老漁夫感嘆道。

前幾年這裡非常熱鬧，他們這些小漁船根本不用到碼頭來賣魚，直接在河裡就有大船買走他們的魚，隨時有大船經過，隨時都有人買賣，生意很不錯，只可惜現在已難再有這等好景況了。

「這些船都到哪裡去？」大郎問。

「不知道。」老漁夫搖頭。他又不識字，也根本不進城，一輩子沒走出過這條河，哪裡知道那些大船都是去到哪裡啊？

碼頭上來往的人也不多，確實顯得這裡有些荒涼。那寬大的碼頭上，已經荒廢的一排排房子空蕩蕩的不見人影，彷彿在無言述說著這裡曾有過的熱鬧。

「我們上去看看吧。」謝公子說著取出一串錢，交代老漁夫在這裡等他們。

「我最多只等今天一夜，明天早上就得回去。」老漁夫不肯接。

謝公子和江大山都想進城去多轉轉，哪可能來一下就走，就跟老漁夫商量，出高價買下他的船。他們總共帶十二兩，全都付給老漁夫。

正好碼頭停靠著一條老漁夫認識的船，老漁夫喜孜孜的拿著銀子，拎起野兔走了，連船帶上面的物什全都不要。有這筆錢他就可以回家養老了。

江大山幾個人立即成了名副其實的窮鬼，總共就剩謝五身上的一串大錢，也不知道夠不夠買幾個饅頭混飽肚子？不過船上還有點糧食，倒也不怕真的餓肚子。

「唉，早知道這樣，我們還是應該帶些東西來賣的。」江大山後悔的說。

上竹筏時，他們只帶了些野兔、小包鹽、鍋碗和乾糧，武器則帶著幾柄竹槍、一張弓加十來支竹箭。野兔一路吃掉一些，又給老漁夫一些，不然也能拿去賣。他們現在就剩下大半簍魚，這還是老漁夫一路捕上來，他們沒吃完的。

「先上去再說吧。」謝五率先跳上岸。

上了岸，大郎開始沿著碼頭叫賣起來。他們簍子裡揹的這幾條魚都活蹦亂跳的，還都不是普通貨色，不賣掉也只能自己吃。但他們不饞魚吃，這樣叫賣，說不定多少也能換回幾十個大錢。

還別說，這一招真有用，有人見到新鮮的大魚就過來問價。大郎隨口說了個價，那人面色一喜，連忙把魚全買走了，居然還賣了一百多個大錢。

「哈，這麼容易就把魚賣光啦。」謝公子他們瞪著大郎手中的一串大錢，好笑的說。

「走啦、走啦，我們去找地方吃飯。」謝五欣喜的說。這串大錢比他手上的還多呢，怎麼著也能買些饅頭填肚子了。

可能是他們幾個的打扮確實跟普通漁民沒多大區別，在漁船上待這麼久，全身上下都有一股魚腥味。此外，碼頭的人也少，根本沒人在意他們幾個漁民。幾個人找了一家還開著門的食鋪，問了價，原來摻了粗麵的饅頭都是三個大錢一個，不過一個饅頭個頭挺大的，也算可以了。

大郎數了十八個大錢給老闆，要了六個饅頭，看著手上剩下的幾十個大錢，他不敢亂花，又找老闆討些熱茶水。

這老闆做的就是碼頭上幹苦力人的生意，對他們還滿熱情的，六個熱騰騰的大饅頭端上來後，還給他們端一小碟鹹菜，又端了一盆缺油少鹽的熱菜湯過來。

因為這個點也只他們四個客人，老闆就很熱情的與他們閒聊起來。

「這幾天總算有客人上岸了，你們看那兩條大船，已經在這裡停泊兩天，肯定是等著裝貨走呢，這些扛貨的苦力們都趕過來了。」老闆指指停著的大船，又指指岸邊一溜兒的壯漢，說。

「哦？都裝些什麼貨，運到哪裡去的？」謝公子問。

「那我可就不知道了。以前好多船來船往的，五湖四海的船都有呢，這幾年卻很少見，最近已經難得見到這樣的大船了。」老闆感嘆道。

吃飽了，又和老闆說了會兒話，也沒套出什麼得用的消息，四個人就在附近打轉。手上總共就百來個大錢，吃饅頭還勉強能再度兩、三天日子，剛才六個饅頭，再加上湯湯水水，大家差不多都飽了。

「唉，乾脆我們明天多打些魚上來賣。」謝五提議。

天色已晚，大家也沒了興致再逛，就直接回船上。

其他的小船紛紛離開，他們混在當中也跟著走了，然後找個無人又水草豐盛的地方停靠下來。水面一片漆黑，伸手不見五指，幾個人坐在船艙裡說著閒話。

「明天打點魚再上去，看能不能進城去轉轉，再打聽打聽，現在到底什麼景況了？」謝公子說。

「行啊，先睡覺吧。」江大山表示同意，直接就挨著大郎睡下了。

夜裡，碼頭上燈火很亮，一大群人開始忙碌起來，大包小包的東西往船上搬，旁邊有軍士帶著明晃晃的大刀守在一邊。他們呼呼喝喝的動靜不小，這陣仗自然驚動了船上的四個人。

「看來，這批貨很值錢啊。」謝公子說。

「說不定還不可告人呢。」江大山說。

大家瞪著眼睛遠遠看著，只見碼頭上面忙碌了好久才完事。然後，大船趁夜就開動了。見狀，江大山連忙搖著船槳跟上去，沒多久，另一條大船也開動。夜深天黑，江大山他們根本就辨別不出另一條大船走的方向是哪裡。

微弱的燈光下，小船遠遠的跟在大船後面，划船的動靜小，大船上的人根本就沒有發現。

就這麼一路跟在大船後面，直到天矇矇亮，還下起雨，謝公子他們才發現這條大船居然一路向他們來的路走呢。

「哎喲，幸好我們買下的這條船有這頂大篷，不怕下雨。」謝五得意的說，根本沒察覺其他事。

「他們不是該往後走嗎？難道是走錯方向？」謝公子皺眉，奇怪的問道。

來的路上他們清楚的知道，他們走的兩條河都是支流，匯入這條大河，按理說，得往另一個方向走才能到達其他地方去。

第五十三章

江大山、謝五和大郎都迷茫的搖搖頭，誰也不知道這艘大船為何走到這裡來？再往前行就真的到支流，雖然那條河也不小，但怎麼也比不上現在所處的河道寬。這麼大一艘船，能不能安全通行都不知道呢！

大家停下來瞧瞧狀況，過了好一會兒，大郎才說：「哎，他們也停下來了。」

沒過多久，果然見那條大船開始調頭。

「難不成真如我們猜測的，天黑走錯方向？」江大山無比驚訝的說。這些人是幹麼吃的，竟能鬧出這麼大的烏龍？不過也有可能人家是故意的。

大家眼睜睜的看著這條大船在調轉過船頭後，又往碼頭那邊航行了。

這時，大郎他們才發現河面上又多出好幾條大大小小的漁船。也不知是像他們這樣晚上跟上來，或在河面過夜，還是早上出來打魚的？江大山見狀，連忙把自己的船也划入那些小船中，謝五與大郎也開始裝模作樣的打起魚來。河面上的船隻驚動魚群，居然還真的讓他們打上幾條平時難得一見的大魚。

兩人興奮的拉著魚網，把大魚往船艙裡扔，邊拉邊快活的大叫，一副真正的漁夫喜獲豐收的形象，惹得周圍船上的人都看過來。就這些動靜，居然把大船上的人給招惹過來了。

「哎，那打漁的，賣幾條魚給我們，要大的、品相好的魚。」大船上一個大漢衝著大郎他們大吼了一嗓子。

謝五連忙樂呵呵的說：「好啊，要幾條？」

「提起來給我看一眼？」那大漢又說。

大郎依言，單手提起一條魚給他看。那是一條足有二尺長的大魚，在他手上扭動著，力氣大得他都快要抓不住了。謝公子連忙幫他捉住魚，不讓牠溜掉了。

「行！我拿簍子給你，要兩條。」那大漢提起船邊繫的大魚簍，大力扔了過來。

謝五抓住繩子，把魚簍提起來，把魚裝進去，還小心的蓋好，才說：「一手交銀子，一手交貨，兩條魚要一兩銀子。」老漁夫給他們講過，這麼大的魚價值多少。謝五還加了一點價，應是湊個整數。

那大漢也不講價，樂呵呵的扔過來一個錢袋子。大郎把錢袋子撿起來，打開一看，裡面裝著幾串大錢，一看就知道正好一兩。

沒待多久，大船很快就開走了。江大山和謝公子對視一眼，連忙也搖起船跟上去。

雨越下越大，河水也變得洶湧起來，颳起大風，起了浪，水面上很快就一片霧茫茫，人的視線受阻，都快看不清楚，船也開始顛簸起來。

「我們靠岸停下吧？」謝公子說。

「幹麼？」謝五不解的問道。

「先靠岸。我們水性再好，若在這麼深大的河裡出事也沒辦法逃生，還是先停下來等雨小了再說。」江大山解釋道。

饒是如此，在激流的大河裡，又颳著大風，不太好控制船，幾個人花了點功夫才把船慢慢靠到岸邊去，好不容易才找到個港灣似的地方停下來。

然而，變故就在一瞬間。

好幾條小船突然襲擊大船，大家只聽得大船上傳來驚叫、怒喝、打鬥聲，水面上立刻暈出血色，撲通撲通落水的聲音不斷響起，也不知道是被扔下水，還是死了落水的？

「媽呀！這下可怎麼辦？這是打劫嗎？」謝五驚呼道。

江大山和謝公子一時也不知該如何是好？河面上雨越下越大，霧氣完全包圍住大船，雖然大家離得並不遠，但他們根本看不到大船上的情況。

此刻，在他們看不見的水面上，幾個人護著一名少年拚命的往岸邊游過來，沒一會兒，正好撞到江大山他們的船。不知是敵是友，水中的人一時愣了片刻，已經有人體力不支了。那名少年連忙游近，架住一名脫力的同伴，不然這人就要沈下去了。

因為離得太近，他頓時看清楚船上的人，這會兒船上的人自然也看清楚了他。少年很快就認出江大山、謝五，也認出了當初外出打獵的大郎。少年臉上露出驚喜的表情，江大山也覺得眼前人有些面熟，謝五則張大嘴，指著那人說：「玉珮！」

「對啦，就是我。快點幫我們一把。」他便是當初被兩人所救的趙姓少年，他喘著氣，叫道。

江大山也想起來了，恍然大悟，連忙伸手去拉他們。

少年一共有五人，身上或多或少都有點傷，其中兩人傷勢頗重，急需救治。

江大山立即撕了他們的衣服，開始包紮傷口，邊問：「你們有藥嗎？」

「有。」一名大漢扔來一個小瓷瓶，裡頭是上好的外敷藥粉，一倒在傷口上就開始止血。

「快點離開這裡。」中年人眼看著追兵過來，連忙催大郎開船。

大郎看了江大山幾眼，江大山只顧著忙碌，謝公子說：「調頭，沿著河邊走吧。」

大郎這才搖動了船，緩慢的調起頭來，不是他不想快，而是真的沒辦法。謝五在一邊幫忙，卻因為沒默契，反而幫了倒忙，那水中的追兵水性極佳，很快就追上來了。中年人和少年連忙撿起船上的幾柄竹槍，用力往水中戳，他們動作迅速，竹槍也十分鋒利，閃躲不及的追兵立刻就受傷。

但追兵眾多，他倆根本就忙不過來，而且竹槍再怎麼鋒利，多用幾次後不是折了就是斷了，起不了太大的作用，沒多久，有人都想趁亂爬上船。

「弓箭拿來！」少年怒喝一聲，謝五下意識的把弓箭遞給他。

少年拉弓，接連射殺了後面的追兵，雖然是竹箭，卻比竹槍的威力大多了。很快後面的追兵就全部沈下水，水面上又泛起陣陣血色。

船終於開始順利往前航行，少年和中年人大鬆一口氣，卻眼巴巴的望向後面的大船，雖然此時大船的輪廓都已經快見不著了。

江大山和謝公子這時也處理好兩名重傷患，還有一名胳膊折了的輕傷患。

船慢慢往前，少年卻一臉決絕的說：「不能就這樣白白的丟下糧食。」

說著他看向江大山和謝公子，說：「其實我不姓趙，趙乃家母之姓。我姓章，家父乃是當朝安王，我是安王嫡次子章炎。」

章炎已經十七歲了，因為長得清秀，看上去顯小，但實際上他天資聰穎，已經幫其父打了三年多的仗，立下赫赫戰功，其膽識謀略，文治武功都很不錯，是個很出色的年輕人。

謝公子和江大山看著他，心思都飛速的轉動起來。

安王是當今聖上的叔父，雖然擁有親王爵位，實際上權勢並不大。

況且他是先皇最小的弟弟，先皇繼位時他年紀還小沒被除掉，被封為郡王與其母出宮生活。後來一直默默無聞，直到十幾年前現在的皇帝上位，皇室上一輩的，也就剩下他一個人，這才被晉封為安王。

章炎身邊的中年人掙扎了片刻，見主子表明身分，終於下定決心，說：「我叫陳華，是安王殿下的管事。如今天下大亂，京中被奸臣把持，皇帝軟弱無能，各地權閥紛紛自立為王。安王殿下帶領著勤王軍，所向披靡，已經打到湖廣一帶，很快就能到達京都了。懇請各位好漢相助，奪回我們的糧船，還老百姓一個安寧。」

江大山與謝公子對視一眼。他們哪能這麼輕易下定決心？不過安王看似一位富貴閒人，沒想到卻有如此手段，還能派人來這個偏僻的地方搞到一船糧食，顯然這裡他經營的時間可不短，難怪這三、四年來，此地還能保持著安寧，沒有受到戰亂與災荒的荼毒，大家也能偏安一隅，過幾年平靜日子，把蘆葦村經營壯大起來。

幾個人沈默著思量，在他們後面，十多條與他們船外形相似的漁船，開始把大船上的糧食往自己船上搬，顯然是早就備好的。大船上的人已經死得差不多，逃走的人也顧不上了，而且大船受損嚴重，已經在慢慢往下沈了。

十多條漁船動作極迅速的轉移糧食，很快就清理得差不多。他們滿意的調整船頭，慢慢走了。

而水面上有幾個人靜靜的潛伏著，等待最佳時機，然後他們選中落在最後面的船。船上因為裝載不少糧食，行得很慢，這些人可能被勝利沖昏了頭，又或是已經疲憊不堪，甚至不少人本就在打鬥中受了傷，無力反擊。

潛伏的人是大船上的高手，他們悄無聲息的解決掉船上的人，又調轉船頭，往大郎他們這個方向行來。

離得很近時，雙方都警覺起來。不過，章炎和陳華與對方船上的兩人都十分驚訝的看著對方，他們都以為對方已經死了，卻沒想到，不過個把時辰大家又見面了。

「主子，卑職們搶回了一條船，剩下的船全往那邊走了。」其中一人，三言兩語就交代了他們的行動結果。

「太好了！」章炎很激動。他沒想到還能逃出一隊人，並且搶回一船糧食。雖然很少，卻多少是個安慰，給他增添了希望。

陳華更是連連追問。「你們有沒有受傷？還能不能找到其他的人？」

「現在追還來得及趕上後面的船，但其他人就沒見到了，估計活著的很少了。」眾人沈默片刻，有人回答了。

章炎立刻再次懇求江大山他們，說：「請你們幫我。」

眼見時間緊迫，江大山與謝公子飛快的商量一下，說：「我們暫時幫你先奪回一、兩條船再說吧。」就這幾個人，還得留下人手看著這條裝滿糧食的船。他們這次的行動，不可能把其他船全部搶回來。

章炎也明白這個道理，於是留下大郎帶著三個傷患，讓他們慢慢搖著裝滿糧食的船繼續往前走，盡可能的先離開這裡到安全地帶去，在前面支流處等待會合。

而江大山、謝公子、謝五與章炎、陳華帶著另外五個人，上了他們自己的船，再次調轉船頭，去追趕前面的船。

大郎緊張的搖著船，慢慢在雨霧中穿行。船上兩名重傷患已經沈睡，一名輕傷患背對大郎坐著戒備。

江大山他們人多力量大，空船沒有負擔，又個個武藝高強、力氣大，行船速度快很多，一下就見到前面的船。他們把船搖得飛快，猛地衝進兩條船之間，趁對方還沒反應過來，唰唰幾箭就射殺對方兩條船上搖櫓的人。

同時，另外五名水性極佳的男人早就在水下悄悄的潛過去偷襲，沒花費多大功夫，就弄死幾個人，剩下的也擋不住謝公子、江大山等人的攻擊。

大家配合無間又迅速，其他船上的人雖然發現這邊的變故，卻不敢回頭支援，而是拚命往前跑，所以他們很快就搶回兩條裝滿糧食的船。

最後大家搖著四條船回到最初他們藏竹筏的地方。這時雨早就停了，而時間也過去兩天兩夜。

「應當追不上來了。」江大山盯著河面說。

遠處一片安寧，河面不見一條船，岸上也見不到一個人影，就好像他們又回到荒涼無人之地。

「在這裡歇歇吧。」章炎下了命令。

第五十四章

眾人忙碌著煮飯。累了這麼久，得先弄飽肚子，四條船上都有鍋碗之類的生活用品。趁著做飯空檔，章炎和謝公子、江大山上岸去談話了。

章炎直截了斷的說：「無論如何，請你們再多幫我們一段時間，我們得把這些糧食弄乾，再找機會運走，現在走水路怕是不行了。我知道你們有很多馬，請你們幫我們運送糧食。」

「這麼說，就是你們跟蹤大郎他們？」江大山立刻意會到。

「是。上次我們在那邊的山林裡遇見他們，見他們身手不凡，就跟上去看看，不過我們沒有惡意。」章炎解釋。

大郎已經疲憊不堪，腦海中仍拚命的搜索章炎這個人的資料，卻一點印象也沒有。因為他清楚記得後來上位的人不姓章，根本就不可能是安王，但他是怎樣上位的就不記得了。

不過當初新皇繼位後，也一樣只能保得一方平安，還有好幾個地方沒有收回，那會兒，時不時還要打一場仗，他就是這樣才會被送到戰場上去。

可惜的是，他居然不記得那時與他們打仗的是誰了。那段記憶特別模糊，根本就記不起來。他早就發現，自己雖然擁有前世記憶，但這記憶根本無用，好多大事他都不記得，弄得他很鬱悶。

這種皇帝派他們去與誰打仗的大事，他就是再怎麼傻，也不至於不知道啊！況且他也不笨，怎會忘了這些事呢？但重生一遭已是上天福澤，他擁有的成人心智讓他安穩的度過這些年，所以他只能不把前世的記憶當一回事，努力過好當下的日子。

雖然有可能這些事前世他自己沒關注到，也有可能是，這些事已經偏離原先的軌跡，甚至是完全改變了。

不過他死的時候也不過才二十出頭，或許那時天下根本就沒有大定，甚至搞不好也有人跟他一樣是重生的，還闖出一番名堂，才導致這一世與上一世落差這麼大。

飯熟了，傳來陣陣香味，打斷大郎的思維，也打斷章炎與江大山、謝公子的談話。

吃過飯後，江大山和謝公子告訴大郎。「我們決定同意章炎的請求，幫他們運送糧食，而且很可能也會追隨他們上戰場，你怎麼看？」

「行啊。」大郎沒有反對。

不管怎麼說，以章炎他們現在的情況，就算不能勝利，對大家也沒多大影響，況且章炎眼下根本不知道大家的真實身分。但如果章炎他們得勝，最終登上寶座，對大家的好處可就非常大了。

再說他們本就一直在等待機會，希望能闖出一番事業，只是目前不敢肯定這是不是最好的機會罷了。不過總得一試吧？反正他們隱藏了真實身分，給自己留下退路。

章炎一直在關注他們的舉動，見江大山與謝公子居然和大郎商量，對大郎不由得多了幾分好奇。這兩天的接觸他看得出來，江大山與謝公子是能做主的人，他還以為大郎沒有多少話語權。

注意到章炎的目光，謝公子過來說：「我們答應幫你，現在還是走水路，先到安全地方再說。」

章炎和陳華都鬆一口氣。要是江大山他們不同意，就只靠他們十個人，想把這批糧食安全運回去，難度相當大。而且他們有兩個重傷患需要休養，還需要很多人手協助他們把糧食弄乾，可不能讓千辛萬苦弄到的糧食壞掉。

「我叫江大山，這是我的大舅子謝芒、我的外甥陳大郎，這是小五，你們認識。」江大山為章炎介紹大家的身分，雙方算是真正開始合作了。至於謝芒這個名字是假的。

沿著去時的路，大家總算又回來岸邊。

看到岸邊四散沒用完的竹子章炎就明白了，前不久他們跟蹤大郎幾人的行為，不僅被江大山他們發覺，還反過來被他們找到自己一行人的足跡。他心裡本還有點有慶幸，在這裡可以建立一個新的秘密藏身之處，沒想到早就被別人發現。

「你們真是警覺啊！」章炎不好意思的笑道。

「只要有心，想要尋找也不是難事。」江大山說。

其實他很好奇，為什麼章炎他們會跑到這裡來？當時，他們還在這裡左右尋找看是不是有什麼據點，卻什麼也沒有找到。不過也正因為章炎他們跟蹤大郎這一舉動救了自己，就連章炎也覺得簡直神了，他沒想到這一趟心血來潮的跟蹤，居然成了他的救命藥。

當時手下幾個人想弄點肉吃，他又想搞清楚這條河還有沒有其他支流，這才發現大郎他們，也順帶發現了這個絕好的藏身之處。這裡不僅有山林遮掩，又有便利的水路。

他到這裡來其實還有個原因。他爹讓他一路順便尋訪幾個人，說有幾位照顧過他的太監回到這附近生活，卻失去了消息。

安王年幼時，母子處境非常艱難，這幾位太監因為和他母親也算半個同鄉，所以非常照顧他們母子。要不是這幾個人的暗中照顧，他能不能活到現在都不知道？

但還沒等到他和母親出宮生活，這些人就已經告老回鄉，他只知道他們大概是回這裡生活，但到底是哪裡卻不清楚，等他有能力查找時，哪還找得到？所以一直沒有聯絡上。安王的母親死之前，都還在叨念著這幾位太監。

「這裡很偏僻，其實我們也是第一次來。」大郎說。

當時，要不是平兒和小石頭非鬧著要找野豬，他也不會跑到這裡來，也就不會被章炎他們跟蹤，更不會救了章炎。這件事說起來，可真是巧得不能再巧了。大郎甚至在心裡感嘆，只能說章炎確實運氣好、命大，這麼命大又運氣好的人，跟著他說不定能有一番作為。

「清源縣原本是我祖母的外家勢力範圍，知道的人並不多，這些年一直是我父親在經營，所以我們才過來運糧食。但很顯然我們的行動走漏風聲，也有可能是這裡的人背叛了我父親。」章炎嘆了口氣，說。

本來以為萬無一失，沒想到卻差點完蛋，帶來的人與留在這裡的人都死傷大半，現在就留下身邊這幾個人了。而且一大船的糧食，也只不過搶回來三小船，還不到兩千斤，對於缺糧的前方將士們來說，真是杯水車薪。

和他們有同樣任務的另一條船則是運送武器，也不知道他們的命運又如何？幸好兩方是分開行動，他們本來就是故意背道而行，現在唯有祈禱敵人只盯上他們，武器那邊沒出事才好。要是雙方都損失慘重，想要打進京裡去，就更難了。

戰爭持續了三年，小股勢力都已被消滅，剩下的都是有權勢有地位還有軍隊的人。各方形成三足鼎力之勢，大家互相牽制著，誰也不想讓步，都希望能問鼎大寶，糧食與武器就成了最後博弈的資本。

要不然，安王也不會使用這最後一張底牌，把母親的外公家都搬出來。安王二、三十年的經營，布下的網可真夠大，就指望著一舉幹掉另外兩個自立為王的傢伙，一統天下，然後揮軍直下，進京把皇帝趕下臺，名正言順的登上帝位。

「這幾年，我們連清源縣城都沒進去過，可見這清源縣確實管理得有如鐵桶一般，外人難以動什麼手腳。能在這裡攻擊你們，這股勢力不小。」謝公子分析道。

「就是，雖然我們有所防備，還是受到重創。」陳華說。

章炎閉上眼睛，不住的回想這些天來的每一個細節，希望能從中找到破綻，揪出是哪方面出了問題？不然，如果真是自己身邊的人有暗樁，就麻煩大了。更糟的是，如果是清源縣這邊出了問題，不僅以後再也弄不到物資，還有可能這裡的一切資源都被別的勢力奪取，此消彼長，他們恐怕會就此失敗。

眾人分析來分析去，一時也找不到究竟是哪裡出差錯了？

章炎搓了把臉，疲憊的說：「這事急不來，我們先留幾個人去清源縣調查，摸清情況再說。」

在山林這邊休息一夜之後，江大山與謝公子回村帶馬過來，不僅是要馬馱糧食，這些人也一樣需要坐騎，並且還得帶些人手來幫忙處理糧食。

大郎和謝五留在這裡幫章炎他們。眾人齊心合力，很快就搭起幾座草棚先安頓下來。那些打濕的糧食，暫且先拿出來曝曬。幸好太陽大，河岸邊也很空曠，不過沒有曬席，眾人只好把衣服提供出來鋪在地上。就算如此，也曬不完這麼多糧食，只能等蘆葦村帶東西過來幫忙。

章炎看著半濕的糧食，急得半死，就怕糧食發霉變壞。

「先炒熟吧！炒熟了磨成粉，可以保存很久，真接拿開水沖了就可以吃了。」大郎說。

這個法子讓眾人又忙活起來。四條船上，總共只有四個鐵鍋、幾個小砂鍋，全部用上了，幾乎人手一隻，但炒糧食的速度還是非常慢，日夜不停的炒，也炒不了多少。

「這樣還是太慢了。」眾人直搖頭。

大郎想了想，說：「那就先不要炒熟，只要炒乾就行。」炒熟花的時間太長，只要炒乾，時間短一點，就能多炒一些了。

眾人想盡一切辦法，也只勉強搶救一半的糧食出來。剩下的糧食已經開始變酸，大郎只好乾脆把米泡在水裡，不能眼睜睜看著米發霉。

那頭，謝公子和江大山留在家裡休息幾天，順道準備東西，隨後再過來。

兩人到家的時間也是趕了巧，謝姝兒已經發動了，江大山才踏進家門，不過一刻多鐘，謝姝兒就順利產下個男嬰。

「哎喲，這孩子是要等爹回來才落地呢。」眾人紛紛打趣道。

辛湖也鬆一口氣，悄悄走出去。產房她不能進去，先前她在外頭乾著急，現在母子均安，她覺得自己還是去弄點吃的來犒勞一下大家。

謝姝兒雖然身體健康，但畢竟是第一胎，也折騰了好幾個時辰。她筋疲力盡的看兒子兩眼，再看看江大山，勉強笑了笑。「你回來啦。」

江大山握著她的手說：「辛苦了，好好休息吧。」他心底有點酸，甚至不知該如何對謝姝兒說自己馬上就要走，好在謝姝兒也確實疲倦至極，沒什麼精神和他說話。

沒一會兒，辛湖端著糖水荷包蛋和一碗雞絲麵過來了。

謝老夫人接過來，說：「阿湖，辛苦妳了。」

辛湖搖搖頭，笑道：「快端去給舅媽吃吧，她肯定餓壞了。」

謝老夫人十分開心，紅光滿臉，樂呵呵的說：「可不是，她早就叫嚷著要吃妳弄的東西了。」

送完吃的，辛湖心裡又沈下來。沒看到大郎回來，她就知道肯定有什麼大事要發生了。她自動自發進屋裡去收拾出大郎的衣物，剛整理好一個簡單的小包袱，就聽到外頭謝公子不停的吩咐人拿東西、找人。

「發生什麼事？」辛湖問。

「我們要出遠門了，大郎和謝五還在那邊等著。」謝公子說。

「才進門就要走？」謝大嫂追問。

「我們先歇兩天，讓管家他們先過去。」謝公子說。

他和江大山是全憑雙腳趕回來的，累個半死，哪還有精力立即就走？再說，姝兒剛生產完，總得讓江大山在家多待兩天啊。

很快的謝管家、謝三、謝五、王林、鄭豐和程進、阿信和阿志就全部過來了，而且大家還帶著自家的馬。十多匹馬，再加一些東西，陣仗極大。現在的蘆葦村，又生了十來匹小馬，馬可是不少。

「你們快去吧。」謝公子揮揮手，催促道。那邊等得心急，再不去那些糧食要全壞了，就太可惜了。

「我也去。」辛湖連忙叫道。

「對哦，快點去給大郎收拾些衣物。」謝公子拍拍腦袋，剛才居然忘記交代辛湖。

「我已經收拾好了。」辛湖邊說邊進屋抓起包袱，想了想，又到灶房去拿幾包辣椒乾、蒜頭、乾薑、花椒等物。

一群人快馬加鞭一路不停，趕到這邊時馬都快累死了。他們還帶來竹席、大鍋等日用品。

看著已經在變酸的大米，辛湖說：「只有一個辦法，直接把米醃製起來。派人去弄些大罈子回來，最好也弄一副磨來，把這些米磨成粗粉。」

接著她又讓大家去多打幾頭野豬，她則先把這些米洗乾淨，稍微曬乾一點。

大郎聽了，帶人準備直接就近去翠竹村弄一些罈子，和一副石磨回來。

「哎，再弄些筐子，多弄點竹子回來。」章炎交代道。

「好。」大郎點頭，帶上阿信他們四人走了。

大家把發酸、泡過水又曬成半乾的米磨成粗粉，然後與野豬肉醃在一起，辛湖又大手筆的拌入很多乾辣椒、蒜頭與花椒，一起裝入罈子裡密封起來。

「這樣弄好了，要怎麼吃？」章炎好奇的問。

「直接蒸了吃。既可以當飯也可以當菜吃，只是不能一次吃太多。」辛湖答。

「很好啊，又有肉又有米。」大家笑道。這年頭，誰還有機會一次吃好多啊？能混個半飽就不錯，特別是裡面還有肉，到時每人能分幾口就不錯了。

「就是罈子不好帶。」又有人說。

「用筐子裝吧，要過半個月後才能打開吃。」辛湖交代道。

這起碼有二百斤泡水的米，在這個環境下她也沒什麼好辦法處理了。這樣醃製起來其實是一道菜，不過她特意多加些肉，就是為了讓這東西更好吃一點。反正這麼多大男人，打獵容易啊。再說把這裡的野豬群消滅一些，對大家的安全也更好。她很明白，村子裡的男人們怕是要走一大半了。

看著辛湖只用一隻手，輕輕鬆鬆拎起一個裝了約三十斤重的大木桶，章炎他們都吃驚的看著辛湖。

陳華驚訝道：「這小姑娘家家的，力氣怎地這麼大？」

「別說這麼點東西，百八十斤重的東西她都提得起。」謝三笑道。

「她天生力大嗎？」章炎感興趣的問。

「是啊，而且她打獵的準頭極高。」謝五說。

把所有的糧食全部處理好，眾人都鬆一口氣，畢竟現在糧食難得，要是真壞掉，就可惜了。

休養好幾天，兩個重傷患大致能自理了，章炎決定儘快送走糧食。這幾天大家又獵到好多野豬和野兔，甚至捕了不少魚，都讓辛湖全部燻製好一併帶上，可把她忙壞了。

糧食少了，多些肉食也是種彌補，而且軍士們平時哪吃得上什麼菜，就算是鹹菜頭，對大家來說也是一種奢望。一聽說辛湖能燻製魚和肉類，保存的時間又長，章炎立刻讓大家不停的打獵、捕魚。反正閒著也是閒著，多幹點活、弄些吃食，大家的口糧也寬鬆點，所以幾個軍漢極賣力的打獵、捕魚，忙得不亦樂乎。

又過幾天，江大山和謝公子也來了，他們還帶來不少糧食，幾乎把整個蘆葦村這兩年省下的糧食全帶了出來，還從各家收羅不少的菜乾、鹹菜、乾辣椒、蓮藕粉等等，這些東西加起來也有約一千斤了。

「太好了，實在是太感謝了！」章炎激動得聲音都在抖了。

多一點糧食，勝利就多了一層保障。尤其在他們已經失去大半糧食的情況下，能再弄到這些糧食，真是個意外的驚喜。

「既然都到齊了，我們可以收拾東西，準備出發了。」陳華說。他們已經拖了不少時間。

在這裡生活了近半個月，這裡原本是塊荒地，硬生生被他們這群人收拾得像個小村子。河邊整出好大一塊空地，還搭建幾座草棚，到處都留下不少生活過的痕跡。

辛湖看著這裡土壤肥沃，附近交通還算便利，而且隱蔽性佳，就這麼白白荒廢，總覺得有些可惜。她想著，蘆葦村附近已經住滿，也難再有空地可以開田，如果還繼續有人過來，就沒有地方可安排。

既然這邊都整理得能住人，乾脆乘機把這塊地方也先整出來，一來可以多種些糧食，二來還可以在這裡建立一個大倉庫。

她把這個想法說給江大山、謝公子和大郎聽。

第五十五章

三個人聽完辛湖的想法都驚呆了，他們沒想到辛湖的眼光深遠，膽色也不小。不過大家都知道戰事就算很快結束，安王想要重整河山，只怕所需的時間也不短，糧食正是最大的問題。

這幾天他們也聽章炎、陳華等人說起，外面四處民不聊生，因為受災的範圍太大，直到現在，還有些地方仍泡在水裡。老百姓死傷無數，活著的能逃的都逃了，甚至還發生過人吃人的事情。

像清源縣這一片地方，還能保持正常的糧食收成，真是得益於本地的地理形勢；水源多，還只遇上乾旱，沒遇上大水。

比如大家都知道的湖洲，原本是很富裕的地方，卻因為發大水而釀災，受災範圍之廣，時間之久，簡直令人絕望。所以當安王的大軍到達湖洲時，很容易就接管當地官府。

「阿湖這個想法很好，就是實施起來不易。我們這批人一走，村子裡能出來開地建村的人就少了。」大郎說。

「阿信他們四個人本來就沒打算帶走。我把謝三叔與管家也留下來，讓他倆負責建設這一塊。先不要貪大，先開出幾畝田就行，主要是在這裡建立一個新的落腳點。」謝公子考慮一下，說。他想得更長遠，這個地方近水路，其實要比陸路出行更方便。

戰事結束，不管誰上位，他們這些人都是要離開蘆葦村前去其他地方生活，如果提前規劃好一條通道，不僅能夠方便自己人，還能把這裡的物資運出去，等於給自己多一條退路。

幾個人商量妥當後，謝公子把管家和謝三都叫過來，並將這件事交代下去。

「我們走後，你倆先把這裡建起來。」

「好。」管家二話不說就同意了。

謝公子在蘆葦村修身養性這麼久，也是時候出山了。他其實也贊同謝公子的決定，並且他和江大山、謝公子都有同感。這個安王肯定不簡單，能上位的機率很大，況且現在，他們不只救了章炎，還帶著馬與糧食出去，這些恩情，多少也為自己增添不少分量，所以他認為這是個好時機。

章炎與謝公子等人商量一下，最後決定由謝三、謝管家與那三名傷患留在這裡開荒種田、收糧食，並且慢慢打探情況。

分別在即，大郎找了個空，和辛湖道別。「我們要走了，家裡就交給妳了。」

雖然這事已在她的意料之中，但真正聽到大郎的話，辛湖還是止不住心中的不滿。在大家的努力下，好不容易日子好起來，可現在不過是一句話，一切又要從頭開始。

「我知道妳能行，就是又要過苦日子。」大郎見她不吭聲，又加了一句。

兩人相處的時間不短，雖然都隱瞞彼此的來歷，但其實都很清楚對方不簡單。所以他也很明白，辛湖完全能撐得起一個家，甚至撐得起一個村。

「唉……你們真的要去打仗？」辛湖不死心的追問道。

「嗯，既然躲不過去，就只有全力以赴了。」大郎說。

「那好吧，你自己要小心點。你可千萬要記得，保命才是最重要的。」辛湖叮囑道。

「好，我會平安回來的。」大郎笑了笑。雖然前程重要，但沒有命就什麼也別談了。這道理他上輩子就知道，他一定會好好保護自己。

臨行之前，謝公子、江大山和大郎，把蘆葦村的人聚集在一起。

「我們走之後，你們要好好保護蘆葦村，有什麼事情，就和江夫子與吳夫子商量，再作決定。」

眾人紛紛點頭。

阿信、阿志，鄭豐和程進四人要回村，幾個武力最強的要離開，所以他們不能走，村子裡還是得留些年輕男人，要不然那麼多田就沒人種，而且村裡盡剩些婦孺也不能成事。

江大山、謝公子又單獨與辛湖說：「阿湖，妳雖然是個女孩子，但蘆葦村還是得交到妳手裡，女人、孩子們就全交給妳了。」

辛湖驚訝的看著他倆，不知道該說些什麼好？她真的沒想到，這兩位居然把這個大擔子扔給她扛了。

「不是我們不放心其他人，而是這裡就剩妳最有頭腦，也最厲害了。那兩位夫子，也只能出腦子出不了力。」江大山又說。

那兩位是真正的文人，這幾年在村子裡雖然也參與種田，每天也跟著練習些健身武術，但他倆的武力值實在太差。

謝公子接著說：「我們走後，村裡缺少勞動力，妳可以在附近村子裡挑幾個人進村去幫忙，讓他們住下來也沒關係。但是一定得恩威並施，讓他們老老實實的，不可起二心。」

辛湖看了看謝公子，再看看江大山，最後把目光落到大郎身上，小聲說：「把這麼重的擔子交給我，我怕挑不起啊。」

「沒事的，不是還有兩位夫子嗎？再說謝三叔與管家也在。要是有什麼事情妳實在拿不定主意，他們四個人難道還拿不定主意啊？」謝公子安慰道。

這幾年，他們四人也曾經私下談論過辛湖，大家總覺得她太能幹、太聰明，雖然她很小心隱藏自己的實力，但是長久相處，又怎麼可能糊弄過他們？別說辛湖，就連大郎，他們也覺得其鋒芒太過。

這兩個孩子，都成熟能幹得幾近妖孽，面對這種天資，他們四人自是想很多辦法去打磨大郎，從各方面引導他。可惜辛湖是個女子，幾番觀察下來，他們發現她大局觀甚至比大郎還強，這一點曾經令他們四人特別扼腕。

他們都很遺憾辛湖不是男子，但有一點大家都明白，整個村子裡，再也找不出另一個比她更適合當村長的人了。

也許是怕辛湖心裡負擔太重，江大山又說：「妳與姝兒一向交好，有什麼事就讓她跑跑腿、出出力。再者，妳也幫我多看著她一點。」

「行了、行了，別說了，姝兒年紀比阿湖大多少啊？有事還得讓她來看著像話嗎？我早就交代過母親與青兒，她倆自會看著姝兒母子的，你也別太擔心了。」謝公子打斷江大山的話。

「就是，張嬸嬸和劉大娘也都很能幹，真有什麼事，她們也能去張家村找人來幫忙。阿湖，妳別太擔心，該怎麼著就怎麼著，就不要想太多了。」大郎說。

「有什麼事，也沒有人會怪到妳頭上來。」江大山和謝公子不約而同的說。

「嗯，我曉得了。」辛湖終於開口答應。安慰再多，一切還是都得由她來挑。雖說讓她別擔憂，但他們都開了口，她也不得不接下這個擔子。

這邊他們安排好村裡的事，那邊章炎也安排妥當了。

「我們騎馬，馱著糧食先去湖洲。丁西，你們得快點去清源縣探查，我總覺得這次的事情很不妙，如果還有發現糧食，一定要截下來。」章炎又說。

丁西就是那個折了手臂的人，章炎留在這邊的人，由他負責管理。

章炎打算直接從清源縣走陸路。他們裝扮成商隊，一行共十四人，二十匹馬、兩頭驢子。除了那三千斤的糧食，他們馱了不少竹子與竹器，看上去與普通的商隊沒太大的不同。

清源縣原本就有他們不少人手，雖然這次糧船出了事，但不代表所有人都有問題，因此他們很容易就過了關卡。

出了城，章炎帶著眾人走上一條極少人知道、十分危險的小道。一路上，人人都提心吊膽地走，連談話的心情也沒。花了大半天，總算又走到一處平緩開闊之地。

章炎說：「先停下來休息。今天晚上我們早點歇覺，明天一早就走。」

江大山什麼也不管，一屁股坐在地上，頭疼的說：「這路也太難走了吧！這種路後面還要走多久？」

「還得走三、四天吧。」陳華答。

「不會吧？」謝五嚎叫一聲，簡直連飯都不想吃了。

「那也沒辦法啊，難不成你想當靶子？」章炎反問道。

他也想走好路，但冒險走清源城已經迫不得已了，如果他們還大搖大擺的走在大路上，遲早會再出事，到時候單憑他們十四人，能護得住這批糧食嗎？要是連最後這一點糧食都失去，他也不必回去了。所以他寧願走這麼危險的路，也要確保這批糧食能送回去。

他們走後，辛湖就與謝三、謝管家回蘆葦村了，而丁西、趙北、趙南三人留在河邊。他們三人雖然都是傷殘人員，但有地方住、有食物吃，勉強還能照顧自己。

辛湖直接回家去。她得好好想想，以後該怎麼辦？

其實她並不願意接下這副擔子，只想過些安穩日子，能夠衣食無憂，不用擔驚受怕，也不必累死累活。但是現在知道外頭的世道，若是安王失敗，恐怕不管她在哪裡，都沒辦法過她想像中的生活了。

至少清源縣是安王的底牌，也是供給安王軍的後勤，在這兒經營村子，她不用過度擔憂衣食、安全等問題。儘管如此，她心中還是頗為鬱悶。

辛湖憤憤的捶打幾下枕頭，發洩心中的不爽。她不能阻擋大郎走，而且她心中也明白，大郎本就不是個普通的鄉下少年，他的天空應當更加寬闊，現在這個機會又這麼好。

她甚至不明白，為何自己會這麼不爽，這感覺不只因為被迫接下擔子。

「大姊，大哥他們都走了？」平兒和大寶、阿毛急匆匆的進門，拉著她問。

「是。」辛湖點頭，看著他們仨，心裡又嘆口氣。真是的，養大了一個，還有三個要養啊。

「他們真的去打仗了？」平兒擔心的說。

「大人們有大人們該做的事情，你們不用管這些，只管把學習和功夫都做好。」辛湖安慰道，內心卻在咆哮——老娘明明也還是個孩子好不好，為什麼沒人來安慰老娘呢？

「大姊，是不是我們以後又得自己下地種莊稼了？」平兒又問。這兩年他已經沒再下過地，村裡有勞動力，何必還讓這麼小的孩子出苦力呢？

「大概吧。」辛湖答。

說到勞動力，她馬上想到田裡有一堆活要幹。大郎他們不僅走了，走之前已經有大半個月沒下地幹過活，現在田裡的活兒只能暫時靠大家，你來幫一天，他來幹半天的，地裡都堆了一堆的活做要呢。

「那我先去田裡看看。」平兒說著，一陣風似的走了。

「大寶、阿毛，從今天起，你倆也要學著多幹些活了。來，我先教你們做飯吧。」辛湖拉上兩個小的，去灶房忙活起來。

「大寶，你先把灶燒燃。」辛湖指揮兩個小屁孩，開始做飯了。雖然不指望一頓就能學會，但早學會早好啊。

「我呢？我幹麼？」阿毛看大寶一副要幹大事的表情，連忙追問。

「嗯，你去園子裡摘菜。」辛湖看了看空的菜籃，才想起自己也有好多天沒在家了。

阿毛去摘菜，辛湖又教大寶刷鍋、清理鍋碗，順帶把所有碗筷都扔進鍋裡煮，好幾天沒用過了，先消消毒。

等兩人把灶房收拾出來後，阿毛也摘菜回來了。他摘了好多辣椒、兩把青菜，還割了兩把韭菜。

「行，你們倆先把菜洗乾淨。不可以玩水，快去快回。」辛湖又下了另一道指令。

兩個小的連忙提起菜籃，去湖邊洗菜了。

辛湖去割了塊鹹肉，切成片泡在水裡，等孩子們回來，就可以弄道鹹肉炒青辣椒。

平兒和大寶、阿毛幾乎是同時到家。

平兒著急的說：「地裡該鋤草了，有的草都長得比苗子還高。」不看不知道，一看嚇了他一跳。不只他家地裡的活要幹，好幾家都這樣呢，其他人也沒閒著，大家的活兒都不少。

「嗯，明天去。」辛湖說著，吩咐大寶和阿毛再去洗米，然後教他們如何煮飯。

平兒看著他倆笨笨的動作，心裡著急，恨不得上去幫他們。他其實會做飯，但是動手的次數少，廚藝也不怎麼樣，僅限於弄熟、可以吃。

「不要你幫。以後該讓他們倆做飯了。」辛湖制止平兒。

一頓飯，花了比平時多兩倍的時間才完成。雖然成果不算好，但大寶和阿毛都很興奮，大口吃著炒得有些糊的菜，還興致勃勃的說：「我們馬上就學會了。」

「那是，再做兩、三頓就行了。」辛湖笑道。

四個人在灶房裡嘻嘻鬧鬧的，一點也不像有什麼不開心的樣子，謝管家在門口聽了一會兒，點點頭。

果然，公子說阿湖撐得起來，確實沒看錯人。

「管家爺爺過來了！」平兒眼尖，連忙招呼謝管家。

「喲，您吃過了嗎？」辛湖問。

「剛吃完呢。」謝管家笑著走進灶房。

三個小的吃飽飯，先被打發出去，謝管家才對辛湖說：「我剛才把謝家的下人都召集起來，謝家所有的田，包括分給下人的和主子家的，全部由謝家自己負責，妳不用管這一塊了。那張家一向也不需要太多說明，他們做得來，兩位夫子的也不用愁，妳只要搞好你們自己家的就行。」

「哦，這樣也好。我年紀小，其實也管不了這麼多事。」辛湖心裡大喜。這樣就很好，都不需要她管才對嘛！至於自家的地，怎樣也種得出來啊。

天黑之前，張嬸嬸也過來一趟，安慰著。「阿湖，妳也別太擔心了，妳家的田，我們多少可以搭把手，明天我們先幫你們去鋤草，忙過這一陣子再說。」

她家的地，一向都是她們三個女人自己忙活，極少需要他人相助，也只在收成的時候，先做完的人會順手幫她們一把。張嬸嬸其實是個剛強的人，不願太過麻煩別人。

現在的她，已經跟普通農婦沒太大的區別。她的臉曬得黝黑，雙手也粗大很多，再穿上一身粗布衣服，挑著擔子走在田埂上，只怕就算朱公子同她迎面擦肩而過，都認不出來。

而留在河邊的丁西、趙北、趙南三人開始在河邊挖地，實際上能幹活的只有半個，丁西手臂折了，哪能這麼快就恢復，只能用一隻手幹活。趙家兄弟就更慘，全身是傷，動一下都疼，稍微好些後，也只能幫忙撿撿挖出來的草，三個人真心幹不了多少活。

因此等謝管家與謝三安排好家裡的事情，再次到來時，他們才將將弄出巴掌大的一塊地來，種菜都嫌小。

謝三與謝管家看著這麼小一塊地，又是好笑又是好氣，瞧三人可憐兮兮的模樣，說：「得了，你們也別折騰了，安安心心的養傷。反正這田開出，今年也種不了什麼，只能種點菜自己吃。」

「我們也是閒著無事幹，但身子沒好，真做不出什麼活來。」丁西不好意思的說。

「急不來的，總得等你們養好了才能辦正事。」謝管家寬慰道。

辛湖不分日夜的忙了幾天之後，還是決定去找人回來幫忙幹活。光靠她和平兒兩個，還真做不來，到時把人累壞就得不償失了。反正現在有條件，幹麼不找幾個人回來幹活啊？

不過她沒有擅自做主，而是先詢問兩位夫子。「夫子，你們說是雇人來幹活好呢，還是乾脆把他們安排進村子裡生活好？」

「妳是想讓蘆葦村多幾戶人呢，還是覺得現在這樣就行了？」江夫子反問。

辛湖想了想，說：「要讓蘆葦村多幾戶人，怕是有些容不下。」她現在也不敢像以前收留胡家、吳家人這樣，讓村子裡多幾戶人，畢竟現在不可能再分地、分房子給大家了。

「就是。這樣吧，妳乾脆把田租給佃戶種，這樣就算村子裡多了幾戶人家，但他們沒有自己的田地，也說不上話。人雖然多了，但也不能完全算是蘆葦村的人。」

江夫子直接給她一個答案。反正家家戶戶種的糧都稍有結餘，佃給人家種，既能滿足自家的需求，還給別人添一條活路。

雇人不太可靠，還不如佃戶更省事。他們倆原本就打算和辛湖提提這件事，沒想到她先主動來提了。

辛湖很滿意。她對古代很多事情不瞭解，只想著要雇人，卻沒想到古代還有另一種方式，就是佃農。佃農依附於大戶人家生存，雖然現在蘆葦村沒有哪家像地主一樣，擁有成百上千畝的地，但是他們也不需要太多佃農，兩戶人家足矣。

而且佃農很好找，外面那些村子的人，哪個不想到蘆葦村來生活啊？他們覺得蘆葦村就是個幸福窩，只要大家去挑人，一定能找到自己滿意的人過來。

第五十六章

辛湖是個行動力極強的人，第二天就著手去選擇佃戶了。

她按照兩位夫子的意思，只選有小孩的家庭。畢竟有孩子的家庭，大家的顧慮就會更小一些，而且他們對村子產生危害的機會也不大。

她先選一戶江姓人家，一對三十多歲的夫妻帶著一兒一女，女兒八歲，兒子十歲。

謝家人也願意要一戶佃農，按謝老夫人和謝大嫂的要求，辛湖又挑了一戶朱姓人家。這家人是兩兄弟，哥哥、嫂子二十多歲，有個五、六歲的孩子，而弟弟才十六歲。

辛湖給的條件很好。今年的收成，兩成給他們家；明年開始，按照正常行情算，收四成的租還提供種子，但是後年開始就得他們自己出種子。

帶著這兩戶人回到蘆葦村，朱家人先被安置到湖邊，江家就先住田邊的草棚裡，要等農閒時，大家再幫他們兩家蓋新房子。謝老夫人他們整個謝家，田可比陳家多多了，但因為自己也有人手，所以就挑了江家當佃戶，而陳家再加上江大山的地，就包給朱家了。

解決掉勞動力的問題後，辛湖的生活又恢復正常，不用再起早貪黑的下地去幹活。

兩家佃戶都是勤勞肯幹的人，剛進村為了得到大家的認可，又格外努力。他們的辛勤大家都看在眼裡，很快就接受他們，兩戶佃農極快的融入蘆葦村了。

念。

辛湖暫時放下地裡的事，也不需要大寶和阿毛做飯了。平兒卻已經習慣性的每天都要去地裡轉一轉，他現在就好像當初的大郎那樣，認為自己是家裡年紀最大的男子漢，就應該多操勞一些。雖然辛湖比他能幹，但身為男性，在他的認知中，有著男人天生就該撐門戶的觀念。

辛湖看他這樣也不阻止，畢竟如果以後大郎真的不回來，這個家還真的要靠平兒來撐了。她只能依附他們三個小的生活，當他們堅強的後盾，因為這個時代，女孩子是不可能支撐門戶的，所以大家都渴望多生兩個兒子。

女孩子再能幹又能怎樣？無論賺多少，最終也不能記在名下，所以她也希望平兒能早日成長起來，當大郎不在時，能做陳家的當家人，撐起這個家。

看到平兒，她不由自主會想起大郎，這時才有空梳理自己與大郎的關係。先前一直都在一起，她沒想太多，而前陣子發生太多事情，也沒空讓她想。現在她才明白，在相依為命的日常生活點滴中，她與大郎的感情已不僅僅是兄妹之情，其實還夾雜了幾分喜歡。

只不過以前她忽略了，甚至大郎也忽略了，也因為年紀還小的緣故，她沒朝這方面深入想過，大郎也許和她一樣。

「難道，我倆以後還真的能湊成一對嗎？」辛湖有些懷疑的低喃。雖然有幾分喜歡，但她現在對大郎還沒有那種對男人的愛慕之情。這種愛，也許是因為她和大郎目前的年紀所限，也或許是因為她已習慣自己這個年紀了。

如果大郎一直不離開，年齡到了，兩人可能會順理成章的成親。但是他離開了，前去更廣闊的天空，而且還很有可能闖出些名堂來；而她將來還是蘆葦村裡一個簡單的村姑，雖然她還能以大郎妹妹的身分，享受大郎成功所帶來的名利與地位，但兩人的身分地位相差太遠之後，她不認為還能像現在這樣有共同語言，並像現在這樣自然的相處。

她一想到那些小說中、電視裡看到的各種工心計謀，一想到自己以後可能天天與一堆大家閨秀、名門貴婦們一樣，在一起喝喝茶、賞賞花，再順帶對別人評頭論足一番，並讓別人也一樣對自己評頭論足，還可能一個不小心就陷入內宅婦人的各種陰謀詭計中，心裡就煩躁起來。她不擅長這些陰謀，更討厭大家話裡有話，簡單的意思要拐幾個彎才講出來。

想著這些煩心事，辛湖再也坐不住，煩躁的扔下手中納的鞋底子，想要出去轉轉。

「阿湖、阿湖——」門外傳來謝姝兒的大嗓門。

謝姝兒出了月子，身體養得極好，又開始四處蹦躂起來。

謝姝兒雖然性子跳脫些，帶孩子卻經驗老道，因為她曾經照顧過哥哥的孩子，即使獨自一人，也能把孩子照顧得妥妥當當，連謝老夫人都感嘆不已。

現在謝老夫人可忙碌得很，家裡有兩個孩子要照顧、一個孕婦要照看，地裡的活雖然有人做，但她也放不下心，總要去巡一巡。一天下來，忙得恨不得把自己分成幾半才好，實在是沒空再管女兒和外孫了。

「妳說，妳舅舅他們走到哪裡去了？幾時能回來？」謝姝兒把孩子放在辛湖早就鋪好的小床上，問。

「我哪裡知道啊？」辛湖簡直被她這句話問的哭笑不得。

謝姝兒也不過是想和人說說，並不指望辛湖能給她一個滿意的答案，只是她心裡慜的慌，又沒人可說，不得不和辛湖傾訴一下。

「妳說，等他爹回來時，娃兒是不是都幾歲大了？」謝姝兒看著兒子熟睡的容顏，不滿的癟嘴。孩子爹給兒子只取了個小名叫安兒，連大名都沒來得及取呢。

「難不成，妳還指望舅舅能幫妳帶小奶娃不成？」辛湖好笑的反問。

古人講究抱孫不抱子，雖然在蘆葦村這一點不是很明顯，但就如謝公子，也一樣不怎麼和兩個兒女親近，在他們面前一向都是嚴父形象。想來江大山只會更甚，絕不會比謝公子更加和藹可親，怎麼可能天天在家帶奶娃娃？更何況他是個武人，看著這麼小的娃娃，其實動都不敢動，生怕把孩子給弄疼了。

「算了吧，他在家總共也就幾天，我也沒指望他帶孩子，就是覺得他不在家，我心裡沒底，有點慌。」謝姝兒不好意思的說。

「沒事的。他們去了這麼多人，個個武藝高強，不會有事的。」辛湖安慰道。她怕謝姝兒心情不好，影響哺乳。這地方可找不到乳母，也沒有牛奶能代替，不夠奶喝的孩子，要養大可不容易。

「嗯，要不是這樣，我們也不敢放他們走啊。」謝姝兒說。

她母親與大嫂也同樣擔心，哪個敢隨隨便便的放他們出去，拿命來博前程呢？但是有這個機會也不能放棄，要不然，都真的只能待在這裡當個平平凡凡的農夫，這樣大家也不甘心。

日子過得很快，大家該下地的下地，該休閒的時候休閒，日子十分平靜，平靜得令辛湖有種錯覺，好像大郎他們依舊在家，只不過是出去打個獵、買趟東西，過個十天半月就會回家似的。

但是，他們卻確確實實的離家幾個月，還一點音訊也無。即便是國泰民安時，古人想傳遞書信都不容易，更何況現在這個亂世，所以大家也沒指望能收到男人們的消息。

實際上，大郎他們這一趟行動極其順利，不到兩個月，他們就到達了目的地。

看到章炎帶著糧食與人馬回來，安王非常高興。謝公子幾人既然是章炎帶回來的，安王就直接把他們都安排在章炎手下。

謝公子和江大山一安頓下來，就立刻投入到大軍的訓練中去了。

江大山本就是武人出身，很快就與軍士們打成一片；謝公子雖然外形不像武人，但其武力值卻不低，再連續打敗好幾個挑釁的軍士之後，也無人敢來找他的麻煩，更加沒人敢拿他的長相說事了。

至於謝五、王林，自然也各展所長，總之大家都很快就融入軍漢的生活。

只有大郎，情緒不高，好像有些迷糊。

命運就是這麼神奇，大郎年紀較輕，依舊先被分去當伙頭軍，並沒有立即上陣殺敵。雖然他身邊的這些人，沒有一個是他上世所認識的人。

不過這一世大郎身強力壯，學識不凡，再加上他做飯很有一套，立即讓其他伙頭軍們對他刮目相看，只要是他做的飯，大家吃得就格外香。沒幾日，整個章炎手下的軍士們就全都知道，新來的少年是個做飯的高手，即便只是粗糧雜食的大鍋飯，他都能煮出個好味來，可把大家喜壞了。

「哎喲，沒想到大郎還有這一手。」江大山和謝公子吃著粗糙的飯食，感嘆道。

「就是，要不是有大郎，咱們就得天天吃那比豬食都不如的飯食了。」謝五邊呼嚕嚕的大吃，邊笑道。

「你們只要想想辛湖，就知道大郎這廚藝從哪裡來的。」謝公子說。

「那我也吃得不少啊，怎就不會煮？」江大山反問。

如果讓他做飯，那可真比豬食都不如了。幸好，他成親前跟著陳家過日子，都吃辛湖煮的飯菜；成親後，謝姝兒又是辛湖的第一得意親傳弟子，廚藝也不差，所以他這日子過得還真不賴。

「你們還吃不吃，不吃就給我吧！」謝五吃完自己的，不客氣的打斷他倆的談話。

軍中吃飯全靠速度，每人的分量也有限，就算再難吃，也沒人吃不下去，因為你不吃，就只能餓肚子了。餓著肚子，難道還能有力氣上陣殺敵嗎？再怎麼難吃也得硬吞。

但大郎弄出來的飯食，卻完全沒有硬吞的必要。一時間，軍士們對大郎可好了，人人見到他都笑咪咪的。

大郎看著自己手中的飯罐，啞然失笑，他也沒想到會有這種效果。他受辛湖影響，會把所有的食材都儘量清洗乾淨，雖然這樣花的時間多些，但煮出來的飯食竟然格外好吃一些。味道先不說，起碼沒有人再咬到粗糧中的石子，就蹦掉半顆牙了。

有好吃的，誰樂意吃那些恨不得要人命的飯食啊？所以大郎很快就成了伙頭軍的伍長。原先的伍長，很心甘情願的給他打下手去，因而大郎也迅速和伙頭軍那幾個打成一片。

這不，蔣大廚開玩笑似的問：「大郎，你這一手在哪學來的？」

另外三個人也張大耳朵。軍中伙食能弄得好吃的人，可是真正高手。

大郎不由得想起辛湖，笑道：「還能從哪裡學？打小就得做飯，慢慢就琢磨出來了。」

「哦，幾歲開始煮飯的啊？」有人問。

「還沒灶臺高呢，腳下還得墊東西。」大郎答。

他想起最早和辛湖一起做飯的日子。一晃四年多過去，不僅他自己長了個子，辛湖也長高不少，原先那個黑黑瘦瘦的小毛丫頭，也慢慢長得壯實。只是那性子依舊仍像個男孩子，一點女兒家羞怯怯的表情也沒有過。

還別說，他居然有點想念她了。也不知道她在家，是如何過日子的？那一村子的人、一屋子的孩子，就全部扔給她了。

「唉，也不知道戰事何時才能結束啊……」蔣大廚嘆息道。他出來已經三年了，三年來他身邊的同伴們，老的已沒剩幾個人，而他們也從北打到南，一路走有幾千里了。

「大家跟我講講吧，你們都殺了多少人？搶回幾個城池？」大郎問。

除了蔣大廚之外，其他三個人都沈默了，過老半天，蔣大廚才說：「有什麼好說的？不外乎是殺人或者被殺。城池倒是搶了不少，可惜咱們這種粗野人，大字不識一個，也搞不清楚都有哪些。反正也沒見過幾個地方，有高屋大樓，繁華熱鬧的，但見到的人都是一副餓死鬼的模樣。可憐啦！」

「就是，現在軍中就有好些人是因為一口吃食來的。我們這一路走，也不知道收了多少人，然而打一場仗，就又死了很多人，搞到現在我們也不知道，還有多少人是從頭跟過來的了。」有又人說。

安王的軍隊其實是支雜牌軍，除了當初那一些從京裡帶來的正規軍，甚至很多都是由活不下去的災民收編的，實力真不算強，但卻能從北打到南，主要是因為，他們走過的地方都是災區，根本沒遇上多少奮力抵抗。

當然，戰事依舊殘酷，能活著一路走來的人並不多。除了安王的那些親衛軍，個個都是精心訓練過的，多半能存活。至於這一大半的災民，居然也能被他們訓練成能上陣殺敵的將士。只能說，連老天都在眷顧安王。

眨眼間就到秋收了，全村的人都忙碌起來，就連平時不怎麼下地的，也全都下了地，要趁著好天氣，快點把莊稼都收割、打曬出來。

所以一連好幾天，大家把全部的時間都集中在收割上。這陣子辛湖每天和平兒與大家一樣，起早貪黑的下地幹活，家裡的活就扔給大寶和阿毛打理，甚至他倆也一樣有很多活要幹，比如把早先收好的糧食，每天早上拿出來曬在門口，傍晚時分又收進來。所有的糧食都得曬乾，才能保存得更好更久。

如此，半個多月又過去，直到看著家裡又堆著大包糧食時，辛湖望著忙碌的江家人和朱家人才恍然明白，大郎他們真的離開家好久了，幾個月過去，一點音訊也沒有。

今天是個豐收年，家家戶戶收成都很不錯，把該分給兩戶佃農的糧食分給他們之後，家裡的糧食都還夠吃。辛湖鬆口氣，糧食有了，可以弄些好吃的慰勞自己一家人了。而朱、江兩家人看著屬於自己的糧食，心裡也都非常高興。

「等把田裡該收拾的都收拾完之後，就得幫你們兩家蓋新房子。有空閒時，你們自己去多割些蘆葦回來吧。」辛湖吩咐他們。

「好的、好的。主家有心了。」江家與朱家的當家人連忙道謝。

如此，他們也算是真正在蘆葦村落戶了。雖然沒有自己的田產，卻一樣能有自己家的房子；分的糧食也不算少，讓他們兩家都堅定要在蘆葦村好好生活的念頭，在幹活時就更加賣力，同時他們也不忘抽空去割蘆葦。

大家能幫他們蓋房子，但大部分的材料還是得由他們自己準備。反正這些材料都是就地取，不用花錢去買，誰不想把自己家蓋得更加堅固些？所以兩家人準備的材料十分充足。

村子裡青壯男人其實還有不少，蓋房子也是大家幹熟的活。所以沒幾天，兩座與大家類似的正屋三間、灶房三間的小院子就蓋起來了。只是，他們兩戶房子已經位於村子的邊緣，屋子前面是條河，後面也沒什麼空地，房子一蓋好，周邊連塊菜園地都找不出來。

實在是沒辦法，村子裡能蓋房子的地方都蓋滿了。現在這兩塊宅基地，離田近，成片全部是良田，哪還能劃塊菜地給他們？

雖然沒菜園，但搬進新家時，江家與朱家人都喜笑顏開，一個勁的感謝村子裡的人。這樣好的房子，與村子裡其他人家並無多大區別，已比他們自己搭建的低矮小草棚，要高大寬闊、結實太多了。因為村子裡已經不允許隨便再挖荒地開田，所以辛湖與兩位夫子等人在附近找了幾遍，才給江、朱兩戶人家找了兩塊菜園，劃給他們。

「這兩塊地，你們自己去挖出來，明年要自己種菜吃了。」

「這是分給我們的嗎？」江、朱兩家的漢子不約而同的問道。

「是，屬於你們了。」辛湖給了他們肯定的答案。

兩個大漢笑得嘴都歪了。這段時間裡，他們兩家人吃的菜，多半是村子裡其他人給的。蘆葦村的菜園子都辦得很不錯，家家戶戶都有吃不完的菜，就今天你摘一籃、明天他摘一籃的給這兩戶人家。實在不夠吃的時候，他們還去挖些野菜吃，兩家人早就想要有個菜園子，但村裡不發話，他們也不敢動手。

雖然這兩塊地不算大，離他們家也有點遠，但種菜是綽綽有餘了，他們馬上開始盤算著明年可以給自家種一點糧食了。

江大叔說：「我得留一半出來種點豆子，種幾排高粱。」

「我也一樣，我想多種點紅豆。菜不夠吃，還可以多挖些野菜。糧食能多收幾升才是正經啊！」朱大叔說。

雖然這塊地就那麼大，他們盤算的也不過是能為自己家添個二、三十斤的收入，但可別小看這點收入，在青黃不接的時候，能讓一家子活命呢。

在大家都開始有閒暇時，謝管家與謝三卻開始忙得十天半月見不到人影。

他們幫丁西三人下到各個村子去買糧食，但是他們買得並不多，端看村子的大小、各家收成糧食的多少而決定。其實雖然是豐收年，但農戶們一向極少賣糧食，畢竟家家戶戶除了要上繳之外，有的還得交租，真正落到自己家人嘴裡的糧食也沒剩多少，大部分人家都有糧食不足的情況。

所以他們在李家買個三、五斤，又到趙家再買個三、四斤，如此這樣加起來，在一個大村子裡也不過只能買個百八十斤糧食，小村子則只能收到三、五十斤，且還大半是雜糧，穀子、麥子極少買得到，可見普通農戶家的日子，過得真不怎樣。

他們在與村民們買糧的過程中，也弄清楚了各村大概有多少田、每年要交給官府多少、家裡還能剩多少等等情況。

第五十七章

這般查探主要是為確認各村的收成情況，瞭解這一季清源縣的官府能收到多少糧食回去，再以此推算出清源縣該有多少存糧。雖然他們不可能跑遍每個村子，而且也不敢明目張膽的到處問，只敢去那些偏僻的村子。但這樣算下來，實際上清源縣官府每年收上去的糧食還真不少。

最重要的是，不走出不知道，一走出去，才知道清源縣內類似翠竹村、半條街這樣的集市還真不少，而且大多都屬於老百姓自發組成的草市，官府並不怎麼管，這個漏洞還不小。

丁西他們三人養好傷後，一直不停的在清源縣探查。章炎交給他們是個非常艱鉅的任務，他們不得不想方設法融入清源縣裡的幾方勢力中，花了好些時間把整個清源縣城細查幾遍，總算找到一些線索。

而這時章炎派來要糧的人也馬上要到了。他們上次就帶那麼一點糧食，怎麼可能吃多久，再怎麼省也早就吃完了。後頭的日子，大家只有靠一路不停的想辦法去湊，就這樣，總算撐到秋收後。再弄不到大量的糧食，大軍就要支撐不住了。

隨著要糧人的到來，還有大郎和江大山、謝公子等人給家人的書信。

「我們回來啦！」謝管家和謝三打著馬，飛奔著進村。

辛湖不解的跑出來，真怕又出什麼事。雖然這段日子村子裡一直很平靜，但她總隱隱提心吊膽。大郎不在家，對她來說，就是不太踏實。

「阿湖，快來！大郎給你們捎信回來了。」謝三笑道。

「真的啊！」辛湖簡直不敢相信，興奮得聲音都在微微發抖。

當拿著被謝管家和謝三帶回來的信件時，大家都喜出望外。

「嗯，今天有人過來，專門替咱們蘆葦村的人捎帶家書回來呢。」謝管家說。

得知消息，謝老夫人激動得話都快說不出來了。

江大山的信言簡意賅，但謝姝兒拿著薄薄的信紙，看著上面簡單的幾行字，滿足到不行。

謝公子的信寫得非常有文采，當然，內容更多是對時局的一些隱約描述，與些許需要江、吳兩位夫子提出建議的內容，兒女情長也寫得極簡短；大郎寫的信就更加一板一眼。

總而言之，他們的信內容都非常短，長的不過兩張紙，短的就是三言兩語，看上去都平實無奇，不外乎是說自己在外面一切都好，家裡人不要擔心等等話。

因為他們也不可能把詳情寫在信上面，信是先讓安王和章炎過目後，才能捎回來的，就怕涉及軍情洩漏機密。相對其他人來說，他們已經非常幸運了，因為押糧人要到他們的家鄉來，還得與蘆葦村的人打交道，才會順手幫大家捎帶家書，當然也趁這個機會，雙方能夠套些交情，讓合作更愉快。

但光是這樣，也令所有人都興奮不已。畢竟他們已經離開好幾個月，人人都擔心他們，能知道他們的近況，沒得到壞消息，也放心一大半。

晚上，辛湖把信給平兒、大寶和阿毛都看過後，又小心的收起來。

平兒不滿的說：「大哥也真是，寫個信就這麼乾巴巴幾句話，也不說說軍中都有些什麼？」

「你想得美呀！要不是人家直接帶信過來，我們哪裡能收到他們的隻言片語，你以為他們能寫些什麼啊？」辛湖笑道。

「那也可以多寫點嘛……」平兒嘀咕道。

「嘿，我要當大將軍！」大寶大叫，挺著胸膛，一副自己馬上就要變成威風凜凜的大英雄，弄得平兒和辛湖、阿毛都哈哈大笑起來。

一家人把這封簡短的信仔仔細細看好幾遍，才讓辛湖鄭重的收起來。

雖然只有乾巴巴幾句話，甚至大部分都是交代幾個小的要認真練功夫、好好學習的話。信中唯一提到她的只有一句話，就是說他一切安好，讓辛湖不要擔心，好好照顧家裡。就算這樣，看著熟悉的字跡，辛湖還是非常開心。

難怪那句「烽火連三月，家書抵萬金」的詩句，能成為千古傳誦的名句，這個時候，辛湖才真真切切體會到這句話的意思。一封薄薄的家書，給大家帶來無比的歡樂；所有收到信的人，臉上都露出發自內心的笑容。

章炎不只讓押糧人給蘆葦村人帶來家信，還告訴大家可以寫回信，並且能給親人們帶點包袱過去，同時他還送來三百斤鹽。

謝管家把鹽分給各家一些之後，說：「軍中需要大量的鹹菜，請大家幫忙多做一些，另外還需要大量的肉食。家裡雞鴨多的，都殺幾隻吧，醃好了讓阿湖集中一起燻製。」

蘆葦村人的生活比附近各村都要富裕一些，平時各個家裡多少有囤些鹹菜。大家互助已成習慣，聽謝管家這番話，立刻全部交上來，連雞鴨也立刻回家去宰殺、醃製。

辛湖各種蔬菜醃製得不多，不過她做不少糖蒜頭，共有兩大罈，原本留著可以吃一年，最後她只給自己留一小罈，其他全貢獻出來。此外，她還醃製不少鹹鴨蛋，也裝一筐子出來。

前不久，她還和大家出去打一趟獵，弄回不少野兔等獵物，早就醃製好，這會兒也全部拿出來，回家還殺了十隻雞、十隻鴨，湊足百來斤的肉食。

晚上平兒他們都去睡了，辛湖又掏出信來仔仔細細看好幾遍，恨不得把一張薄薄的紙看出朵花來，好像能透過上面幾行字，看到大郎在幹麼、生活得好不好？

也不知道過多久，她拿出紙筆，準備寫回信，可是提起筆，千言萬語卻不知道從哪裡說起。墨水一團一團的落在紙上，連續浪費好幾張紙後，她最終也只寫了——

家裡一切都好，不用擔心大家，你要保重自己。

寫完，她想了想，又覺得太簡單了，便把多兩戶佃農的事簡單交代一下。

夜已深，整個村子靜悄悄的，一直到公雞打鳴，辛湖才驚覺自己居然拿著這封信，胡思亂想一個晚上。

「我這不是著魔了嗎？」她罵自己一句，才倒頭睡下。

這個晚上，注定是個失眠的夜晚，村子裡其他收到信的人，也一樣沒人能睡得著。謝大嫂身子已經很重，卻想著如果能生了男孩後，再把信帶給夫君就好了，畢竟這一胎大家都盼望是個男孩子。

謝姝兒看著信，對著兒子熟睡的小臉，提起筆很想畫一副兒子的畫像，但畫來畫去卻一點也不好看，最後惱怒的扔下筆，隨意寫幾句家裡一切安好之類的話，最後也是叮囑他保重自己。兩人在感情上都屬於比較粗獷、直來直往的性子，反倒沒那麼多的甜言蜜語要寫。

兩位夫子自然也看了所有人的信，並指導謝大嫂給謝大哥回了信。其他幾家人的回信都極簡單，和來信一樣只有薄薄的一張紙，只有辛湖家，四口人各寫一封回信，裝在一起顯得特別厚。主要是大寶和阿毛，囉哩囉嗦的寫一大篇，還好幾個錯字，惹得大家都偷笑不已。

難得人家能幫大家把回信帶走，大家就又忙碌起來。因為他們走的時候，還沒有完全決定是不是要去打仗，剛開始只打算幫章炎把糧食送去、給安王一點資助。畢竟他們得親自去見過安王，近距離瞭解，才能決定這個安王是否值得他們效力。

以他們的能力與身手，也不怕去到軍中，人家不讓他們走。讓他們留下來一個很大的原因，是這一路與章炎的接觸——他們從章炎身上看到這世道的希望，而且安王本人也沒有讓他們失望。

所以，當時他們帶去的隨身物件並不多，這會兒，大家都忙著給他們縫製衣服。大郎走的時候，辛湖就給他帶上去年新做的冬衣，這會兒就只要給他縫兩套新的裡衣、一件小襖，再加幾雙靴子與單鞋就夠了。如果有可能，她當然希望能給他多帶點衣服去，畢竟軍中很耗衣服、鞋子。她也不能指望安王在這世道，還能給每個軍士的裝備全搞齊。

縫衣服，辛湖自然不敢自己出手，還是請胡大嫂與劉大娘幫忙。好在她自己平時納的鞋底有許多存貨，做靴子、做鞋還不算什麼難事，只請劉大娘幫忙給大郎做裡衣，再讓胡大嫂幫著做一件小襖與一條厚實的褲子。

辛湖想了想，準備再多縫幾雙襪子。這時謝管家又來找她，不好意思的說：「那邊醃製了不少魚，還是得請妳去燻製，怕被我們糟蹋了。」

「行啊，我今天就過去。」辛湖放下手中的針線，說。

「嗯，阿湖，妳把劉大娘帶上吧。那邊都是糙漢子，妳一個小姑娘家不太方便。」謝管家提醒她。女孩子年紀漸長，講究就越多，他不希望辛湖的名聲受損。

辛湖一愣。她還真沒考慮到這一點，聽了謝管家的話，連忙道謝，說：「我知道了，這就去找劉大娘。」

劉大娘自然滿口答應，然後兩人怕忙不過來，又把春梅帶上。

當看到前面那一排排早就醃製好、曬得半乾的鹹魚時，辛湖、劉大娘和春梅三個嚇一大跳。這些魚都不小，砍成大小差不多的塊狀擺在曬席上，一眼掃過去，地上密密麻麻的全是魚塊，實在是多得令人出乎意料。

「這起碼有上千斤吧？」劉大娘驚嘆道。

丁西自豪的大聲說：「那可不是，我們是經常打魚的。」附近的水潭多，人口又極少，打魚簡直是再容易不過的事情。有點空閒他們就打魚，累積下來，可不就積下這麼多魚乾了。

「這邊還有幾筐子野豬肉。」有人提醒道。

「幸好有叫上春梅。」辛湖撫額，低聲嘟囔。要是光她和劉大娘兩人，要忙到什麼時候啊？

在辛湖的指揮下，丁西和幾個大男人幫忙搭好燻架，柴草也準備好。然後辛湖帶著劉大娘與春梅，足足忙上三天，才把這些魚塊和野豬肉全燻製起來。

等她們三人再回到蘆葦村時，家家戶戶該準備的東西也全都準備好了。

辛湖走時，留下的一點活也讓秋菊與張嬸嬸幫忙縫好。實際上，家家戶戶都是捎帶衣物與鞋，也不敢帶太多，怕人家嫌多了不願帶，都是精減再精減過，帶上的都是最需要的東西，而且大家不約而同都給家人多帶兩雙手套。

「哎喲，也不知道他們在外邊吃得好不好、飯夠不夠吃？」謝姝兒和謝大嫂只恨不得把家裡的好東西，全部給男人們帶過去，但卻不敢說。因為帶一包衣服過去已經很麻煩人家，畢竟大家是來押運糧食、做正事的，哪能再給人家添麻煩呢？

辛湖很明白大鍋飯的威力，再好吃的東西，也弄不出什麼好味道。而且出門在外，自然會格外想念家裡自製的一些小吃，所以她也想給大郎帶點吃食過去，別的不說，起碼可以和同寢的夥伴們分著吃、搞好關係啊！就像她以前在外地念大學，每次放假再回校，大家都會從家裡帶些小食和特產過來一起分享。

辛湖在腦中找出幾種小食。受條件所限，她最後選擇很簡單，但比較易保存的一樣；而且天氣漸冷，這東西應當不會變質的。

她做的是大米與綠豆混合糅成的餅，曬乾後薄薄的一張一張疊放在一起。也沒敢弄太多，就怕路上走的時間太長會壞掉。

熱騰騰的餅攤好後，辛湖把早就剁好的蓮藕與肉混合的餡料扔給鍋裡，一陣猛炒之後，再把撕碎的餅扔進鍋裡，加入辣椒和蒜苗，大火翻炒幾下，一盆香氣撲鼻的炒豆餅就做好了。

平兒和大寶、阿毛三個等在一邊，抄起筷子，還沒來得及開吃，謝姝兒就抱著安兒過來，嘴裡還大叫道：「阿湖，又弄了什麼新鮮好吃的？」

「就妳鼻子靈，快過來吃吧。」辛湖笑道。

平兒連忙去拿來小孩坐的小竹椅，謝姝兒把孩子放上去後，不客氣的坐下來，開吃了。

「真好吃啊！妳這是準備帶給大郎吃的嗎？」謝姝兒問。

「是啊，不知道別人肯不肯帶呢，我沒敢弄太多。」辛湖答。帶包衣服已經很麻煩人家，再帶小吃就不太好意思開口。

「唉，是啊。帶太多，輪到他們嘴裡也吃不上幾口，是個意思就行了。妳多弄點，就說是給我們蘆葦村所有人吃的，放在一起就好了，這樣他們總能嚐到一點。」謝姝兒說。

謝老夫人也跟過來，正巧聽到女兒的話，笑道：「妳倒是會佔便宜啊。」

「沒事，我弄的雖然不多，但也用了十斤米、十斤綠豆呢，應當夠他們每人吃一碗吧。」辛湖笑道。

謝姝兒看著母親得意地笑著。「那可不是？就阿湖弄的格外好吃，我可想不出要帶什麼給大山吃。」

「確實很好吃。這個帶去會不會壞掉？」謝老夫人有些擔心的問。

「只要不發霉就行了，先曬乾，可以保存很久。」辛湖答。

「可是，他們上哪兒去搞這種餡料？」謝姝兒指指那一小盆加了肉的蓮藕餡料，問。

「這餅的吃法很多種，曬乾了給他們帶過去，自然不能像我們現在這樣吃。可以像煮麵條那樣煮來吃，也可以直接當菜炒著吃，加點蒜、辣椒，再放點水燜一下就好。」辛湖說。

謝老夫人點點頭，滿意的說：「我們母女倆都是厚臉皮，這回可得讓其他幾個都跟著大郎，沾沾妳的光了。」

蘆葦村的東西，除了大量的鹹菜乾、燻製好的肉食，還有不少辣椒乾、花椒乾、蓮藕粉等等，全部收拾好了。這些加起來也有約千斤，由謝管家和謝三帶著阿信、阿志運送過去。這一疊厚實的餅則單獨包起來，與各人的衣服包袱放在一起。

來押運糧食的人分兩批到達，一批走水路，一批走陸路。帶頭的就是上次隨章炎回去的幾人，他們熟門熟路，也熟知這邊的情況，更方便行事。

水路來的，一行共一百人，他們化整為零喬裝後，分頭乘幾條船，在三天內陸續抵達。這批人領頭的是大家的熟人，黑二哥。

見到他們，丁西慚愧的說：「清源縣肯定有不少存糧，但眼下我們還沒摸清楚糧食藏在哪裡。」

「哼，直接找上門去強要。我就不信這次他們還像上次那樣，否則先抓幾個人質回來再說。」黑二哥氣憤的說。他這次可是請求了好幾次，章炎才肯讓他來的。

上次就是他們五人一夥，搶回第一船糧食，後來與章炎他們會合，又搶到兩船糧食。但他們一共五人，這次只有四人過來，黑二哥與小四帶著人從水路來，另外一頭阿憶和阿柄帶著另一批人走陸路而來。

黑二哥心裡憋了口惡氣，不發出來一直不甘心，所以這次才強烈要求章炎讓他過來。

上一次大家鎩羽而歸，不只他不甘，章炎又豈能善罷甘休？因此這次他們來的不只兩隊，另一隊人還帶著一份機密名單。吃了這個大虧，安王其實也很惱火，這次乾脆給他們一道密令，讓他們找到名單上的人，若不肯聽話，就直接幹掉。

清源縣的當權者，上自縣官，下到小史與當地大族，都有安王的人，可以說清源縣很早以前就是安王暗中的地盤。而且清源縣地處偏遠貧窮，天高皇帝遠，再加上在安王一系的特意安排，好多年前就已經邊緣化，當朝的管轄已然對它沒多少意義，可以說，清源縣已經處於自治的狀態。

所以這幾年外面再怎麼亂，這裡也依然能保持正常的運轉。雖然不算富裕，但相較外頭，也造福這一方百姓，讓大家能過著正常的日子。

然而另一方面，這裡的當權者已經把這塊地方牢牢的握在自己手中，隱隱有當土皇帝的感覺，也難怪有些人生出不該有的心思。

安王很明白，若是不動真格，清源縣可能就收不回來了。所以這次跟著押糧軍來的還有兩位特殊人物，一名叫安修遠，是來接替縣官之職的，另一名叫鄭度，是他的謀士。隨著他倆而來還有一隊專門保護他們、武藝高強的護衛，可以說這是一整套的縣衙政務人員。同時安王也命令丁西三人繼續留在這裡，協助安修遠的工作。

丁西接到命令自然大喜。他們這段時間在清源縣可吃了不少的苦頭，那些人表面合作，背地裡不知耍了多少心眼，要不是他們早有準備，可能早就沒命了。後來他們乾脆不找那些大人物，反而混在市井中，透過翠竹村、蘆葦村及其他一些小村落慢慢調查，費了不少功夫，才勉強得到一些有用的線索。

「這麼說，我們哥仨還得在清源縣待很長時間啊。」丁西說。

「當然了。你們在這裡也待了幾個月，可比我們剛來，兩眼一抹黑要強上不少。所以很多事情，我還得指望你們呢。」安修遠笑道。

他是個笑咪咪的中年人，膽大心細，極有手腕，沒一會就和丁西他們搞得很熟。他和他的人共五十名，包含廚娘、打雜的好幾個下人，他們是要留下來接管清源縣；另外黑二哥那群人也是五十人，則是專門來押運糧食的。

第五十八章

因為另一批人還沒來，安修遠也暫時先待在河邊的小據點裡，只派些人跟丁西他們去清源縣打轉。他自己倒是很想去蘆葦村看看，但謝管家是個人精，一直與他打太極就是不接這個話。他也不強求，打幾個哈哈就輕輕放下。

謝管家對安修遠的觀感還不錯，但同時也明白，這個安修遠絕對不像他外表那樣和氣，一定是個厲害角色。安王派了這麼位人物到清源縣來，看來也是被逼急了。

第二天，謝管家和謝三就帶著章炎送來的三百斤鹽回蘆葦村去了。

安修遠對鄭度說：「阿度如何看這位謝管家？」

「十分精明，並且有膽色。」鄭度說。

「你還覺得清源縣是個小地方？現在知道值得來了吧？有這樣的人當幫手，我們在清源縣的日子會好過很多啊。」安修遠笑咪咪的說。

「確實，這地方還滿有趣的。」鄭度微微點頭。他本來覺得安王大才小用，派他們到這兒來，現在他開始覺得這一趟有點意思了。

幾天之後，從陸路趕過來的一隊人馬共五十人也到達了。雙方一匯合，安修遠就決定立即行動。

兩天後的一個傍晚，安修遠帶著人進入清源城，以迅雷不及掩耳之勢，直接斬首縣官，把他的一眾下屬殺的殺、收押的收押，當夜就抄了兩戶當地的權貴大家族，成功找到糧倉。糧倉一到手，他就立即秘密安排人轉移糧食。不過一夜的工夫，這一倉庫的糧食就裝上大船，連夜運走了。

等其他勢力反應過來，清源縣已經在安修遠的管轄下了。他的四十八名護衛，個個精明能幹，各有手段，其中武藝高強的更是多數，其餘幾名廚娘、下人也都不是普通人。再加上有丁西三人的協助，早就知道哪些是講和派、哪些是強硬派，那些直接被殺的人，都是調查過的硬骨頭。

如此果決迅速的血腥手段，果然鎮住那些還蠢蠢欲動的人。

接著，安修遠光明正大的開始頻繁與眾大家族接觸，恩威並施，很快就瓦解清源縣原有的那一套模式。

安修遠幾乎沒費一兵一卒，就摧毀掉清源縣原先經營數年的勢力，如此雷霆手段著實令人膽寒，就連丁西三人對他都越發恭敬起來。這樣的人可千萬不能得罪，不然自己是如何死的都不知道。

丁西和他的兩名兄弟與安修遠的人混雜在守城的兵士中，接管清源縣的守衛巡邏工作。不出幾天，就把整個清源縣把控在自己人手中。

所以，第二批糧食很容易就被走陸路來的五十人帶走了。

當第二批人帶著糧食走之後，清源縣原先一些深藏的勢力，哪還敢出頭？都老老實實的，只希望安修遠不會知道自己以前私底下做過的事情。可惜的是，安修遠來之前就做好足夠的功課，手中又有份機密名單，更有幾個安王老早埋下的釘子，短短時間內就把該清理的人清理乾淨，只留下一些暫時不能動的人沒有動，打算計畫完善後再慢慢收拾。

但這兩次行動，謝管家與謝三兩人露了形跡，自然就落在有心人眼裡。當安修遠埋頭整頓清源縣裡一些明面上的人物時，有些心懷不甘的人，居然去找蘆葦村的晦氣。

可惜的是，蘆葦村藏在茫茫蘆葦林中，附近還有不少小村子，稍有點風吹草動，蘆葦村的人都能收到消息。更何況，謝管家和謝三完成協助丁西等人的事務後，就打算回蘆葦村坐鎮去。

「本官給你們安排兩個適合你們的位置，再把你們的家人全部接過來安置也不行嗎？」安修遠竭力挽留他們。他滿欣賞謝管家的能力，而謝三雖然話不多，但武藝不錯，現在正是缺人手的時候，他很樂意多招攬幾個人來辦事。

「不了，我們身分地位都不夠，再說村子裡還有家眷。」謝管家推辭道。

目前來說，他不覺得帶著謝家人到縣城來是個好時機。雖然安修遠暫時是掌控住清源縣，但那些人經營數年，這次是被打個措手不及，誰也不能保證私底下沒有人反抗，所以目前的蘆葦村還更安全一些。

「這兩塊通行權杖給你們，以後你們村的人就可以隨意來城裡買賣了。」安修遠只得暫且放棄，卻不忘示好，遞給謝管家兩塊他新製的出入權杖。有了這個東西，他們出入就很自由了。

「多謝了。小的們告退。」謝管家接過權杖，與謝三回蘆葦村。

兩位的回歸，對蘆葦村來說是件好事。多兩個人多兩份力量，不只辛湖覺得安心許多，江、吳兩位夫子也覺得有他倆在村子裡，對大家更好，其中感受最深的就是謝老夫人。有謝管家回來操持，她就格外輕鬆，很多事情就不需要她擔心了。

聽完謝管家的描述，謝老夫人感嘆。「新來的官老爺，非常厲害啊！」

「可不是，心夠狠、行事果決，是個人物啊。」謝管家讚道。

非常時期就該行非常手段。雖然安修遠的手段確實殘忍些，但不得不說十分有效，要不然也不可能短短時間內就接管清源縣。現在想想，要是當初謝老夫人也能拿出如此魄力搞死謝玉楓，謝公子就能順理成章的承襲他父親的爵位，現在也不需要拎著腦袋去博新的前程。

不過凡事也有兩面性，現在的京都裡情況混亂，那些勛貴家族也不一定有好日子過。

安王現在雖然不算所向披靡，但勢力一天大過一天，他不相信京裡的諸位大人物們一點都不清楚；何況安王的親衛隊中，有不少人是從京裡帶出來的，現在他對安王能獲勝的信心更加充足。

就拿小小的清源縣來說，安王都能派出安修遠這樣的人才過來管理，可見安王手下的能人異士著實不少。謝公子想在他手下脫穎而出，也不是一件容易的事情，所以他要更加好好照顧這個地方，讓公子他們沒有後顧之憂。

與謝老夫人談過之後，謝管家又和江、吳兩位夫子關在屋裡談說半天。

江舉人說：「安修遠這個名字很陌生，這麼厲害的人物，以前怎麼就沒聽到一星半點呢？」

「得了吧，就我們兩個小角色，能聽到什麼事嗎？」吳舉人潑了自己表兄一盆冷水。兩人雖然是關係極好的表兄弟，但他們家離京裡十萬八千里，也沒有很親近的親戚朋友當京官，還真不太瞭解京裡的情況。

但大家對安王還是有所耳聞，畢竟他們在京城也待有一段時間，對於當朝唯一一個親王還是清楚的。雖然安王很低調，但再低調也是當今皇帝的親叔叔，還是要每天上朝，有很多雜七雜八的公務要做。

「就是因為這樣，才更說明安王這個人心機極深，布局的時間也夠長。」謝管家感嘆道。

「的確，光是這心機，我等就自愧不如，就不知道他是如何網羅到這些能人異士的？」江舉人好奇的問。

「這些事離我們太遠了，我們還是先考慮考慮如何自保吧。」吳舉人說。

「我也是這個想法。現在安老爺鬧了這一齣，我和謝三也跟著他們出了不少力，蘆葦村怕是早就成為某些人的靶子了。」謝管家說。

蘆葦村本來一直很隱蔽的，但是上半年江大山他們送糧走的時候，帶走村裡大半的馬，二十多匹馬可不是個小數目，早就造成一些影響。後面的時間，謝管家與謝三又一直跟著丁西他們四處奔波，接著安修遠到來，更是鬧出不少腥風血雨。

現在的蘆葦村，只怕早就成為有心人的眼中釘，所以大家這種半隱居似的安生日子，只怕不多了。

江舉人說：「是啊，怕是有人會來蘆葦村鬧事。」

「不怕一萬，以防萬一。得跟阿湖說一聲，讓大家小心些，另外出去跑動跑動時，記得要結伴而行。」吳舉人說。

秋收完了，天氣漸冷，大家地裡都沒有多少活可幹，年輕人自然待不住，不時有人結伴出去買點東西、打個獵，有人甚至單純就是想出去跑跑。所以村子裡這幾天，老是有人外出。

聽了他們的話，辛湖有些煩躁的搓著手，把自己的指關節按得「啪啪」響，點點頭出去了。

辛湖邊走邊思考著，該如何保護自己以及蘆葦村，心裡又很迷惑。安老爺一來就出手這麼狠，也不知道會結多少仇家？難道他就不怕別人暗殺他嗎？

雖然清源縣人不多，範圍可不小。那些在這裡經營數年、甚至數輩的人，怎樣也能找到地方藏身，然後再想辦法來慢慢對付他。所謂明槍易躲，暗箭難防，他再厲害也不可能刀槍不入，五毒不侵吧？

那他為何又這樣高調行事呢？只能說明他有持無恐，又或者安王已經對這裡的某些人忍無可忍，這一次是要把此處的勢力斬草除根了。

這樣想著，辛湖也沒那麼煩躁了。

若真有人來鬧事，他們就學安修遠，也來個殺雞儆猴，讓對方有來無回。

第二天起，辛湖、謝三、謝管家三人各自帶上幾個人，兵分三路，開始以打獵的名義出村去巡邏。沿途與各村的人說說話，瞭解一下最近有沒有陌生人來過？最後提醒大家把剛收的糧食藏好，說怕有壞人來搶。

「這可怎麼辦？我們不像你們有身武藝，要是來的人多了，我們能怎麼辦？」有人著急的問。

「你們也不用太擔心，只要多注意陌生人就可以。如果有人找你們打聽蘆葦村，就告訴他們往前面那條路直走就行了。」辛湖安慰他們。

她也不好明說，別人可能是來找蘆葦村麻煩。但只要有人真的想找蘆葦村麻煩，就一定會先來探問蘆葦村在哪裡，她要做的就是把這些人引進去。大家商量過，先把進村的路指出一條讓大家知道，便於防備。如果附近村子真出了事，也能去找大家求助。

「哎，別說，前天就有幾個陌生人問我，蘆葦村離這兒有多遠呢？」有人開口，見大家都看向他，這人又連忙補充。「我說不太清楚，沒去過。」

「我也遇過，但沒告訴他。」又有人說。

「這些人是你們的親戚嗎？但我們真不知道蘆葦村在哪裡啊！」有人說。

「沒事的，以後有人問，你們就告訴他們。」辛湖說著，給大家指點一條去蘆葦村的路線。進蘆葦村的路線很複雜，只要守住幾個要點，想無聲無息的進村是不可能的。

謝管家還特意去一趟張家村，也和張家村的村長說明狀況，讓他們也多加小心。兩個村子關係密切，自然要擰成一條繩，互相幫助。

「多謝你們來通知。」村長認真的向謝管家道謝。

「有什麼事，就去蘆葦村通知一聲。」謝管家笑道。

張家村的人自然知道如何去蘆葦村，不過兩村關係緊密，他們自然不會透露出蘆葦村的底細，何況最近去的人也不多，識路的就更少了。

做好這些外在防範措施後，剩下就是進村的通道了。

大家仔細選擇三個出入村的必經要塞位置，決定派人在這三個地方駐守。

「這樣就算有人來了，也來得及通知村子裡的人，並且一道一道的攔截，叫他們有來無回。」吳夫子說。

「那是。從現在開始，白天黑夜都要派人在三個點巡查，特別是晚上，一定要安排人守夜。」江夫子說。

辛湖和謝管家都很贊同他倆的話。這樣一來，就算真有人進犯，也不至於措手不及。反正村子裡會功夫的人多，就連小孩子也可以派上用場，只要不是派大部隊來圍剿，蘆葦村的人應該足以保護自己以及這個村子。

大家又仔細商量一下，把村子裡有能力的無論男女都寫上來，安排一個輪流值崗的名單。

一號據點，在最周邊，其責任最重大，由謝管家負責，帶著一班青壯男人。

二號據點，在中間，由辛湖帶領一群有功夫的婦女看守。

三號據點，離村最近，由謝三帶領另一群武功較弱，但身強力壯的男人看守。至於謝老夫人、幾留在村裡的人，有戰鬥能力的也要時刻待命，一有情況就全部出動。至於謝老夫人、幾個懷身子的婦人和幾個小孩子，都由專人保護。如果敵人太過強大，大家實在守不住時，就一起撤退到蘆葦林深處去。

因此，得先安排好一個秘密的藏身處。

「我覺得有個地方很適合，就是不太方便上去。」辛湖說。

附近的蘆葦林她幾乎都跑遍，成片的蘆葦林中，有的地勢高，有的地勢低，低的地方一般都有水，高的地方卻有不少是陸地。其中有塊陸地面積大且格外高，那時天氣熱，她和大郎仗著水性好，直接游過去。

但上到小島上一看，上面除了蘆葦，什麼也沒有。

當時她還很失望的說：「哎，我還以為這裡有什麼特別的呢！」

「妳想要什麼特別的？在這裡建立倉庫不好嗎？」大郎不解的問。

他們上來，不過是為了瞭解這個小島上適不適合建立一個糧倉。他們想把村裡存積下來的糧食存放在這裡，既安全又不占地方——村裡已經找不到一塊可以蓋房子的地方了。

「建倉庫應當可以吧，但我們是不是得先弄條船啊，要不然，糧食怎麼弄上來？」辛湖反問。

說到船，大郎也沈默了。蘆葦村沒有船，而且他們還沒找到地方可以買條船回來，因此這個想法暫時擱淺。

後來大郎他們就離開，這想法就更加不可能提起。

辛湖帶著謝管家和吳夫子過來看了看，兩人都覺得這個地方不錯。

「得有一條船才行。」吳夫子說。

「船暫時弄不到，不過我們可以紮個竹筏。」謝管家說。上次江大山他們紮的竹筏還一直在用，雖然後來有些散了，大家又重新加固過。

大家說幹就幹，很快就紮好一個大竹筏。謝管家與謝三跟丁西他們混在一起，早就能很熟練的撐著竹筏在河裡行動，所以竹筏一弄好，他倆就先划過去，上了小島，好好的探勘一下。

「確實不錯，地還滿大的，而且地勢也高，土看來很乾，應該不會被水淹。」謝管家滿意的說。

「那就先上去蓋座草棚吧，總不能等到人上來了，才急急的開始弄吧？」吳夫子說。

「說到蓋草棚，那三個據點也該蓋座草棚，畢竟天越來越冷，人總得找個暖和地方容身。再說，要是遇上下雨，總不能就這樣淋著吧？」江夫子說。

如此就要蓋四座草棚。小島上的是退路，以防萬一，要蓋得大而結實一些。於是眾人就先蓋好三個據點處的小草棚。這幾處不需要多大，能容納三、五個人就行，再放一張竹床，讓守夜的人能輪換著睡會兒覺。所以搭建這樣的草棚，費不了多少時間就完工了。

然後就剩小島上這座。眾人齊齊動手，也很快就搭建好一個兩間的草棚，還把一些糧食和必要的日常用品先拉一點上去。

忙完這一切，也沒聽到任何風吹草動，大家就安心的待在村子裡守株待兔。接下來的日子，大家開始各行其事，每天不分晝夜都有人輪班巡查。

為了能順利示警，辛湖還讓大家把孩子們玩的竹哨子拿出來了。

「有什麼事，大家就吹哨子，連續多吹幾聲。」

「要是有面鑼就好了，敲一下，全村人都能聽到。」謝管家有些遺憾的說。鑼鼓這東西很平常，但大家卻沒想過要弄回來。

「誰想得到哦，需要用時才知道啊！下次出去，我就買一副回來。」謝三說。

「還有武器才是最重要的，大家也得多備些。比如竹箭，沒事幹的男人們可以多製一些，竹槍也要多做一些。」吳夫子提醒大家。沒有武器，什麼都是空談，總不能拿著菜刀、鐮子去殺人吧？

說到武器，辛湖就多個心眼，把江大山私藏的那些大刀抽兩把出來。因為弓少，她將這兩把大刀交給謝管家與謝三。

「喲，你們家還有這東西啊?!」謝管家嚇一跳。

「這給你倆用的。我用弓箭、竹槍就行。劉大娘和張嬸嬸都是使鞭子的，其他人也使不上這大刀。」辛湖說。

「那行。」謝管家收下了刀。

第五十九章

接下來，大家安排好值守的人員。

辛湖和謝姝兒、劉大娘、張嬸嬸、春梅、秋菊、吳春妮、張禾分成兩組。一組人守白天，一組人守晚上。

白天是由謝姝兒、張嬸嬸、春梅、張禾四人守著。四個人再分成兩組，一組人待在小草棚裡閒話做針線活，另一組人就在外面時不時的走動幾圈，順便割點蘆葦回來當柴草，幹活與守衛兩不誤。

晚上就由辛湖、劉大娘、秋菊、吳春妮四人負責。夜裡大家在一起，也不過是說閒話、做針線活。

其他兩個據點的人採取同樣的分配方式。大家各司私其職，盡忠職責的守衛蘆葦村。男人們不用做針線活，就專心的製作竹箭、竹槍等武器。

女人們守白天，除了時不時的出去附近轉悠一圈，割點蘆葦之外，其他時間就待在草棚裡做針線活，與待在家裡的生活也沒多大區別。

守了三、四天之後，張嬸嬸就笑道：「我們這樣，哪像在幹正經事啊。」

「就要這樣啊。如果一本正經的像打仗，人家敢來嗎？」謝姝兒笑道。

她每天白天會出來輪半天值，孩子就先放在謝老夫人那邊照顧一下。半天過去後，她會回家一趟，餵餵孩子，讓謝老夫人稍微休息一下。這個時候，就由平兒或者小石頭代替她的班。對她來說，其實沒多大感覺，反而覺得現在的日子還挺有趣的。

晚上輪值的幾個人，就更不用說了，大半時間都在睡覺。兩個人睡覺，另外兩個人隔段時間去外面轉轉；若是遇上沒有月亮的夜晚，外面黑漆漆的，什麼也看不到，根本就不用出去，只需留心附近動靜就行了，下半夜再換人。

如此這般，日子很快就過去一個多月，天氣越來越冷，有下雪的跡象了。

「我們是不是太過小心了？根本就沒什麼動靜啊。」有人說。

守這麼久，屁事也沒有發生，大家精神都有些鬆懈下來。

謝管家嚴肅的看大家一眼，說：「話可不能這麼說，小心點總是好的，難不成你們還真希望有人來啊？」

「就是，一定不能掉以輕心，該守的還是要守，等下雪之後就不怕了。」吳夫子說。

天太冷，下大雪後到處白茫茫的，外面滴水成冰，這種天氣，大家都只能貓在屋子裡，還出來搞什麼事啊？

「就是，大家再辛苦幾天，等下大雪就不用這麼緊守著了。」江夫子說。

眾人也不過是發發牢騷，並不敢掉以輕心，何況謝管家與謝三，已經是村子裡武力值最高的人，其他人自然而然聽命於他們。

這樣的日子一直持續到下了雪。

看著雪花，大家都很開心，這預示著，沒人會來蘆葦村鬧事了。

不過其他人雖然不值夜了，謝管家與謝三還是不放心，兩人乾脆搬到草棚裡來睡覺。而白天辛湖會帶著平兒、小石頭和劉大娘時不時的出來轉兩圈。其他人見他們如此，白天也會自主來巡，就當是出來活動一下手腳，運動運動一下。

這天，辛湖依舊和平兒、小石頭出來巡，劉大娘因為臨時有點事還沒忙完，想讓他們再等會兒，但兩個小的已經騎上馬走了。

辛湖見狀趕緊追上，回頭向劉大娘說：「也沒什麼事，我們出去轉轉。」

「今天做些什麼？」平兒問。

「能做什麼啊？還不是在那邊轉轉，看能不能撞到什麼野物，獵兩隻回來加餐。」辛湖笑道。

好長時間沒出去打獵，一聽到野物，平兒和小石頭就開始流口水。家裡這段時間的生活明顯變差，一來是因為上次被押糧的人帶走一批東西，二來這段時間又因為忙著值守，也沒空出去打獵，所以大家都有些懷念野味了。

走到小河邊，辛湖突然想起，昨天晚上她回去之前往河裡扔了兩只簍子，連忙停下來說：「哎，先別急，我們來看弄到魚沒有？」

「好啊、好啊！這次讓我們倆來拉，不要妳拉。」小石頭和平兒也停下來，又率先往河邊衝去。

「你們小心點，別掉進水裡。」辛湖跳下馬，不以為意、慢騰騰的跟在他們身後，讓他們去折騰。

「要是今天弄到魚，晚上做水煮魚片吃吧！」平兒興奮的說。這會兒他忘記野兔，光想著辛湖做的水煮魚片了。

「行啊。」辛湖嘴裡應著，樂呵呵的掏出一把豌豆，往草棚走去。

她要先生火，等會兒回來，可以往火堆裡埋豌豆炸著吃。小時候，她和小夥伴經常這樣玩。不需要很大的火，就把豌豆埋進去，等一會兒豌豆就會「啪」的一聲炸出來，這樣炸的豌豆極好吃，過程也很好玩。其實埋玉米更有趣，跟爆米花一樣，只可惜這裡沒有玉米。

她得先把蘆葦砍成一小截小截的蘆葦碎末，往土缽裡裝，再壓實，做好準備。「喀嚓喀嚓」一根根的蘆葦被她切成細小的碎末。

「啊！」河邊突然傳來一陣短促的驚叫，嚇得她一個激靈，拔腿就往河邊跑。

沒跑幾步遠，她就硬生生停下腳步，幾個男人惡狠狠的抓著平兒和小石頭，只見兩人各腫了一邊臉，滿嘴是血，顯然被人狠搧耳光。他們被人抓住了，還在拚命的掙扎。

「嘿，這邊還有一個！」有人看見辛湖，高叫道。

辛湖看著平兒和小石頭，又驚又怒，心瞬間就沈到谷底，只覺得周身的血都凝固了。

「你們幹麼?快放了我弟弟!」她努力裝成普通村姑，驚慌失措的大叫著，尖利的聲音傳出老遠。

「死丫頭，住嘴!」一個男人連忙衝近，掄起巴掌搧過來。

辛湖下意識的揮出手中的砍刀，好巧不巧正好命中男人的脖子，鮮血登時濺灑一地，男人轟然倒地。

這瞬間的變故，令其他幾個男人愣了片刻，平兒和小石頭乘機奮力掙脫，拔腿往辛湖身邊跑。

「殺了他們!」一個男人怒吼，率先衝了過來，其他幾個男人也醒悟過來，跟著追上。

辛湖撿起地上的砍刀，順手又摸起一柄被小石頭和平兒扔在地上的竹槍，一手使刀一手使竹槍，迎了上去，嘴裡還大喝道:「快跑!」

平兒和小石頭卻跑到她的身後，胡亂抓起地上的竹槍和石頭迎戰。三個人與幾個男人混戰在一起。那幾個男人顯然沒料到，辛湖的戰鬥力這麼強大，她力氣極大，掄過來的竹槍咻咻作響，威力極大，幾個男人很快就掛了彩。

不過就算這樣，沒一會兒，她就落了下風，因為平兒和小石頭兩人連自保的能力都夠嗆，只能在她的保護圈中偶爾揮舞一下竹槍，卻完全傷不到人。

那幾個男人也急紅了眼，他們肯定不可能讓辛湖就這樣護著兩個小的逃跑，有人拚著受傷近到她身邊來，一刀往她的頭劈下來。辛湖就地一滾，手中的砍刀順手往最近的一個男人腿上斬去，男人嚎叫一聲，腿被她硬生生的劈斷，而她的砍刀也脫了手，只剩下一柄竹槍。

另外兩個男人這下反而冷靜下來，陰沈沈的盯著辛湖，雙方對峙著，就看誰能堅持到最後。這會兒辛湖已經緊張到無法動腦，只顧著死死盯著他們，一動也不敢動。

突然，一條鞭子唰的揮過來，捲倒其中一個男人，辛湖乘機揮舞竹槍刺向另一個男人。

幸好劉大娘跟上來了，她的加入使情況逆轉，很快就解決掉這兩個男人。然而還沒鬆口氣，那個被砍斷腿的男人卻猛地吹響一陣哨音，同時他還拚盡最後的力氣，撿起竹槍狠狠抽了辛湖一棍子。辛湖閃躲不及，覺得腿都差點被抽斷，疼得她一個踉蹌，要不是手中的竹槍撐了一把，就要跪倒在地。

「不好了！他們還有同伴。快！小石頭、平兒先上馬！」劉大娘大驚失色，只恨不得自己多生出幾雙手來，扯起小石頭和平兒就往馬邊扔，她根本就無暇幫助辛湖這邊。

辛湖艱難的挪動身軀，舉起手中的竹槍狠狠的給那男人幾棍子解決他。

兩個小的打馬往村子裡跑，辛湖大喊：「吹哨子！」

劉大娘這才有空回頭來幫辛湖，一把扯過她，兩人分別躍上馬，尋個隱蔽點藏起，守候在這裡打頭陣。

小石頭和平兒在辛湖的提醒下，才想起自己也有竹哨，兩人騎著馬邊跑邊吹哨子，瘋狂的往村裡奔去，也不知跑到哪裡才能驚動村裡的人。

劉大娘與辛湖才剛剛藏好，就見到數十人快速往她們這邊包抄過來。

辛湖屏息著拉弓，慢慢瞄準人群中唯一的弓箭手，放箭。她力道太大，那箭嗡嗡響著飛速前進，帶著一股凜烈的風正中那人的胸口。箭帶來的衝擊力大到讓他連連後退幾步，他還沒來得及站穩，隨後來的第二箭又射中他，瞬間他的胸腹部連穿兩個洞，讓他轟然倒下，鮮血從傷口汨汨而出，他手中的弓箭也應聲落地。

辛湖大喜。少了弓箭手，她連續抽箭，一箭接一箭毫不留情的射出去，大有殺盡來敵的威風，但同時也暴露出自己的藏身處。

敵人連忙分散開，迅速包抄過來。

「走啦！」劉大娘猛拍她一把，雙腿夾住馬腹，猛然衝向已經很近的來敵中，一鞭子下去揮倒一片。

此刻，辛湖的十支箭終於射完，倒在她箭下的人，想要活命很難。雖然她使的只是竹箭，但因為力氣大，有的箭幾乎都要射穿整個人身了。

她把弓套在脖子上，揮動竹槍，騎著馬衝入敵群中，與劉大娘背對背，一人抽動鞭子，一人揮動竹槍，與眾敵纏鬥在一起。兩人仗著騎在馬上的絕對優勢，不過片刻工夫，就掄倒一片人。

「快走！」劉大娘乘機調轉馬頭，往村子裡跑去。辛湖隨即跟上，馬蹄踏在雪水中，濺起一陣陣泥濘，模糊敵方的視線。兩人呼嘯而過，伏在馬背上，不敢再回頭戀戰，因為她們很明白，自己打不過對方。

敵方人群中，有人撿起地上的弓箭，也不管有沒有瞄準，拉弓直接一箭接一箭的射向兩人。

跑在後面的辛湖個子矮小，又伏在馬背上，就算瞄準了也難以射中。但馬卻沒那麼幸運，畢竟塊頭大，很快屁股就中一箭，馬嘶鳴著，疼得跳起來，差點把辛湖給震落。

辛湖心中焦灼不已，那人卻依舊不停的射箭，片刻間馬又中了一箭，這次辛湖知道馬怕是保不住，想利用馬逃回村子已不可能。她只得飛身躍下馬，順勢滾落到路邊的蘆葦叢中。

前頭的劉大娘猛地調轉馬頭，準備接應辛湖，也就是這個轉身的瞬間，一支箭破空而來，射中她的馬腹，她的馬同樣嘶鳴起來，緊接著另一支箭又中了，馬登時劇烈的嚎叫掙扎。

劉大娘只得學辛湖的樣子滾下馬，兩人衝入蘆葦林中，也顧不得是濕地還是陸地，連滾帶爬的往前跑。

很快，身後就傳來急促的腳步聲，蘆葦叢被分開的聲音響著，追兵越來越近。而下了馬，辛湖只覺得左腿疼得厲害，人也幾乎跑不動了。

「不行，我跑不動了。」辛湖低叫道，停下腳步。

劉大娘無法，只得跟著她停下來，這下兩人想尋個藏身處都不可能了。

很快雙方就短兵相接，劉大娘手中的鞭子這時就失去優勢。在蘆葦林中，鞭子根本施展不開，辛湖的竹槍倒還有點用，卻也不及對方手中的大刀。

明晃晃的大刀砍過來，蘆葦林應聲而倒下一大片，兩人根本就藏不住，只能硬拚。

劉大娘順手撿起幾根蘆葦杆當長槍使，兩人背靠背，互相依靠，揮動著手中的竹槍與蘆葦，不讓敵方近身。可惜，對方這名掄大刀的人顯然是個狠角色，幾刀就砍斷了她們手中的武器。

看著越削越短的竹槍，辛湖乾脆扔掉手中的半截竹棍，朝那男人的面門用力砸過去，然後人就地一滾，撲過去抱住握刀男的雙腿，狠狠一扯，男人頓時倒地，也不知傷了哪裡，慘叫起來。辛湖隨即又提起他，用力往敵群扔去。

那男人哪想得到一個小姑娘家居然能直接掄起他？張大嘴慘叫一聲，手中的刀也飛了出去。刀被劉大娘一鞭子捲走，男人在半空中劃過一道弧線，以五體投地的姿態落地。

「哧哧」幾聲，原來他落地時正好插在一片砍斷的蘆葦樁子上，來了個正宗的上刀山滾釘板，無數根尖利的蘆葦樁子穿過他的身體，把他扎得像隻刺蝟。男人慘利的嚎叫，很快就沒了聲響。

如此慘景，嚇得其他人毛骨悚然，辛湖自己也嚇呆了。其他男人像見鬼似的看了辛湖一眼，不過片刻又狠命的撲過來，眼看辛湖就要被一刀劈到，劉大娘的鞭子又揮過來，同時怒吼一聲。

「接刀！」

劉大娘的喝聲，驚醒了辛湖。

辛湖接過大刀，順手就砍往離得最近的一人。那人要避過地上的蘆葦樁子，動作慢了不少，這一分神，辛湖的大刀就砍到他的大腿上。這一下正好砍斷他大腿的大血管，鮮血噴湧而出，濺了辛湖一臉。

那男人慘叫著，卻頑強的繼續揮刀撲過來，被劉大娘一鞭子抽翻，辛湖抹了把臉，再補上一刀，終於又殺掉一人。

剩下的三個男人簡直要被這兩個女人的殺傷力給嚇破膽，再加上腳下四處是尖利的蘆葦樁子，有的平地起，有的又齊胸高，在這樣的環境中極容易受傷。三人乾脆慢下來，小心避開那些長短不齊的蘆葦樁子，慢慢迫近她倆。

而此刻辛湖氣喘吁吁，手中死死的握著大刀，緊張地瞪著這三個男人。劉大娘勉強支撐著，不讓敵方發現她其實已經是強弩之末，她比辛湖喘得還厲害，因為在混戰中，她的一條胳膊受了傷，鮮血順著衣袖滴下來，慢慢在腳後跟處染紅一片。

三個男人很快就發現了劉大娘的血跡，心裡的壓力大減，包圍圈越來越小，腳步也越來越快，辛湖無法，只得勉力迎敵，掄起手中的大刀呼呼亂砍，不讓他們近身來，心裡卻焦急不已，因為她很明白，自己支持不了多久了。

就在這千鈞一髮的時刻，謝管家和阿信、阿志終於趕過來，謝管家大刀劈過來，瞬間解決掉一個。阿信和阿志兩根粗棍橫掃過來，掃倒剩下的兩人，很快就合力解決掉這三個男人。

辛湖和劉大娘猛鬆了一口氣，兩人互相攙扶著坐在地上，再也走不動了。

「阿志，你在這裡保護她倆。」謝管家見她們也傷得太重，吩咐一聲，就立即帶著阿信往另一邊趕過去。

敵人分成兩路，一路人沿著平兒和小石頭逃跑的方向追去，另一小部分則來追辛湖和劉大娘，此刻雙方的大部隊碰頭，正拚得你死我活。

好在蘆葦村會射箭的人不少，兩名弓箭手一開始就射掉了對方的弓箭手，然後拉著弓不停的射向敵群中。再加上謝三的大刀、張嬸嬸的長鞭、謝姝兒的長槍，還有張禾等人使著各式各樣的武器，甚至連大鐵鍬、大釘耙子都出動了。雖然這些武器不及敵方的大刀，但因為個個都有功夫傍身，對方也占不了什麼便宜。

不過人數懸殊，蘆葦村總共也就二十來號有戰鬥力的人，時間長了，肯定是支撐不住，所以謝管家和阿信才急急趕過來幫忙。

村子裡的老弱婦幼則由江、吳兩位指揮，開始往小島上轉移。大家來來回回花了不少時間，才把一村子沒有戰鬥力的全弄上去。

「你們大家小心啊！」把眾人扔在小島上後，江、吳二人又匆匆忙忙的划著竹筏回村，然後把竹筏仔細的藏起來，拎上武器就往村外跑。雖然他們武力值不算高，還是得去幫助前頭的人。

小島上就剩下謝老夫人與幾個沒什麼戰鬥力的女子，再加上一些孩子了。

謝老夫人把挺著大肚子的兒媳婦安排躺下後，又抱著孫女謝月華看顧著其他幾個與謝月華差不多大小的孩子。阿土、大寶、阿毛和幾個稍微大點的孩子，因平時也習武，個個都拿著棍子擠成一團。

丁大嫂帶著平兒、小石頭組成一隊。平兒和小石頭雖然受了傷，但不算重，這會兒也各拿著弓箭隨著丁大嫂開始在小島上巡邏，怕有敵人摸上來。另一隊則由陳老頭與春梅等小姑娘負責，大家共同守護著這個小島。

其他女人諸如胡大嫂、吳大嫂、江大嫂、朱大嫂等人，都是幹慣農活的村婦，雖然沒功夫，但有一把力氣，所以每個人都拿著菜刀或鐮刀，時刻準備著如果有人摸上小島來，就與對方拚命。

第六十章

對方因為知道蘆葦村的人會武、善騎射，所以來的人不少，準備也很齊全，並且大半的人都有功夫。雙方苦戰著、僵持著，都不肯後退。

不過對方完全沒想到，走了一群最厲害的之後，蘆葦村剩下的大部分是婦孺，還這麼狠，再加上他們從遠處趕過來，可不比蘆葦村的人體力充足，所以受創頗重。但越是這樣，越是激起他們的鬥志，他們全力拚殺，寧死也不後退。

因為他們明白，這種狀況不是你死就是我亡，他們已經沒有退路了。原本他們還打算先佔領蘆葦村，殺掉那些有戰鬥力的青壯男人，留幾個重要人質，先安穩渡過這個冬天。他們原本算計得很美好，先在蘆葦村休養生息，明年再拿著人質去換一些利益。

唯獨沒想到，蘆葦村的人戰鬥力會這麼強悍。

謝三與謝管家的大刀已經不知砍倒多少人，阿信、程進、鄭豐等人也已經累得氣喘如牛；胡大哥與幾名莊稼漢雖然沒有功夫，跟在大家後面，也能時不時撿幾個漏，補砍幾個受傷的敵人。

吳春妮、秋菊武力值也不高，拎著砍刀，雖然害怕得恨不得哭，但當敵人衝到面前時，也會順手給對方一刀。

另一頭，休息了好一會兒、包紮好傷口之後，辛湖和劉大娘被阿志扶著也趕過來，直接從後面截斷敵方的退路。劉大娘用長鞭捲起地上的弓，阿志撿了幾支箭給辛湖，辛湖坐在地上拉弓，瞄準一個又一個。阿志也換上一把敵人的大刀，扔掉棍子，一有敵人想衝過來，他就一刀劈過去。

三個人留守後方，與前面的村民們把敵方夾擊在中間，瞬間蘆葦村的戰鬥力又上升了。與此同時，江、吳兩位也從另一個方向趕過來。這兩位雖然功夫不怎麼樣，但也跟著練了三、四年功夫，殺幾個沒功夫的敵人是沒問題的。他們因是突襲，瞬間砍翻好幾人，敵方此時開始膽寒，也知道今天這場戰爭，他們討不到好處了。幾個人漸漸靠攏，尋找最薄弱的一方，想要突圍。

可惜都這個時候了，蘆葦村的人能放過他們嗎？

「全部殺掉，不能放過一個！」謝管家一聲怒吼，殺紅了眼的眾人，可沒給對方喘氣的機會，撲上去一通亂砍亂砸。

戰鬥持續了約半個多時辰，蘆葦村眾人身上掛彩的不少，但沒有死掉一個；而敵方卻不知死了多少人，地上到處是屍體，只剩下三個重傷的活口。

廝殺結束後，大家全都喘著氣攤在地上。有的人完全不敢相信，自己居然親手殺人了。

過好一會兒，謝管家緩過氣，才親自動手把三個重傷的活口捆綁起來，指著幾個人，說：「先把他們弄回去，等會兒得好好審審。」

「我們得快點清理乾淨，然後還要安排人四處巡邏，以防還有漏網之魚。」江夫子說。

「讓阿志帶著你們幾個去前面，再看看還有沒有漏網之魚？」謝管家隨手點出幾個人，讓他們和阿志去搜查。

「阿信帶著他們幾個，去那邊看看。」謝管家又指了指一個方向。

「受傷的人先回家去，傷口先處理好，女人們先煮好飯。」江夫子也下了一道命令。

幸好謝、張兩家都是會處理傷口的人，村子裡也備有一些治傷的藥。

辛湖和劉大娘兩人算是重傷患，辛湖的一條腿已經疼得站不住，雙臂更是因為用力過度而顫抖著，一身血污與泥水，衣服也撕破不少口子，手臉上都有許多擦傷，樣子狼狽極了。

「還能走嗎？」謝姝兒擔心的問。

辛湖搖搖頭，最後是被王大叔揹回來的。劉大娘一條胳膊被砍了好深一道，難怪流那麼多血，這時也支撐不住，由丁大叔揹著送回張家。

剩下的人，就跟謝管家一起打掃戰場，開始清理屍體。

花了不少時間，謝管家他們把所有的屍體都堆到一起，清點出總共來了八十六人，包含那三位重傷患。眼下大家也不知道該如何處理這些屍體，也沒那個精力了，只能先堆起來用蘆葦蓋上，等過段時間再處理。反正天冷也不怕屍體會太快腐爛。

「這麼多人，肯定不可能同時到達的，看來指使他們的人，只怕勢力不小……」謝管家滿臉陰沈，非常擔心的說。

「你們說，他們這麼大陣仗，難道是打算一舉殲滅我們蘆葦村嗎？」江夫子迷茫的問。他還真想不通，有什麼人花這麼大的代價，非把蘆葦村滅掉？

「現在想這些也沒有用，還是趕快安排好值守的人，像之前一樣分成三班，嚴防死守，這個時候也不能指望誰來幫我們了。」吳夫子說。

其實他們四人都非常生氣，如果一直按照前面所安排的守著，今天就不會弄得如此狼狽。

而且，如果今天不是辛湖帶著小石頭和平兒出來，再加上隨後到達的劉大娘成功的拖住敵人，甚至先殺掉幾人，還讓小石頭和平兒先回村報信，大家才能在沒多少損傷的情況下，打贏這場生死之戰。

若沒人出來巡，等人家悄悄潛進村子，一戶一戶的摸過來，說不定整個蘆葦村就真的完蛋了。就算有幾個武功高強的，怕也只能保得了自己的命，其他的老弱婦孺，哪裡還能保全？一想到這裡，他們四人就覺得全身發冷。

「唉，我們還是輕敵了，以為下了雪，天氣這麼惡劣，沒有人會來進犯。哪裡想到，人家就等著咱們自己放鬆警戒，才來動手呢。」謝管家無比後悔，沒有堅持巡邏和值守。

聽了謝管家的話，再想想今天的凶險，那些覺得值崗沒什麼用的人，更是後怕不已，十分後悔自己偷懶的行為。如果按照正常的日夜巡防，肯定會在第一時間就把危險攔在周邊，根本就不會差點讓辛湖與劉大娘兩人丟了命。現在蘆葦村傷了兩員大將，如果再來一群人，大家不一定還能打得贏。

「從現在開始，得繼續嚴防死守。阿信先帶這班人在這邊守著，其他人先回村去，把傷口處理好，吃飽飯、換身衣服，再過來換防。」謝管家說。

回村之後，謝管家與江、吳二人匆匆吃了飯，換上乾淨衣服，就開始審問三個傷患。

這三個人已經受了重傷，又被大家直接扔在湖邊的屋子裡，凍都快凍個半死，根本就問不出什麼話來，個個都昏迷不醒。

「這樣不行，怎麼著也得留幾個活口，問出他們的意圖來，尤其是不知道他們還有沒有後手？」江夫子憂慮的說。不問出幕後指使者，就像在大家頭頂上懸掛一把大刀，隨時有可能再砍下來，簡直令人寢食難安。

「先給他們救治一下吧。大家也都累壞了，受傷的人先休息，留幾個人守夜。」謝管家沈默片刻，說。

他才不會讓他們就這麼便宜的死掉。如果找到幕後之人，他一定不會放過他！蘆葦村並沒有主動傷害過誰，他懷疑這些人是因為安修遠才找上來的，繡清這件事說來說去，根源在於安修遠，不在於蘆葦村的人。

這些人要找麻煩，也該去找安修遠及他身邊的那些人，跑到蘆葦村來撒什麼野？真當蘆葦村的人是能任人魚肉的嗎？他越想越氣，恨不得把這三個人嚴刑拷打一番，早日揪出幕後之人來。

大家翻出一些治外傷的藥，胡亂給這三個人包紮，又餵一點藥和水，在地上鋪了一堆乾草，把他們三人扔在草堆上關押起來，派三個人在這裡看守著。

村子裡受傷的人都已經處理好傷口了。辛湖的左腿青腫一大片，動彈不得。大家看著都以為需要接骨，愁得不行，村裡可沒有會接骨頭的大夫。

謝管家聽了過來仔細的摸過，鬆了一口氣。「骨頭沒有斷，應該是有些裂了，要好好休養一段時間。」

辛湖左腿的傷最嚴重，其他的皮外傷都不算什麼，洗淨傷口，再上過藥就沒事了。但她的左腿很疼，怕是她撐著腿傷戰鬥的緣故。她本來懷疑自己腿斷了，在這個缺醫少藥的年代，要是腿真斷了，養不回來，就只能當個殘疾人，一輩子行動不便。

現在聽說只是裂了，辛湖大大鬆一口氣。她可不想當個廢人。

「那就好。」眾人也鬆一口氣。要是辛湖的腿真的斷了，可得養好長時間，甚至還有可能以後會落下殘疾。大郎走後，她已經是村裡的主心骨之一，大家對她特別看重。

而劉大娘的傷口，也第一時間就處理好了。其他的人都是些皮肉傷，容易處理。

蘆葦村的人打了這麼一場大仗，居然能保住所有人，大家不得不慶幸平時有認真練功夫，不然，這次可就慘了，哪裡是人家的對手？只怕活不下來幾個人。現在沒有失去任何一人，真是萬幸啊！

把留在小島上的眾人接回村後，大家都散了，除了必須巡防的人之外，其他人都各自回家休息。唯謝管家、謝三、江夫子、吳夫子四人還在一起商量對策。

「能派來這麼多人，恐怕不是普通人啊。」江夫子心有餘悸的說。如果人家悄悄摸進村，只怕活不了幾個人，就連他自己，怕也只會被人悄無聲息的殺掉。

「是啊，我們得想法子去城裡告訴安老爺，還得讓他安排點人過來保護我們。現在損傷了兩個主力，要是再有人來，後果不堪設想。」吳夫子說。

「可是這天氣，想去縣城可不容易啊。而且這個關頭，要派誰去？這一去一來，起碼也得十天工夫，這十天裡，如果又來了一批人，可怎麼辦？」謝管家擔心的說。

若要進城去報信，肯定得他或謝三去。況且一個人上路也危險，起碼得去三個人才行，這樣村子裡的防衛力量就更薄弱。到時再來一批人，別說像今天這麼多人，就是來一群普通人，大家都不一定拚得過。

幾個人商量好久，終於還是決定先不出去。大家全留下來，先養好傷，再慢慢作打算。反正天氣越來越冷，很快大雪就會隔絕整個蘆葦村，現在只要加強守衛，很容易就能發現敵人的足跡。到時候來個關門打狗，就不會像今天這麼狼狽了。

陳家。辛湖已經由謝姝兒她們幫著梳洗好、處理好傷口，也換上乾淨的衣服躺在床上了。大家還安排春梅來照顧她，可是平兒和大寶、阿毛卻明顯嚇到了，三個孩子都圍著不敢離開她。

已。

大寶和阿毛看著她的樣子，再看看平兒青腫的半邊臉，兩人緊緊的挨在一起，害怕不已。

「不要緊的，我這傷養幾天就好了，你們都去睡吧。」辛湖安撫道。

「對不起，大姊，都是我太沒用了。」平兒哭著說。

今天他和小石頭，居然沒來得及反抗就被別人生擒了。幸好那些人沒第一時間要他們的命，才令他們在辛湖的拚命保護下，有了一線逃命的機會，再加上危急關頭趕過來的劉大娘，他倆才得以逃脫。如果他倆警醒一點、再厲害一些，就不會那麼輕易的被人捉住，不用完全靠辛湖和劉大娘才能逃命。

平兒瞧著辛湖，心中很是自責。現在他才明白，他的功夫還差得遠呢！

「不能怪你，你才多大啊？好了，別想那麼多，快去睡覺，睡醒了就都忘記了。」辛湖見他臉色難看，強打起精神安慰。

「我要是像大哥那樣厲害就好了。」平兒喃喃自語。這時，他多麼希望大郎還在這裡保護大家。

當時他和小石頭都嚇壞了，居然完全沒有反應過來。他現在十分沮喪，覺得自己再怎麼練都比不上大郎和辛湖。而且他心裡還很害怕，畢竟這一次他差點就被殺了。

辛湖很累，傷處又疼，實在沒多大精力安慰他，只得板起臉直接說：「好了，快休息吧。沒事了，不會再有事了，我過幾天就好了。」

平兒眼淚矇矓的看著她，一想到她滿身是傷，一定是累得慌，張了張嘴說不出話來。

春梅連忙說：「你們快去睡吧，阿湖也要休息了。她受了傷，要好好休息。」

平兒帶著兩個小的，一步一回頭，終於合上嘴，牽著大寶和阿毛回房去睡了。

三個孩子回房後，辛湖的身體疲憊到極點，整個人昏昏沈沈的，很快就睡著。

蘆葦村眾人拚命時，大郎他們正興高采烈的看著押糧人帶回來的書信。

大郎拿著自己的包袱與書信，回到他與伙頭軍們住的地方。看著他滿臉興奮的表情，簡直令眾人羨慕嫉妒恨。

蔣大廚說：「哎，你還有人給捎東西、捎信來，我們家，也不知道還有沒有人呢……」

「就是。我們那兒，別說自己家，恐怕連個親朋鄉鄰都找不到了。」有人說。

「你們也別羨慕，那是因為這批糧食是從我家鄉弄過來的，而且明天，說不定你們就能吃到我家裡的東西呢。」大郎說。

不是看在這些糧的分上，誰會幫他們特意捎書信和衣物過來啊？運糧這麼重大的事情，誰吃飽了撐著沒事幹。

他剛來時，就已經把那些菜乾、鹹菜頭、燻製的魚和肉等食物告訴過大家，這都是從他們村子裡弄來的，甚至有的還是他親自動手做的，所以他這話一說，眾人就都期待的笑問：「這回咱們，是不是又能吃上你們家做的好東西了？」

「這是我弟弟們寫的信。」大郎把辛湖回的那張紙放在一邊後，把另外三張拿給眾人看。

雖然大多數人不識字，但大家還是很興奮的接過來，圍在一起看。

蔣大廚指著大寶的信，說：「喲，這個娃兒不大吧？還寫了個錯字。」

沒等大郎回答，他又指著阿毛的信。「這上面也有個錯字。」

「嗯，他倆才七歲。」大郎笑道。

「才七歲?!這字就寫得這麼好了啊？」蔣大廚不敢相信的問。

「都學三年了，難道還能寫得像剛啟蒙的娃娃啊？」大郎反問。

「那這兩封呢？」有人問。

「這個是大弟弟，已經過了十歲。」大郎指著平兒的信說。

平兒的信寫得好多了，他看得也仔細些，實在是辛湖的信寫的最簡單，幾句話一目了然。而且，他也莫名不想讓大男人們圍觀辛湖的信。

「你的家境很不錯嘛，三個弟弟都在上學。」有人好奇的問。

「不是上學，是跟著親人學，不是那種進學堂念書，所以不要銀子的。」大郎解釋道。

「哦，是了，你們一道來的，你舅舅他們一看就是好人家出身，你家自然也不會差到哪裡去。」

大郎笑笑，並不說什麼，開始試穿新衣服。他的衣服鞋襪早就不像樣子了，現在得了新的，立刻把快爛掉的舊鞋扔了。

「哇，真羨慕啊，連襪子都帶了五雙。」蔣大廚湊過來，感嘆道。

他和其他幾個兄弟們，都好長時間沒穿過襪子了，他們連鞋子都破得露出腳指頭，身上的衣服更是比大郎的破爛多了。軍中物資奇缺，大家都緊著去弄最重要的武器和糧食，哪還顧得上弄多少衣物回來？

所以安王的軍隊中，大部分人都穿得破破爛爛，大郎他們剛來時，就把自己的衣服分一點出去，給那些快要衣不蔽體的人穿。要是大家不給他們捎新衣服來，他們也撐不了多久。

大郎抖了抖自己的新襖子，立刻穿上去。天氣漸冷，他身上就光光的一件冬衣，空蕩蕩的，新襖子一穿上去，立刻就覺得暖和起來。

眾人滿眼羨慕的看著他，弄得他都不好意思去穿新褲子，最後只得狠下心，不捨的扔出兩雙鞋子、兩雙襪子，說：「分給你們了。」

他一眼就看出來，襪子有兩雙不是辛湖的手筆，辛湖那粗獷的女紅，也就配納個鞋底，每次做的襪子針腳都格外大，一點也不精細。但是他卻偏偏留下辛湖親手做的襪子，將精細的兩雙分出去。

眾人大喜，一哄而上，各得了一點東西，紛紛穿上，這才心滿意足的不再盯著他的包袱。五個人在屋裡嘻嘻哈哈鬧成一團，章炎派親兵過來叫大郎。

「陳大郎，二公子找你呢。」

「好，來啦。」大郎連忙穿好衣服，跟著他走了。

那人也和大郎很熟悉，看著換上的新衣新鞋，羨慕的笑道：「真好，家裡人給捎來的吧？」

「嗯，是啊。」大郎答。

「其實你們家還給你帶一包吃食過來，放在二爺那邊呢。」那人又繼續說。

大郎驚訝的看他一眼，不明白自己的吃食為什麼會放到章炎那邊？

那人不好意思的咳一聲，說：「吃食不能單獨交給你們，所以二爺特意叫你們過去開小灶呢。」

那是辛湖特意做的一包豆餅，帶來的人轉述了如何食用的方法，但因為沒人弄過，章炎這邊的小灶廚師也不敢動手。而且章炎早知道辛湖做吃食極拿手，認定這一定是很美味的食物，最後只得把大郎叫過來動手了。

第六十一章

一聽說是辛湖弄的，大郎就覺得肚子裡的饞蟲蠢蠢欲動了。

「快來、快來。你看看這個，以前在村子裡可沒吃過呢。」江大山笑道。

謝公子也說：「就是，阿湖以前怎麼就沒弄過這個餅給我們嚐過呢？」

謝五更是滿臉期待的看著餅，好像這是什麼山珍海味一般，流著哈喇子。

「呀，還不少啊。」大郎看著這麼大的一包很是驚訝，他還以為就一點兒呢。

「那可不是，說是帶給我們大家都吃的，不多帶點怎麼夠吃啊。」江大山笑道。

大郎仔細看了看，又聞了聞，他也搞不清楚這是什麼，因為辛湖以前壓根兒就沒做過。畢竟辛湖準備時，也是想了很久，才想起這個餅的。

「我以前也沒吃過呢。」大郎有點為難的說。

「她說了怎樣做，你照她說的方法弄就好了。」章炎說。雖然大郎煮的大鍋飯不錯，但誰也不指望他能有辛湖那廚藝。

大郎點點頭，也只有這樣了。他先做炒餅，有章炎的廚師打下手，什麼東西都準備得很齊全，甚至還有一大把早就清乾淨、青翠欲滴的青蒜苗放在案板上呢。

乾辣椒等物都是大郎最熟悉的，一看就是從蘆葦村弄來的，搞不好還是辛湖親手做的。

將鍋燒熱，倒一勺子油，再扔一把乾辣椒下去爆香後，快快放下早就撕碎的餅，再加入一大把青蒜苗，用大火翻炒過後，加入鹽、再加入一點水稍微燜一下。

很快的，一鍋炒豆餅就起鍋。熱騰騰、香氣撲鼻，令大家食指大動，幾個人迫不及待的伸筷子去挾。

「果然好吃。」章炎連聲讚道，又快速挾一大筷子。

大郎自己嚐了一口，也覺得很好吃，就說：「我再煮一鍋看看吧。」

眾人三兩口就分吃完那一大盆的炒豆餅，眼巴巴等著他再煮餅子。

這個做法更簡單了，鍋裡水一開，就扔一些早就切好的餅下去煮，也不過是煮一會兒，最後再加上調料就可以出鍋。這一鍋大郎沒放辣椒，而是加了點切好的白菜，每人分得小半碗，眾人也一樣吃得呼啦啦的直叫「好吃」。

大郎自己吃過後，還是更愛炒豆餅，覺得炒起來更加香。

謝公子更愛煮的，江大山也偏愛炒的，總之兩種做法，大家都覺得不錯。

最後，大郎又煮和炒各做一大鍋，讓大家都吃了個大半飽，章炎才意猶未盡的放他離開。同時章炎還親自把炒和煮的都各端走一小碗，準備給他父親安王送過去。

大郎不甘的看了一眼，還剩下約兩、三斤豆餅。這明明是阿湖特地做給他的，他自己卻只能嚐個味，心情很是不爽。

江大山拍了他一掌，笑道：「快走啦！別惦記著這點吃食了，下回讓阿湖再多做點，咱們吃個夠。」

章炎哈哈大笑著，拿了兩個原本是他自己伙食的大饅頭給大郎，說：「快吃吧，吃完再走。」

軍中伙食差，這種加了粗麵的大饅頭，都算是極好的東西，大郎才不跟章炎客氣，接過來毫不猶豫就往嘴裡塞，大口大口的吃起來。

章炎看著他三兩口就吞完一個大饅頭，搖了搖頭，笑著走了。軍中個個都是大肚漢，但是糧食奇缺，更是缺肉少油水，每個見到吃的都像惡狼一樣狠。

謝公子、江大山等人平時也不可能天天聚頭，正好趁這個機會，一起說說話。大家找了個空曠地方，謝公子說：「現在有糧了，過不了幾天，就得出戰了。」

「是啊，讓將士先吃飽肚子，蓄養體力，這一戰估計會打得很激烈。」江大山說。

「那是，所以你們都得小心點，在戰場保全自己的命，估計成敗就在此一舉。贏了，我們打到京都去就指日可待，那麼大家的日子也就快安穩下來。」謝公子叮囑。

眾人皆知道，現在有了糧草，安王肯定會揮軍直上，趕在最冷的時候到來之前，攻下前面的北鬧城，將這個上京的要塞佔領。

「大郎，特別是你，要格外小心了。這次，只怕你們也得跟著去殺敵了。」江大山轉向大郎交代。這裡的人除了大郎之外，全部都上過戰場了。

「我明白的。」大郎摸了摸腰間的匕首，說。

他早就答應過辛湖一定要保住自己的小命，雖然一來就做了伙頭軍，但是日常訓練他也沒敢放鬆。現在又天天掌勺，揮動著那柄十來斤重的大鍋鏟，臂力比以前更好了。

離家在外，他很是想念家中的親人們，迫切的希望和大家早日團聚，這是他上一世從未有的體驗。如此令人眷戀，這才是家啊！

辛湖一連躺了五天，身上的痠痛疲憊才消散，一些劃傷與擦傷也慢慢好起來，但腿卻依舊不敢動。雖然已經不疼，可她也怕自己落下殘疾，每天都老老實實的躺在炕上不敢動。

村中的事情，自然有謝管家等人操持著，經此一戰之後，大家都謹慎很多，整個村子正處於嚴防死守。

下過一場大雪之後，整個蘆葦村全成了白茫茫的一片，又處於與世隔絕的狀態了。

而天天躺在床上不能動，辛湖已經閒得快發霉，偏偏大家覺得她傷得重，連鞋底子都不讓她納。這裡又沒有一點娛樂活動，她只得在炕上放小几開始練字。幸好傷的是小腿，坐起來還是沒關係的。

其實練毛筆字並不是她愛做的事情。雖然她也已經學了三、四年的字，但她的字也只是勉強能看，寫得真不怎樣，也就是方方正正的、筆劃不少不錯而已。至於風格、筆力，一應俱無，甚至比不過平兒和小石頭的字。

吳、江兩位夫子，本已對她的字失望了，現在一聽到她要練字，兩人頓時大喜，連忙寫了兩副字帖給她，讓她自己選擇要練習哪種。

還別說，當她定下心來，一心一意認真的練字時，進步還是非常大的。

在她養傷的這段時間裡，大家都對她極好。每天除了有春梅貼身照顧之外，謝姝兒、張嬸嬸等人也會過來看望她；平兒和大寶、阿毛更是只要在家裡，就會待在她身邊，盡心盡力的照顧她，甚至還會逗樂她。大家都盡最大的努力讓她覺得舒服。

她看著大家忙前忙後的照顧自己，十分欣慰，覺得這幾個孩子沒白養，都很貼心。

這不，大寶又跑進來，還倒一杯水，問：「大姊，要喝水嗎？」

「謝謝。」辛湖其實並不太想喝水，不過她不忍心讓大寶白跑一趟，就接過他手中的茶杯，喝了幾口水。

「妳還要什麼？春梅姊姊呢，怎麼不在？」大寶又問。

「她去上個茅房。我不要什麼，你自己去玩吧。」辛湖笑道。

大寶看了她的腿幾眼，又小心的問：「大姊，妳腿還疼不疼？」前面幾天，他看到辛湖的腿就想哭，總是躲起來偷偷流淚。這幾天總算不會傷心得要掉眼淚了，可還是很心疼辛湖，就怕她很痛，每天都要問幾遍。

「不疼了，一點都不疼了。」辛湖搖搖頭。

兩人正說著，平兒和阿毛也來了。

平兒拿著弓箭，滿頭大汗，衝大寶說：「你別吵到大姊休息了，快去練大字。」

說完，他也問了和大寶一樣的話，辛湖登時笑出來，勸道：「好啦，好啦，你們都走，你和阿毛去擦擦汗，換上乾衣服，可別著涼了。」

阿毛小心的掏出一把炒豌豆，說：「大姊，給妳吃，這是阿土給我的。」

辛湖在他手上拿了兩顆，說：「我只要兩個，其他你自己吃吧。等我腿好了，我們家自己也炒一些吃。」

家裡有豌豆，她平時也會炒一點讓大家當零嘴吃，只是前幾天吃完了。

「好哇！大姊炒的最好吃了！」

四個人說鬧一陣，春梅回來了。「喲，都在啊。快走、快走，該幹麼就幹麼去。」

三個孩子被春梅趕出去了。春梅調笑道：「真是的，我不過是去上個茅房，他們怎麼就都過來了？生怕我照顧妳不經心呀！」

「也不過是趕巧了。」辛湖笑道。

有人照顧、有人疼愛、有人關心的感覺真不錯。她不禁想起自己在現代，離鄉背井工作時，急性闌尾炎發作，只得一個人住院的事情。

當時，她多羨慕別人有家人照顧啊！那時候，她就興起一個強烈的念頭，想要早點成家、找個疼愛自己的男人，有什麼病痛，能有人在身邊噓寒問暖，盡心盡力的照顧自己。

現在看到大寶他們忙前忙後的，再想想遠方的大郎，她才對這裡真正有了一種踏實的歸屬感。她這才真真切切的明白，這裡是自己的家，這些人都是自己的親人；他們愛自己，自己也愛他們。

春梅坐在一邊做針線，一邊說：「妳弟弟們對妳真好。」

「那是，都是我手把手帶大的啊。」辛湖自得的笑道。

兩人有一搭沒一搭的說著話，春梅話不多，除了在她姊姊秋菊面前活潑一些之外，其他時候就靜靜的做自己的活。

辛湖平時與她也不怎麼玩得起來，這會兒難得見她有興趣說閒話，就故意逗她。「妳姊姊對妳也很好啊。」

「是啊，我和我姊姊，就像妳和大寶他們一樣啊。」春梅笑道。

春梅很羨慕辛湖，一樣是無父母的孩子，但辛湖還有一個家。因為她有大郎、平兒他們這幾個兄弟，而她與姊姊都是女孩，就像是無根的浮萍一樣，春梅這樣想著，哪還說得出什麼，也沒什麼心情做針線活了。

辛湖見她沒了談興，也不在意，又開始練字了。

等辛湖寫完一張紙，見春梅依舊在發呆，搖了搖頭，說：「春梅，妳幫我把那邊那塊藍色的布拿出來，我打算給大郎再縫兩件夾衣。」

「哦，好的。」春梅這才收起愁緒，去幫她拿布。

兩人拿著布鋪到炕上，比劃好一陣子，最後春梅說：「還是等我姊姊過來裁，或者拿去給張嬸嬸裁吧？我怕自己弄壞，糟蹋布了。」

辛湖更不敢下手，只得悻悻然的放下布。

「算了，就算做了也不一定能捎得去，不如先多做幾雙鞋吧。」辛湖嘆道。

他們一家人都是費鞋的人，一年到頭都有做不完的鞋子，而且布鞋子本身就不耐穿。這麼想著，她又覺得上次該多給大郎捎幾雙鞋去的。出門在外，還是打仗，也不知道他過著怎樣的日子？

辛湖搖搖頭，不敢想太多，只盼望戰事快點結束，早日結束這提心吊膽的日子。

就在江大山、謝公子、大郎等人談過話，三天後的半夜，熟睡的大郎等伙頭軍被粗暴的叫醒。

「快起來、快起來，出發了。」傳令叫人的兵士像一陣風似的颳過。

不一會兒，原本安靜的夜空嘈雜起來，但聲音並不太大，大家都壓低嗓子，動作迅速的拿武器。很快的，原本駐紮大量軍士的地方就空無一人了。大軍分成幾個梯隊，井然有序的出發。

大郎與蔣大廚等人揹著大鍋、拎著大鍋鏟，跟著護送糧草的中軍走在一起；前方的先鋒隊早就沒了蹤影，距離他們最近的一隊人馬也已經把他們遠遠的甩在後面。

大量的兵士只能靠步行。像他們這種伙頭軍，還得揹著笨重的煮飯器具，因此行軍的速度自然就慢上很多。

大郎前後左右瞄了幾眼，除了全副武裝護著糧車的一隊人馬之外，剩下都是他們這樣揹著鍋、拿著鍋鏟等物的伙頭軍。微弱的晨光下，四周陰影重重，看得並不清楚，他卻依稀瞥見，前面帶隊騎馬的人中，有謝五的身影。

「謝五不是先鋒軍嗎，怎麼混在運糧的軍士裡面？」大郎疑惑的想著。

「我們這麼大半夜急行軍的，是想偷襲敵方嗎？」蔣大廚挨著大郎，抬手撞了他一下，小聲問道。

「應當是吧。」大郎點點頭，摸了把背上揹的那小包糧食，心裡有股極不好的預感。

他握緊鍋鏟，精神繃得緊緊的，張大耳朵，仔細尋找除了他們這一行人的腳步聲、馬蹄聲、車輪聲之外的任何動靜。他很懷疑，他們這一行，根本就是和糧車在一起用來當誘餌誘惑敵軍的。

突然，前面帶隊騎兵混亂起來。眾人還來不及搞清楚是怎麼回事，大郎猛的推一把蔣大廚，然後迅速伏低身子，同時伸腳絆了一把後面的人。蔣大廚被他推得往前衝去，嘩啦啦的帶倒一片人，滾在地上，而大郎身後的人也被他絆倒，嘩啦啦的又帶倒一隊人。

與此同時，前方的人喝道：「有敵軍，快散開，找掩護！」

眾伙頭軍滾落在地，四面的箭像飛雨一樣射過來，卻因為眾人陡然的摔倒，而大量落空，只有少數的箭射中人。不少敵軍紛紛冒出來，衝過來搶糧車，雙方很快廝殺起來了。

謝五完全沒想到，對方會出動這麼多人來搶糧食。

地上的人，因為揹的東西重，又因為地面濕滑，一時竟然沒幾個人能爬得起來，大部分滾落到草叢中去，順勢就藏起來，令敵方根本就找不到目標。

大郎緊張的在地上挪動，摸出匕首，眼觀四面、耳聽八方的尋找最安全的掩護點，最後滾落到一塊大石頭後面。

搶糧車的敵軍，很顯然極切的想得到這批糧草，前仆後繼的衝過來，與謝五他們近身廝殺搏鬥。謝五帶的這隊人馬，個個武藝高強，可以說是精銳中的精銳。大郎一手拎著鍋鏟、一手握著匕首，臥倒在草叢中，緊張的注視著前方的戰鬥。

謝五等騎兵就像靶子似的，不僅要對付近身的敵軍，還得不時應付遠處飛過來的利箭，這群人雖然武藝高強，但很快就有人中箭落馬。大郎看得焦急不已，情知這樣下去，他們這一夥人就要被敵軍全滅了。他皺眉思索，解下大鍋等重物，小心翼翼又挪動起來，尋找弓箭手的方向，慢慢摸過去。

也是他運氣好，沒一會兒，一支箭從他上空飛過，嗡嗡作響的射向前方。幸好他是在地上爬行，不然這支箭極有可能射傷他。

按住怦怦亂跳的心，大郎猛吸一口氣，迅速往箭來的方向爬過去。那名正在瞄準的敵方弓箭手，突然發現自己眼前出現一個人，居然愣了一下。

大郎不等他有所行動，掄起鍋鏟猛揮過去，砰的一聲，給對方腦袋開了瓢。那人慘痛的大叫一聲，後方又撲上來一個人，狠狠的按住他的嘴，大郎接著又撲上去補了一匕首，兩人聯手很快就解決了他，偷襲得手。

這時，大郎才看清楚與他合作的居然是蔣大廚，兩人一擊得手，立刻就滾開幾尺之遠，撿起弓箭，開始尋找其他弓箭手的身影。

大郎對他打了個手勢，示意他配合自己。

蔣大廚點點頭，兩人默契的各司其職。蔣大廚負責保護大郎，大郎負責射擊，很快就幹掉敵方的幾個弓箭手，令謝五他們的壓力減輕不少。

他倆的這一動作，給敵方弓箭手造成極大的麻煩，大家甚至搞不清楚，哪個地方的是敵人，哪個地方的是同伴了。眾人紛紛現身，挪動位置，正好給大郎絕佳機會，趁亂又幹掉兩名弓箭手。

敵方接連折損好幾名弓箭手，又暫停射擊，令謝五等人壓力驟減。謝五終於得空，開始抽箭拉弓，與大郎兩人配合，連續又射倒好幾名敵方弓箭手，馬上令戰場上的敵軍威力大減。此消彼長，謝五身邊的人及一些藏著的伙頭軍，趁此機會立刻開始反撲，砍殺一個又一個的敵軍。

然而，敵軍很顯然把這批糧草當成最後的救命之糧，來的人相當多，要不是押運糧車的人換成最精銳的部隊，說不定此刻已經無力抵抗，糧車也會被對方搶走。

雙方打得難分難解，地上的屍體堆了一層又一層。

混亂中，蔣大廚又發現一個同伴，對方立刻跑到他身邊，開始為他倆防守，同時提醒他們哪個方向有敵人。多一個人當耳目，大郎就更加輕鬆了。他們不停的變換位置，搞到最後已經不知道自己換幾個地方，反正他撿的箭已經射完一筒，死在他箭下的弓箭手也不知有幾人了。

戰場上，敵方依舊在頑強拚殺著，我方人員也死傷慘重，卻依舊堅持著。大家的目的一致，就是搞死對方。

直到敵方突然有人大喊道：「撤退！中計了！」

原來，接近糧車的人，終於發現了糧車裡裝的並不是糧食。

敵軍迅速放棄進攻，開始撤退，敵方弓箭手開始瘋狂射擊，根本就不去瞄準人，只顧掩護自己人撤退。但箭射過來得太多，場中安王的部隊，依舊不停有人倒下。

第六十二章

場外的大郎，眼看自己人不停的倒下，急紅了眼。他顧不得暴露位置，調轉箭頭，直接射擊場中的敵方人員，阻止他們逃跑。連續射倒三人後，他突然被蔣大廚拉著往外一滾，幾支箭與他們擦身而過，射中他方才待的地方，差點就把他射成一隻刺蝟。

大郎嚇出一身冷汗，這才冷靜下來，和蔣大廚與另一名同伴，飛快的往其他地方爬去，再次選擇有利地形，繼續瞄準敵方弓箭手。這次他們如法炮製，幹掉一個就換位置。如此，一直苦苦堅持到天色大亮，江大山才率領一隊騎兵返回加入戰事，接應很快就要支持不住的謝五等人。

敵軍見到我方來了救兵，也開始奮力突圍。幾人護著一個矯健的男子衝在最前面，正好朝大郎與蔣大廚這邊過來，片刻間就快衝到跟前，這時弓箭已經無用武之地。

大郎扔下弓箭，抽出鍋鏟，低喝道：「散開，伏擊！」沒辦法，躲不住，只得硬拚了。

另兩人也學他的樣子，迅速拎起鍋鏟，借著野草的遮擋，緊張的注視著敵軍。等他們跑過來時，三人突然發難，一陣「砰砰」聲響起，衝在最前面的幾個敵軍轟然倒下。

其他敵軍還以為這邊人多，腳步一頓，轉頭想尋找更有利的方向。這短暫的空檔，江大山與謝五等人就全追了過來。

剎那間，大家混戰在一塊兒，刀劍槍各式各樣的武器相互碰撞，再加上大郎等人的鍋鏟，場上一片混亂，瞬間倒下一批人。混亂中，大郎的鍋鏟都斷了，只得隨手撿起一根棍子繼續奮戰。

饒是如此，敵軍依舊分兩個方向逃走幾個人。看著他們的身影消失在茫茫的原野裡，謝五又氣又惱的問：「怎麼辦？要追上去嗎？」

他領命利用糧草來誘敵，哪裡想得到，再完美的計畫也趕不上變化。這股敵軍根本就消滅不完，還頗強硬，甚至因為對方還帶著弓箭手，對他們的威脅頗大，誰也不知道，這夥人會不會又藏在哪裡，隨時出來給他們致命的一擊？這塊地方，他們可沒人家熟呢。

「你們怎麼來得這麼遲？」謝五又接著埋怨道。

江大山喘了口氣，說：「你以為我們不想快點來？一樣也被人埋伏了啊。」

不過，他們幹掉了這隊敵軍的接應人員，雖然來的遲了些，但敵方也沒討多大的好，不過是落得個兩敗俱傷。

「那現在怎麼辦？還要不要追？」謝五問。

「快走啦，追什麼追。」江大山說。

反正糧草沒多大損失，這幾車都是誘餌，裡面根本沒多少真正的糧食，大半的糧食都已經發放到眾軍士手中。這會兒得快點趕上前面的大部隊，說不定前方也正在交火呢。

這一次，安王採納了謝公子的提議，把糧食分到每位軍士手中，一人揹了一小包，負重並沒有增加多少，糧食卻化整為零，所以大軍並不會挨餓。

眾人胡亂清掃戰場，挖了個大坑，把所有的屍體一股腦全扔下去埋在一起，也不管是我方還是敵方的人。清點完人數，帶好東西，扔掉裝著假糧食的馬車，在江大山的帶領下繼續前進。

可是在急行軍走兩個多時辰後，天色都暗下來了，還是無法看到其他同袍的身影。眾人又累又餓，江大山不得不下令停下來休息。

「先弄點東西吃吧，大家都餓了。」江大山說。

每個人身上都揹有糧食，暫時還不會挨餓。大郎等人起鍋煮飯，每個人胡亂填個大半飽就互相靠在一起，就地休息。

入夜後，天陰沈沈的，還颳起大風，冷冽的寒風直吹，大家都禁不住打了個哆嗦。

「怕是要下雪了。再休息一個時辰，我們得連夜趕路。」江大山焦急的說。他們這群人，戰鬥力強的可不多，現在還有不少傷兵，如果不能及時趕上大部隊，很有可能會被敵軍悄悄消滅。

果然，半夜裡下起雪。江大山帶著大家艱難的在風雪中緊急行軍，直到遇上一隊返回來找他們的人馬，才總算鬆一口氣。

帶頭的正是章炎的嫡系親衛趙大，見到他們這般灰頭土臉，擔心的問：「你們怎麼這樣了？遇上搶劫糧草的敵軍嗎？」

「是啊，已經打過兩場了，對方人數很多，我方損失慘重。」江大山疲憊的說。

見他們的人手並不多，趙大又小心的問：「贏了嗎？」

「一半一半吧。弄死了一大半，還剩小股人分兩路逃走了。對了，他們有很多弓箭手，得小心點。」江大山答。

「他娘的！」趙大恨恨的罵了一句。這次誘敵行動，無所謂成不成功了。不過，對方沒有搶到糧還折損了大量人手，也是個致命打擊。

「快走吧，我們得趕快跟上去。」

三隊合併成一隊，又繼續急行軍，走得大郎他們這些人腳都軟了，也不敢停下來，直到發現了很多屍體。

「這裡又被伏擊過。」江大山皺眉，看著自己人的屍體，心不停的往下沈。

趙大的臉色更加不好看，在連續翻看了幾具屍體，擔憂的說：「這些都是二爺帶領的人，身體都還沒完全變冷。」他很懷疑這些人可能是為了掩護章炎逃脫，才會死在這裡的。想來，章炎的處境也很不妙。

「注意警戒，大家都小心點。」江大山低聲命令。

眾人三五成群的分散開來，背靠著背，慢慢往前移。前方就是一小片樹林，極可能有埋伏。大家提著心，仍是不停前進，一天一夜之後，才趕上了大部隊。

此刻，安王的大軍已經抵達北鬧城門十里之外，烏壓壓的人全部聚集在此地，等待最後的進攻。他們的回歸，令章炎非常開心，江大山把戰果簡短的彙報一下，章炎立刻前去和安王等人商量了。

「看來北鬧城裡比我們還缺糧。」安王摸了摸鬍子，滿意的說。

他的押糧隊誘敵，任務雖然完成得不算好，但也令對方損失慘重，精銳折損不少。失去了這些硬骨頭，他打下北鬧城的希望就越大了。

「如此，我們只要圍著他們，就能把他們困死。」有人說。

「想得美呢，北鬧城這麼大，他們佔據了這麼久，多少有些後路，肯定會乘勝追擊。」有人反對。

大家爭論不休，各有各的理由，一時間，大帳裡吵成一鍋粥。你說服不了我，我也說服不了你，直爭得面紅耳赤，最後大家只能等待安王的決定。

「儀兒，你覺得呢？」安王問大兒子。

「兒子覺得要打。」章儀答。

「炎兒怎麼說？」安王又問。

「速戰速決。」章炎答。

安王沈默良久，才輕輕點頭，說：「去吧，就按你們說的辦。」

章炎回來後，立刻召集手下各位將領討論如何出兵？

最後，兵分三路進攻，一明兩暗。明的大部隊由章儀帶領，直接攻城門，吸引敵軍的主要火力。暗著的兩隊則由章炎統領，一隊由趙大領著一部分武藝高強的人，往南邊偷襲；一隊由謝公子領著，從北邊偷襲。

稍事休息、吃飽飯後，兩隊暗中行動的兵士趁著夜色出發了，而大軍也全副武裝開始攻城。

大郎等伙頭軍們，這一刻終於有了休息時間。蔣大廚和大郎兩人就著火堆靠在一起，立刻就呼呼大睡起來。外面震天響的喊打喊殺、叫罵聲不斷傳來，但睡著的眾人卻一點也不受影響。他們實在是累過頭了，就算精神不想休息，身體也扛不住。況且勝利在望，又在自己軍隊的保護下，大家睡得極為安穩。

北鬧城是進京的要塞重城，防守自然極其牢固，只不過對方絕對沒想到，安王的大軍會在關鍵時刻得到重要的補給，所以儘管他們一路設伏，準備絕地反撲，還是未能阻擋安王進攻的腳步。

最終，安王軍非常順利的接管北鬧城，接著趁勢北上，直指京城。

半個月後，安王進京，第一件事，就是殺掉兵馬司指揮使，及其屬下當年參與追殺章炎與其母親和弟弟的一干人等。宮中的皇帝等人，本來還抱著幻想，以為安王是真正來保護皇室的，但在得知章炎首先就殺了這些人之後，皇帝終於醒悟。安王哪是來保護皇室的，他是衝著皇位而來，這回只怕連自己的命都保不住了！

於是，皇帝十分俐落的頒布禪位詔書，把皇位讓給安王。

不出一個月，正是臘月底，安王就名正言順的正式登基，終於結束長達四年的內亂。

開年後，安王改了年號為安慶元年，緊接著追封已經去世的兩任安王妃為皇后。元配程王妃乃嫡長子章儀之母，為元皇后；繼妃趙王妃，即章炎之母，為趙皇后。

此時，安慶帝活著的孩子只剩這兩個兒子，還皆已成年。

因為程后家世要好一些，隨同安王一起打天下的程家人也不少，立下不小的功勞，所以元配嫡長子章儀毫無懸念的成為太子；嫡次子章炎被封為燕王後，很快就起程去平定邊陲了。

蘆葦村終於安然無恙的度過寒冷的冬天。

經過三個月的休養，辛湖的腿已經全好，劉大娘的胳膊也好了。這三個月辛湖潛心練字，一手字終於練得像樣了點。

江夫子說：「阿湖，這也叫因禍得福呢，妳這手字，終於不再像剛啟蒙的孩子寫的，總算不枉我們大家教了她幾年。」

「就是，總算看得下去了。妳說妳學什麼都快，怎麼就這字硬是寫不好呢？」吳夫子也說。

辛湖只能低下頭，作臉紅狀。她習慣現代的硬筆，毛筆真是太不好掌控了！

天氣一開始變暖和，雪就漸漸融化，蘆葦村也不再是完全封閉與世隔絕了。

「我們馬上去一趟縣城，該和安老爺說說這件事了。」謝管家說。

江夫子點點頭，說：「小心點，多帶兩個人出門，說不定就有人等在外頭呢。」

「該防守的還是要防守，我們快去快回，希望能讓安老爺派些人來保護大家。光靠我們自己，又快到農忙時節，總不能光去搞防守，不種田了吧？」謝三說。

吳夫子說：「可不是。反正天還很冷，外面雪都沒化完，也不急著下地幹活，咱們依舊集中人手先防守，可不能讓人乘機再來偷襲。」

商量好這些事後，當天謝管家就和謝三帶著阿志與鄭豐走了。

四人一走，村子的安全守衛工作就交回到辛湖手中。她開始天天騎馬四處巡邏，其他人按照以前的安排，依舊分班輪流，守白天的守白天、守夜晚的守夜晚，一切都與往日相同。

謝管家等人的到來，令安修遠很高興。

「哎喲，貓了一個冬天，可把我悶壞了。」安修遠笑咪咪的說道。

「您悶壞了，我們蘆葦村的人可是嚇壞了，差點兒就整個村子被人挑掉了。」謝管家說。

「出了什麼事？」安修遠臉上笑容頓時凝固，嚴肅的問道。

謝管家把蘆葦村遭到偷襲的事情，簡短的說一遍。

安修遠一聽到蘆葦村竟然出了那麼大的事，眉頭深深地皺在一起，心頭的火立即熊熊燃燒起來。這明顯是想拿蘆葦村殺雞儆他這隻猴呢。

一個冬天他其實也沒有閒著，正好趁著別人都無法輕易有什麼行動，狠狠的又把清源縣清理一遍，該殺的殺、該收的收、該堵的堵，可以說現在他對清源縣的掌控力度更大了。

但他卻完全沒想到，居然還有漏網之魚跑到蘆葦村去生事。雖然蘆葦村人憑藉自身的強悍，解決掉他們，但這個事實，卻令他臉上火辣辣的，好比被人狠狠的搧了一耳光。

「這件事，我會給蘆葦村一個交代的。這次來，除了告訴我這件事之外，你還有什麼要求？」安修遠壓下心中的暴怒，問道。

「求一些治內外傷的藥，最好有個醫術高明點的大夫能來，村子裡有幾個人受傷頗重，都靠我們自己胡亂治的，得要大夫去看看心裡才踏實。另外，想讓您派幾個人到村裡去保護村子，畢竟馬上就是春耕忙碌季節，村民們不能不下地幹活啊。」謝管家說。

安修遠沈吟片刻，點點頭，鄭度連忙去吩咐人辦這些事了。

沒一會兒，鄭度回來說：「已經安排妥當。」他們一行有五十人，個個都是精銳，而且還又挖掘一些本地的力量出來，安排幾個人去蘆葦村做保衛工作，也不算什麼事。

「那三個活口，你們應當是要帶回來審問吧？都半死不活了。」謝管家又提醒他們。

帶三個這樣的人回來，也需要好好打算打算才行，要不然，路上若挨不住死掉，可就麻煩了。

「沒事的，大夫反正是要去你們村子瞧病人，回來時正好看護他們，不會讓他們死的。哼，不交代出幕後之人，還想痛痛快快的死去？作夢呢！」安修遠冷哼道。

謝管家等人離開後，安修遠十分生氣，說：「有那麼多人跑到蘆葦村去，我們竟然不知道。他們這是想一舉佔領蘆葦村，來與我們抗衡啊。」

「笑話，抗什麼衡？就算他們把蘆葦村的人全殺了，難道我們會因為蘆葦村的人而對他們屈服嗎？」鄭度冷笑道。

這夥人也想得太簡單了，在大業面前，別說區區蘆葦村人，就是比他們更有地位的人，該捨棄的時候也一樣會捨棄。更何況，這種事情也是防不勝防，只能從源頭上掐斷。

安修遠看了他一眼，說：「但如果是這樣，蘆葦村那些追隨二公子的人，可就難辦了。」

「幸好他們自保能力強，要不然，這事還真得傷腦筋啊。」鄭度點點頭。能保住他們的家人當然更好了，誰也不樂意看到出這種事情。

「所以，這次絕對要把背後的人挖出來！要是再來一次，我還有臉坐在這裡嗎？」安修遠說。

他是來接管清源縣的。花了一個冬天的時間，他已經把城裡整頓得全在他的管理之下。他原以為把整個清源縣全部拿下，花不了太長時間，沒想到在他們沾沾自喜時，差點出了大婁子，險些在陰溝裡翻了船。

「我們還得挖掘得更深一些，這小小的清源縣還真是複雜呢。」鄭度嘆道。

「不複雜也輪不到我們來啊！只怪安王以前太過相信這裡的人，哪知道時間長了，人心會變。」安修遠直搖頭。他和鄭度私下幫安王處理了多少事，但還真是第一次遇上清源縣這種硬骨頭。

「那是，你不覺得這裡就好比一個小藩王領地嗎？雖然窮了些、偏僻了些，可那荒漠之地、南蠻之鄉，不也一樣有什麼土司、首領嗎？恐怕他們想的就是這一點。」鄭度冷笑道。丁西三人是謝管家的老熟人，把他們三人派去保護蘆葦村，謝管家是非常滿意的。丁西一行共十人，其中有一位非常厲害的大夫。

多了丁西三人，蘆葦村的大部分人總算可以安心勞作，只留幾個人輪流跟著丁西三人保護村子。

日子靜靜來到三月，安王繼位的消息傳遍大江南北，也傳到了清源縣。清源縣原先還有些心不甘的人，這下徹底安靜下來。再加上安修遠一直以來的嚴厲打擊，整個清源縣已經變得徹底安靜寧和，老百姓的日子也恢復了正常。

蘆葦村的日子，自然也恢復真正的平靜。別說現在有丁西三人坐鎮這裡，就算沒有他們，也不會有人想來鬧事了。

正在春耕時節，蘆葦村的人哪裡顧得上什麼大事，一頭埋到地裡忙得很呢。安王順利登基、改號安慶元年的消息，還是安修遠派人送過來才知道的。

「可惜的是，我們的信報中，並沒有提到謝公子等人之事。」來人說。這種大事，自然是有專人送達，不可能給謝公子等人夾帶私信。

「實在是太多謝了。」謝管家笑道。

新皇上位如此大事，怎麼能與其他的事情攪在一起？不過安王既然當上皇帝，謝公子他們一行人自然也會獲利，所以謝老夫人他們自然都非常開心。

「你們也不用太擔心，估計不久就會有好消息來了。」來人安慰道。

謝大嫂抱著還不到兩個月大的小兒子，興奮的說：「小南，你爹他們快要回來了！」

第六十三章

一個月後，謝五帶著一夥人回了蘆葦村。

他帶來的人，絕大多數都是戰場上退下來的殘廢傷兵，這些人無處可去，又與蘆葦村眾人並肩作戰過，有著生死之誼。聽說蘆葦村能養馬，斷手斷腳的人都能勝任這個活兒，新皇就特許他們到蘆葦村來養馬了。

既然要養馬，皇帝自然也給了他們幾匹小馬與幾匹種馬。這些都是精品，希望他們能好好養大這些馬，並且再培育出更多的好馬。另還有一些傷馬、老馬，已經無法再上戰場，卻依舊能用的馬，也都給他們當馱運工具了。

皇帝的算盤也打得很精，讓這些人在蘆葦村好好的養馬，過些安逸日子，不但給這些人安排出一條生路，同時也讓他們繼續為朝廷出力。既然是為國家養馬，皇上也在這群人中封了兩個低階官員，給他們一點微薄的俸祿，讓他們可以養家餬口。

同時，順道讓他們繞去找安修遠，協商一些相關事情，打算正式在清源縣成立養馬基地，既給殘兵安排好生活與去處，又能讓他們發揮餘熱，真是一舉數得。

算一算這批人可不少，一共一百多號人，再加上部分人還有家屬，總共組成一支約兩百人的大隊伍，一路浩浩蕩蕩的來到蘆葦村。

這些人雖然殘了，比如有人斷掉一條腿，有人少了半條胳膊，有的失去一隻眼等等，但他們生活都能自理，吃飯穿衣也不需要他人照顧，多半能幹些輕鬆的活計。

這群人中還有一名大夫相隨。這名年紀已大的軍醫是來養老的，他老了，也沒有親人，乾脆就跟著這群自己親手救治過的人一道。

蘆葦村能替皇帝吸收這麼多人，並且還很有可能養出不少戰馬來，皇帝自然要對蘆葦村大肆嘉獎。

諸如謝老夫人本來就是前朝的誥命，自然是品階再晉一級。而謝公子回京後，不願與原先的謝府人打交道，又因其文武兼備，皇帝乾脆給他京城兵馬司統領之職，管理整個京都的安全工作。

而江大山獲封為五品武官；謝五、王林也由下人身分變成低階武官，暫居七品，跟著江大山繼續在外面征戰。最不好處理的是大郎，他年紀太小，只得了些賞賜，暫時讓他繼續跟著江大山，又追隨章炎出征去了。

其他蘆葦村人，一一都有賞賜，各得了些金銀細軟、布疋等物，其中陳家、張家等幕後付出多的人家，當然格外豐厚一些。章炎知道大郎家裡只剩下一群弟妹，謝公子、江大山等人的家眷一離開，就沒人能照顧他們，還特意派來一名以前照顧過自己、各方面水準都很不錯的嬤嬤，前來照顧辛湖等人。

謝五這次回來，還有一個重要任務，就是接謝家人、謝姝兒等人上京定居，同時也要帶著江、吳兩位舉人上京。因為皇帝準備開恩科，自然要先網羅一些有志之才。江、吳二人，本身就是舉子，自然要備戰了。

這批人來了，自然要在蘆葦村大興土木，建立馬場。年前大家建立存糧處的那座小島，就被選為正式的養馬場，整座小島全部被整理出來，整整齊齊的蓋了不少小院落，還建了個大院子，先把大部分人安置下來了。

謝家人離開後空下來的房子，大多數分配給那些帶家眷的人住進。單身的人就住在小島上的新大院子裡；而他們留下來的田就歸公，由養馬的人統一來種，當作大家的口糧田。

謝家本身就是蘆葦村中最龐大的一戶，他們家有下人幾戶、姻親一戶，再加上謝姝兒與江大山這一戶，因此他們一離開，村子裡的人口就少掉一半。

辛湖等人一開始還有些不習慣，不過很快地就與那些養馬的人打成一片。這些人，大多數也是普通農戶出身，又經歷了戰場上的生死，現在有個地方住、有口飯吃，就心滿意足了，因此與蘆葦村眾人相處得很好。

唯一的兩個官員，也是章炎、謝公子等人精挑細選過，手腕心計都不差，為人也和善。其中一名極有文采，正好補上兩位夫子的缺，接手教書育人的工作，所以就住到原先兩位夫子的家，即辛湖家隔壁。

這位新來的夫子姓張，是個很風趣的人，相較於江、吳二位，多了些武人的粗獷，少了些文人的迂腐，又極會講故事，把戰場上的事情講得驚心動魄，令人熱血沸騰，很快就得到眾學生的歡心。其實他的學生也不多，就是平兒、小石頭、大寶和阿毛四人而已。

張夫子也是這群人當中，官職最高的一位，而且家眷不少，他有父母及一弟一妹，還帶著新婚妻子。

另外一名專事養馬的鄧師父，養過幾年馬，對馬很有經驗，張、鄧兩位都被封了個六品官，吃朝廷俸祿。其他人就不可能封官了，但讓他們來養馬，也算是吃官家飯的小吏，實際上由安修遠管理。

養馬場的建立，使得蘆葦村有很大的改變。原先蘆葦村人，開發出來的地方只不過占整片蘆葦林的十之一、二，現在多了這些人，自然就要開發出更多地方來，從此蘆葦村正式更名為蘆葦村戰馬養殖場。

不過這一切對辛湖來說沒多大影響。她依舊種自己家的地、養自己家的娃，依舊與春梅、秋菊、張嬸嬸、胡大嫂等人，閒時在一起做做針線活，偶爾出去打打獵。

養馬的人們，對這個力氣大、武藝高的女孩子還滿有好感的，尤其是那些吃過大郎煮的大鍋飯，吃過蘆葦村眾人燻製的肉、魚等物的人，更是對她佩服不已。

而蘆葦村裡僅剩的幾匹好馬，也成了養馬場的公家物品，把那些傷馬、老馬換給大家使喚。

蘆葦村人口大增，再加上附近小村子人口也不少，自然而然對集市的需要就很迫切了。

安修遠仔細尋思幾天，乾脆就在以前大郎他們說的三岔口，新建正式的驛站，再加一個小集市。

與此同時，安修遠也開始對清源縣範圍內的所有人口正式登記造冊，把那些諸如翠竹村、張家村、蘆葦村，以及蘆葦村附近的各小村子，還有些更深藏的村子全都登記上來。

這可是個大工程，但這項工作，長遠來說，對朝廷還是有不少好處，比如田稅、人丁稅，同時也杜絕以後的清源縣最高官員，再利用這些小村從中謀取私利。

因此蘆葦村這個地名，正式記入清源縣的村名名錄之中，可以透過官驛寫信。而蘆葦村等人也正式有了新的戶籍，以後想要出個遠門，就可以到清源縣去辦理路引等身分文書了。

又是三年多過去，這些日子大郎跟著江大山追隨著燕王章炎，可謂是南征北戰，跑遍大半個安慶朝，其間也立下了赫赫戰功，成為章炎座下的有名戰將。

如今，燕王終於驅逐掉來犯的外族，並且斬殺了盤據此地多年的藩王，成功收回河山。至此，邊陲重鎮全部回到安慶朝的手中，老百姓也真正安穩下來。

是年六月燕王班師回朝，留下江大山依舊鎮守邊關，在京裡的謝姝兒母子身為家眷，自然也得準備一同前往邊關生活。這時候，江大山的長子安兒已經五歲了。

這些年，安慶皇帝治理國家有方，免掉了不少稅賦，令老百姓喘過氣來，各地也慢慢恢復生機，尤其是本就比較富裕的地方，很快就又熱鬧繁華起來。

所以回來的路上，大郎見到很多當初他們來時的荒涼之地，都已經建立村落，四處種滿莊稼，百姓一副安居樂業的模樣，心情極好，覺得自己的付出還是很有用的。

「哎，大郎，這次終於可以安定下來了，我也可以回鄉娶妻了！」蔣大廚興奮的說。

他家本在京郊，現在天下安定，他們這些兵，肯定不可能都在京裡安置下來，因而會解散部分老兵，讓大家回鄉過日子。所以他打算回鄉，雖然他家裡已找不到什麼親人，可是他年紀也不小，是該回鄉討個老婆，過點安逸日子了。

「你家裡有訂好的親事嗎？」大郎問。

「沒有。反正皇帝總得賞賜點東西給咱，有了銀子，還愁娶不到妻子啊？你呢？」蔣大廚倒是很看得開，覺得前途一片光亮。不用再打仗了，想想都開心。

大郎點點頭，覺得他這個想法也不錯。畢竟大多數同袍都過適婚年紀，老大不小，他自己也都十八歲了。一想到自己也到了該成家的時候，大郎就想起辛湖，也不知道那丫頭現在是何形象了？

這幾年時刻都得提著腦袋，他也沒想過婚事，現在閒下來，又被蔣大廚提起此事，他忽然覺得自己有點煩躁。

「我？還得看看吧。」大郎答。

他不敢確定辛湖是什麼想法，甚至他都搞不清楚自己對辛湖，究竟有沒有男女之情？實在是他倆相處的時間雖不短，但那時候大家都還小，而辛湖歷來彪悍，除了會弄一手好飯菜之外，真心沒什麼女兒家的樣子。不過現在的辛湖，也算得上老姑娘，這個問題得快點解決。他決定一到京安頓下來後，就回蘆葦村去看看。

「你家裡有訂親嗎？對了，你出來這麼久，要是女方與你年紀差不多大，只怕你一回來就要完婚了吧？」蔣大廚說。

大郎沒有吭聲，蔣大廚也不在意，自顧自的想著，自己該娶個什麼樣的妻子？而且大郎回京後肯定會封官，可不比他們這些沒什麼戰功的老兵，只能回鄉養老。

幾天後，大軍抵達京都，受到熱烈的歡迎。

與此同時，蘆葦村的辛湖也正在煩惱，因為她年歲漸長，婚事已經成為眾位關心她的人的心病。雖然她說自己才十六、七歲還不急，可是像她這麼大的姑娘家不是早就訂親，就是已經出嫁了。再耽擱兩年，她就真成了老姑娘，會被別人指指點點。

也幸虧她生活的地方較不講究這些事，沒有人說她什麼，要不然，外面的口水恐怕都要淹沒她。不過說實話，她也真不好找對象，她這個身分很尷尬，說他們家是大戶人家吧，實際還是普通平民；說是普通人吧，又有在外面打仗的大郎和江大山，而且謝姝兒這個名分上的舅母，還會時不時的給她寫信捎東西過來。

別說張嬸嬸替她著急，就是謝姝兒與謝家諸人，也很為她發愁。謝老夫人曾經不止一次的對兒子抱怨。「阿湖年紀不小了，這樣老大不小的，可怎麼辦啊？大郎幾時能回來啊？她的婚事，總不能她自己作主吧？」

謝公子只得安撫老娘，說：「快了、快了，前不久燕王的捷報才回來，說已經快要回來了。」

「哎喲！這姑娘家的好時光短啊，你手下有沒有什麼品階不高、人品不錯的青年才俊，先給她留意幾個吧。」謝大嫂提醒道。

「好的、好的。我知道了。」謝公子擦了擦汗，說。

他快要忙死了。這三年來，就沒安安逸逸的在家待過幾天，要忙大量的公務就不說了，因他與江大山的關係好，江大山又是章炎座下第一大將，所以他在朝中的日子並不太好過。

為了應付層出不窮的這些破事，他不得不打起精神來。再加上，他的根基本來就不深，還得受到原來謝府的頻頻暗箭，搞得他心力交瘁。

這天，辛湖突然興起出去打獵，弄回一頭百來斤的大野豬。因為太大吃不完，她打算直接在集市上賣掉一半，就去找屠夫。

這位屠夫其實也是一名老傷兵，因為家裡人口多，光靠養馬場微薄的工錢養不起家，閒時就帶著幾個人在集市上做屠夫，賣起豬肉。

看著她馱在馬背上的大野豬，屠夫驚呼道：「這麼肥啊！妳怎麼又一個人出去打獵？小心平兒……」說到這裡，他又咳了一聲，有些尷尬的說：「等秀才公回來，會說妳的。」

平兒現在快十五歲了，剛和小石頭一起考中秀才，也算是大人，陳家的很多事，辛湖現在都交給他出面處理。

安修遠是個好官，辦了很多實事，現在清源縣的官學辦得非常不錯，小石頭和平兒都在官學上學。

「大叔，快幫我殺了吧，我只要一半，剩下的你幫我賣了。」辛湖沒回答，只笑道。

難得有這麼肥的野豬肉賣，沒一會兒屠夫家就圍來好多人，等著新鮮的野豬肉。

其中幾位過路的客人，見大家都往那邊去，也好奇的湊過去，剛好見到一位大姑娘扛著半頭大野豬，毫不費勁的往馬背上一扔，就牽著馬走了。

「我沒有眼花吧？那是位姑娘？」有人揉揉眼說。雖然沒看清楚相貌，但男子與女人的區別還是一目瞭然，何況現在的辛湖已經開始發育，粗大的布衣也掩不去已經凹凸有致的曲線。

「肯定是位姑娘，但這力氣也真是大得嚇人了。」他的同伴也是目瞪口呆。

兩位客人的談話，引來一些本地人的注意，有人說：「這位姑娘，可是位了不起的人呢。她獨自拉拔三個弟弟，而且他們家的人，人人習武念書，她的大弟弟現在就在縣裡上學，人家可是剛考中秀才呢。」

「哦，這麼說，這家裡沒有長輩了？」客人一問。

「是啊，他們家只有幾個孩子。對了，他們家最大的兄長去打仗了，還沒有回來，怕也是要加官進爵呢。」又有人說。

在眾人的談話中，辛湖面不改色的回了家。

「姑娘，妳也太過分了，妳這還有點女兒家的模樣嗎？」胡嬤嬤黑著臉，站在門前等她，看到那半頭野豬很是生氣。

胡嬤嬤是章炎派過來照顧他們的嬤嬤，在她的高壓下，辛湖的規矩學得很不錯，頗有大家閨秀的風範，在人前還是會裝裝樣子，但是人後，就不是那麼一回事。特別是現在一手拿弓、一肩扛著半頭野豬的形象，完全就是隻母老虎的模樣。

辛湖先進了灶房，把野豬肉扔在案板上，再識趣的回頭把手掌伸出來。胡嬤嬤狠狠的抽了她三下，又不忍心了。畢竟相處久了，胡嬤嬤覺得辛湖很得人疼，只得皺著臉，苦口婆心的說：「老奴都和姑娘說過了，不要這麼彪悍，妳這樣是個男人都怕，誰還敢娶妳啊？」

正說著，大寶回來了，見到半頭野豬，也繃緊了臉，肯定的說：「大姊，這是妳打的吧！」

「是啊！今天我們好好燉一鍋肉吃。」辛湖笑道。胡嬤嬤不會在小孩子們面前教訓辛湖，更加不好聽大寶說辛湖，就藉故走開了。

「以後不要再去打獵了，要想吃野豬肉，就等平哥和小石頭哥回來去打。」大寶虎著臉，說。

阿毛也在一邊附和道：「就是，大姊妳現在已是大姑娘，不能再這樣了。」

媽呀！真是年紀越大，就越不方便了。看著兩個十來歲的小屁孩，一本正經的教訓她，辛湖撫額，心裡長嘆一聲。

「大姊，妳再扛著弓箭出去，就要嫁不出去了。」大寶一見她這副表情，就知道她什麼意思，連忙又警告。

得了，嫁什麼嫁，老娘才幾歲啊？再過十年八年不嫁都不嫌年紀大！

辛湖在心裡狠狠的吐槽幾句，深呼吸過後，才笑道：「我不嫁了，以後就靠你們養老。」

「大姊，妳說什麼話呢，哪有女孩子不嫁人的？」阿毛急了。

「這麼說，你不想養我哦？」辛湖裝成一副傷心的樣子，摀著胸口反問。

「什麼啊！我不是不養妳，但是妳也不能因為有我們就說不嫁啊！」阿毛急忙分辯。

「唉，說來說去，你們就是嫌我。」辛湖裝模作樣，長嘆口氣。

大寶卻不吃她這套，一副小大人的樣子和阿毛說：「算了、算了，別說了，讓大哥、二哥來說她吧。」

「把這塊送去夫子家，這塊送去張家。」辛湖才不理他們呢，自顧自的切了兩大塊肉，吩咐他們去送。

大寶和阿毛無奈，各自拿了肉出門。辛湖切了一些扔進鍋裡煮著，把剩下的肉全部醃製起來，裝進罈子裡存放著，心裡卻因為他們的話，想起了自己與大郎那個笑話似的婚約。

她不知道大郎現在是什麼情況，畢竟軍中的信不可能傳到她手中來，就是京裡謝家也沒有傳過這樣的信回來。清源縣的安縣令也不會和她說這些，特別是這兩年，她年歲漸長，安縣令為了避嫌，都不敢讓她辦任何事了。

反正平兒年紀到了，好多事情就移交給平兒來辦。

辛湖自己對婚事是一點也不著急，畢竟才十六、七歲而已，就算讓大郎所說的二十歲是最大的限定，她也還有三、四年呢。

第六十四章

雖然辛湖心裡有點盼望大郎依然願意娶她，卻又覺得自己連愛情是什麼滋味都沒嘗過，就要匆匆嫁給一個自小一起長大、像親兄妹似的男人，又有些不甘心。

雖然多活一世的年紀加起來，在這裡已經可以算是奶奶級的人，可是她心裡依舊有些小女兒情，偶爾也會幻想那種你儂我儂、膩死人的甜蜜愛情。

在她心裡，一直希望有個很美的愛情故事。

可惜無論是在現代還是在古代，她都沒有遇見這樣一個令她怦然心動、膝蓋發軟、一心想與他長相廝守的男人，更別提她還希望那個男人能和她兩情相悅。

但理智卻告訴她，大郎娶她，對她來說就是個很好的歸屬。單憑最初那些相依為命的日子，就算沒有愛情，兩人也絕對有親情。而且她也明白，她現在真的很難找到適合的男人談戀愛。別說蘆葦村這塊小地方，就算大到清源縣，與她門當戶對的男人也不多。

實際上，辛湖的婚事就連安縣令都覺得不好辦。

連平兒都很著急的問過她：「大姊，妳有沒有相中的人？」

現在的平兒考中秀才，也算得上是成年人，就開始操心大姊的婚姻大事。其實也有人暗中跟他打聽過辛湖，透露出想結親的意願，都被他以兄長不在家，自己不能作主給推掉，實在是他沒發現適合辛湖的人。

這種時候，平兒就格外希望大郎能快點回來，讓他來處理這件事情，而且他覺得大郎同袍多，更容易找到適合的人選，說不定大郎已經選好人。有大郎把關，他對辛湖的婚事才更有把握。

殊不知，剛回京的大郎與眾將領，匆匆吃完一頓飯，就立即被打散。能封官的人馬上被分至各部，好像生怕他們跟燕王一條心，會造反似的，連官階都封得很低，多半都是閒職。

他因為戰功多，又是江大山的外甥，還能領個禮部六品主事，其他好多人都只能領個七品官，甚至當個不入流的小吏。所以他立刻正式走馬上任了。

上頭根本就沒有給他留下回家鄉的時間，就扔一堆公務給他，還說：「陳大人，我們這裡人手一直不足，非常繁忙，這些事情就交給你了。」

他連東南西北都還沒摸清楚，就被淹沒在公務堆之中。他完全沒有想到自己會歸入禮部，事實上他以為自己會歸兵部管，或者分到京裡的兵馬司，做謝公子的手下，巡城或者守衛皇宮。因此被派至現在這個職位，簡直令他不知所措。

而且燕王年紀已不小，早該成家了。皇帝大手一揮，命令即刻修葺燕王府，並且開始給燕王選妃。

而皇帝今年才四十三歲，安慶帝上位後，因為國庫空虛，各地事務太多，他一直沒有正式選過秀女，不過是納兩個低階的妃子進宮。除了他還沒登基前就跟在身邊的兩位老人，後宮至今總共才四人，才將將生下一位小皇子、兩位小公主，大的不到三歲，小的未滿兩歲。後宮如此空虛，現在有條件了，自然要正經的選一次秀女。

三椿大事湊在一起，把整個京都，包括六部都忙得人仰馬翻。大郎這等閒職新官，大半都被派去打雜，也是忙得腳不沾地。

他只能透過謝公子瞭解蘆葦村的一些近況，草草寫信回去，讓辛湖他們知道他的近況，其他的事只能慢慢再作打算。

收到大郎的信，辛湖喜的是，他終於安全回京，還當上官；憂的是，他居然沒有提婚事，也沒讓他們進京。一時間，她也搞不清楚大郎是何意，只好提筆寫一封回信，告訴他家裡一切皆好，平兒還考中秀才，但隻字未提自己的事情，因為她不知該從何說起。

大郎到京後，一直住在謝夫人──即汪青兒──名下一處小房子裡。雖然謝家在這裡給他安排幾個下人專門照顧他的日常生活，但這肯定不是長久之計。大郎得了點空，就請謝管家幫他尋找適合的房子。

「陳大人，您打算買多大的？」謝管家用十分尊敬的語氣問。

大郎咳了幾聲，實在有些不好意思謝管家稱他大人，說：「你還是叫我大郎吧。」

謝管家笑了笑，溫言解釋。「禮節不可廢。雖然沒人時，我們能像以前那樣隨便，但有旁人在的時候，我同樣也要如此，還不如一開始就做好，慢慢習慣就好。」

「我手頭上有皇帝賞的三千兩銀子、一百兩黃金，能買個多大的？」大郎問。

「三進的應該足夠，你還有沒有其他的要求？比如地段、房子的新舊等等。」謝管家又問。

「我這種小官，肯定不能住最好的地段。你看著辦，找個與我身分地位相符的地方，或者稍微偏一點的也可，只要安靜點。房子外表舊一些也沒太大關係，只要裡面可以住人就行，再稍微修葺一下就好。另外，院子最好大一點。」大郎提出自己的要求。

「要有後花園嗎？」謝管家又問。

「花園就算了，院子大一點，主要是為了方便活動手腳。」大郎說。還花園呢，就他這麼小的官，能在京裡擁有一座自己的大宅院已屬不易，再弄得有花園、流水、假山什麼的，豈不是給人把柄抓嗎？

謝管家弄明白他的要求，說：「我先去看看，挑選兩、三家，最後讓你自己親自過目後再定下來。對了，我再幫你先買幾個下人調教著，總不能到時候，你一個人住吧？」

「那就多謝了。」大郎點頭，道了謝，親自送謝管家出去。挑選下人，確實是很重要的事情，畢竟以後他的生活起居都得由這些下人負責，需要絕對的可靠才行。

謝管家辦事的速度相當快，不出十天就幫他挑好三處，都是三進大小附帶院子。這些房子的區別在於地段、新舊以及院子的大小。

大郎忙裡偷閒的都去看過一遍，最後花六千兩銀子，買下最遠的一處宅院。雖然地段偏遠一些，但此地的環境不錯，左鄰右舍也都是些有身分地位的人家，最重要的是，離他辦事的地方近，而且屋況還比較新，留有不少可用的家具。

大郎很滿意，畢竟他沒有時間再去重新置辦家具，他只希望立刻能找個可以安定下來的地方。

因謝管家太忙，既要打理謝姝兒去和江大山團聚的事，又要幫謝家管事，還有親兒子家的事情也不能不管——畢竟謝五性子大剌剌，管事就是個不可靠的。所以大郎一買下這個新家，就不好意思再讓他幫什麼忙。

看著嶄新的陳府門匾掛上大門，謝管家也鬆了一口氣，說：「我先把那幾個下人送過來，其他的事情等把姑奶奶送走，我就得空來幫你這邊。」

「舅母的事是大事，你先顧著她。我獨自一個人，也不過是要個地方睡覺罷了，不礙事的。」大郎說。他身邊已經有一個長隨阿超，就是謝管家給他找來的，這可是謝管家精挑細選出來的人，辦事牢靠，非常得力。

當天夜裡，等大郎回自己家時，家裡已經有三個下人。一個中年男人是門房兼前院的打掃，兩個中年婆子，一個負責廚房和洗衣服，一個負責內院的打掃和端茶送水。再加上這段時間一直跟在他身邊的阿超，眼下他就有四個下人。

大郎坐下後，把三個新來的下人叫過來，隨便訓幾句話，也沒給他們改名字，就依舊叫他們的本名，門房叫朱大有，廚娘姓李，內僕婦姓鄭。

三個都是做慣這些活，並且也被謝管家調教一段時間，自然很能應付大郎的需求。況且陳家的活也不多，總共就一個主子，很好侍候。

李婆子就大著膽子，問：「老爺，您明早要吃什麼？還有晚食該給您準備些什麼？老奴還不知道您的口味，有什麼忌口的？」

「我什麼都吃，沒有忌口的。米粥、飯、麵、餅子，還有包子、饅頭都吃。」大郎答。

李婆子鬆一口氣。她廚藝不算多好，生怕這位年輕老爺口味刁，還好是個什麼都不挑的主。謝管家選擇她，也是因為她為人老實，不喜搬弄是非，況且陳家現在的光景，也不可能弄個什麼菜都會做的高級廚娘回來。

「這是我的長隨叫阿超，暫時讓他當管家，有什麼事你們可以找他。」大郎指指身邊的長隨，說。

有了自己的家，大郎總算舒一口氣。不用再寄人籬下，覺都睡得格外安穩。

隔日吃過熱騰騰的早飯後，由阿超送他去當值。然後阿超再返來，開始打理家裡的事情。

沒幾天，蘆葦村的回信來了，是寄到謝家，再由謝管家親自送過來的。

一進門，謝管家就微微點點頭。雖然沒多少天，但這院子確實收拾得不錯，可見幾個下人還是很下功夫，不枉他費心調教過一回。

「您怎麼有空過來？這幾天不是忙著要送姑奶奶嗎？我還以為您會親自跟過去。」阿超問。

「哪能呢，有上頭派的官兵護送，還有謝三跟著，我這老胳膊老腿的，可跑不了那麼遠，我是給你家老爺送家信過來的。」謝管家笑道。

「喲，怎不叫我去拿，還得您親自送來。」阿超笑道。

兩人閒話幾句，大郎就出來了。難得有空休沐一天，他也歇了個午覺。

大郎接過信，非常開心的說：「平兒和小石頭都是新進的秀才了。」

「真的？太好了！」謝管家聽了也非常開心。

蘆葦村出來的人，都是以戰功出名，當的也是武官，品階也低。現在最大的官要算是江大山和謝公子，但是江大山鎮守邊關，難得回京，若蘆葦村能再出幾個正經科舉出身的文官，在朝中的勢力就更廣，對大郎他們的將來會很有幫助。

大郎接著看信，看完後把信遞給謝管家說：「您也看看吧，現在蘆葦村變化可大呢。」

謝管家連忙接過信，說：「那我也不客氣了。喲，這安縣令著實是個人物呢。」謝管家邊看信，邊不停的誇著安修遠，對他做過的很多事情都表達出讚賞之意。

這封信是平兒寫的，十分詳細地描述幾件大事。

「這封信您帶回去。」大郎說，意思是拿回去給謝公子看。

謝管家點頭，鄭重的收好信，又說：「你這裡還得增加不少下人，是等到把阿湖他們接過來再說呢，還是你自己先挑一些回來，慢慢使著？」

大郎沈吟片刻，說：「先等等吧。」他還沒有想好要什麼時候把辛湖他們接過來，因為京中現在真心不太平，事情太多，他總得等自己真正站穩腳步，才能接他們過來。

而且平兒在信中也提到小石頭，如果陳家人離開蘆葦村，就剩下張家一家人。小石頭打小與平兒一起長大，同進同出，想起張家與他們家的交情，他又有點不知道該怎麼辦才好？

京中上層吵鬧了一段時間，在幾方勢力的斡旋下，燕王的正妃終於定下來。皇帝給他訂下工部尚書的嫡長孫女，其父只是一個四品小官。這樣的正妃，明面有個二品大員的祖父，其實卻沒什麼身分地位，著實令謝公子、大郎等人大吃一驚。

要知道，皇上總共就兩個成年的兒子，太子在安慶元年就迎娶正妃，隨後又納兩名良娣，都是重臣之女，其中太子妃，也是太子的表妹，都已經生下太子的長子，太子如今膝下已經有一兒二女。太子妃的父兄可都是高官，且太子妃的祖父，即元后的父親，還獲封壽寧伯公。

相反章炎的外公、趙皇后的父兄，卻沒有一個人還健在，章炎相當於沒有外家。

燕王身為皇上的嫡次子、唯一的親王這等身分，正妃居然只選這種身分地位的女兒，不禁令許多人議論。而且這次皇帝也沒有為燕王選側妃，這態度無不讓人覺得，燕王完全失去帝心了。

可是他才班師回朝，連份正經差事都沒領，皇帝這麼做，卻很有些令人不安，甚至許多人私底下替燕王鳴不平，這完全是卸磨殺驢的作法。

燕王卻不以為然的說：「娶誰不是娶？本王回京後也一直閒著，明著說是讓我休養，實際上還不是怕我手上有權。」

謝公子、大郎等人都面面相覷，不知道該如何接他的話？燕王可以說這種話，他們做臣子卻不能接這樣的話，但心裡仍是認同燕王的話。

最後還是陳華說：「王爺也不用生氣，遲早您也是要到封地去，現在我們最緊要的是為您搶到一個好地方。」反正燕王也沒把皇位放在眼裡，寧願自由自在的去封地，懶得看京裡這些算計來算計去的破事。

「王爺，皇上和太子怎地如此忌憚您？」大郎忍不住問道。

眾人皆苦笑。也只有大郎年輕，才問得出口。

燕王看了他幾眼，避重就輕的笑道：「你年紀也不小，是該說門親了，就沒有人找上你嗎？」

大郎臉爆紅，不知道該如何接這個話題？

謝公子卻接著說：「你這個年紀，放在平常也是該娶妻了。你自己有什麼打算？」

大郎家沒父母，婚事肯定得他自己做主，因此眾人才會如此直白的問他。

過了好半晌，大郎說：「這事，還是得等到阿湖他們來了再說。」

燕王腦子裡立即浮現出那個力氣極大、做飯菜很好吃的小姑娘身影，笑道：「光說到你，對了，你妹子年紀也不小了吧？」

「對啊，我娘與我娘子這兩年，已經在我面前念叨過好幾次阿湖的婚事。說來她年紀也不小，再拖下去真變成老姑娘了。」謝公子說。

大郎被這句老姑娘給弄得變了臉色，立刻說：「我想馬上接他們上京，卻沒有人手。」

「也不急在這點時間，再過幾個月，等燕王的事定下來再說吧。」謝公子說。

陳華也點點頭，說：「是啊，燕王就藩，護衛、親兵至少要三千人，你們這些直系說不準也要跟著走。」

「那我幹麼要急急忙忙的置房產啊？」大郎後悔的說。如果他要跟著燕王走，京裡剛布置好的房產還有什麼用？

「這也不一定。你畢竟是正式的京官，也許動不到你頭上來。」陳華安慰道。他其實希望大郎能留在京裡，這樣對燕王其實也算是好事，不然到了封地後，京裡一點消息都得不到也不行。雖然在自己的地盤上可以為所欲為，但不知道京裡的風向，對燕王也極不利。

「對了，你的婚事也要找藉口拒絕一些人，怕這個緊要關頭，會有不少來拉攏你。」謝公子提醒道。

「我？誰要拉攏我？」大郎不解的問。他這麼個小官，一無實權，二無地位，祖上也沒有根基，有如浮萍一般，自己都過得小心翼翼，有哪裡值得人拉攏的？

「如果不是燕王的親事，你只怕已經是京中各大小官員家女婿的熱門人選。」陳華笑道。

大郎沈吟片刻，明白大家的意思，想了想，說：「其實我也算是已訂了一門親。」

「啥？你訂過親我們怎麼不知道？」謝公子驚訝的問。陳華與燕王也頗有興趣的看著他。

「呃，說來話長。這門親，應該說可認可不認。」大郎組織了好半天語句，才說。

「什麼叫可認可不認？那女子是什麼人？在哪裡？」謝公子被他搞糊塗了，一迭聲的追問。

大郎猶豫了半天，還是不肯說出來。他很明白，如果辛湖和他不能成親，就只能當親兄妹了。在他還無法確定辛湖的心意之前，肯定不能說出來。說出來若不能成親，以後別人會如何看辛湖？

雖然眼下他對辛湖沒有男女之情，但怎樣也有親人之誼，也要為她多著想，只是兩人也幾年沒見過，他實在無法確認辛湖的心意。實際上他也不敢保證他與辛湖立刻成親，能不能過得好？

他很明白，辛湖其實是個很有個性的女子，如果她不同意，他肯定也不能強求。更何況兩人以兄妹相處這麼久，認識他們的人，都當他們是親兄妹，連他自己也搞混未婚夫妻與親兄妹這兩種關係了。

見他不肯說，眾人越發好奇，全都看著他，尤其章炎更是眼巴巴的望著他，希望他能解惑。章炎最近閒得發霉，好不容易有點事情引起他的注意，還能不追嗎？

「等我寫信問問阿湖再說吧。」大郎被逼得沒辦法，說。

「也好。」謝公子點點頭。他以為大郎是要和辛湖他們商量他的婚事，卻不知道自己完全誤解大郎的意思。

第六十五章

在蘆葦村的辛湖，也有同樣的煩惱。

胡嬤嬤已經不知多少次念叨過她的親事。特別是現在大郎又有消息，還在京裡當了官，辛湖的親事就顯得更加急迫。

「別急、別急，等大郎寫信回來再說吧。」辛湖說。

現在能通信了，她相信大郎也該有個準話。無論承不承認這門親事，他倆也有扯不斷的關係。如果大郎不想和她成親，她也不是很在意，畢竟兩人在一起生活時都還小，真沒有愛情啊。不管怎麼說，她都希望自己能感受到愛情的滋味。

可是這個年代想去談一場自由戀愛，真的不太實際。況且她也希望自己年紀再大點才嫁人，她實在不能忍受十幾歲就結婚生子。

辛湖頭疼的抱著被子，在床上打好幾個滾，幻想著長大後的大郎是什麼樣子？

那頭辛湖煩惱得打滾，這頭大郎提著筆，實在不知該如何問辛湖這個問題？總不能直接問：「妳願不願意嫁給我吧？」還是說：「妳想不想和我成親？」

這種直白的話，他真說不出來。況且對方還是個妙齡少女，也不好回答他這個問題。

最重要的是，他寫回去的信，指不定還是先被平兒拿到手，如果平兒先看了，豈不是令辛湖難堪？就是他自己也會覺得不好意思。

所以他糾結好幾天，這封信還是沒有寫出來。

而這時，燕王的婚期也訂下來，就在八月下旬。說實話，大家都覺得實在太倉促一些，但皇上與此同時也頒下一道旨意，說什麼燕王年紀已大，要快快成家生子，同時還給他補指了兩名側妃，與正妃一樣，家族勢力都不大。

那意思應該是說，燕王大婚後，就得帶著妻妾離京就藩了。可皇上卻偏偏沒有把燕王的封地給訂下來，弄得大家簡直是一口氣提著上不來，也下不去。

燕王大婚，並且還同時納兩名側妃，這事情可多得很呢。皇上可能也是心裡有愧，對燕王的婚事要求就格外高，令禮部務必照最高規格來辦，一下子又把京裡各大與之相關的官員給忙得腳不沾地。大郎正好也被分派一樁公務，跑東跑西，忙得連休息時間都沒了，一到晚上，只想倒頭就睡，哪裡還有時間與精力給辛湖寫信了？

大郎在京裡正忙得團團轉，無暇顧及私事；辛湖則因為一樁事情，不得不來京裡一趟。

原來，當年蘆葦村人登記入籍時，張嬸嬸想來想去，最終還是把自己家的來歷告訴安修遠。

因為安修遠本身就精明厲害，又著意大肆清查外來人口，諸如張家村及蘆葦村附近一些小村落的人，他都要求大家把來歷說清楚，一一核對。

陳家，當時大郎已在軍中，安修遠的人來登記時，辛湖半真半假的一通話，就令人以為他們真的是蘆葦村的人，反正只說幾年前，他們就是個不懂事的孩子，什麼都記不太清楚也很正常。平兒、大寶、阿毛年歲更小，更說不清楚，因此還沒人懷疑他們的身分來歷。

但小石頭的父族——朱家，並不是普通鄉戶人家，況且還有個張家村在，張嬸嬸肯定不能像辛湖這樣，左一句不知道、右一句不曉得就瞞過去。與其令安修遠事後來盤問，不如她自己坦言相告。

因此她說：「小婦人身懷六甲，又帶著幾歲大的幼兒，在劉大娘的維護下，拚命逃竄，終與夫君等人失散，要不是因為遇上大郎與辛湖，又被他們倆救到蘆葦村來，只怕早就死了。雖然僥倖存活至今，卻也沒能力去尋找夫君他們。」

劉大娘也在一邊補述張家村人的話。

安修遠當然知道當初的亂象，路上不少逃難的人確實是死在流民與官匪之手。聽了她們誠懇的實話，再一想那朱公子一家人居然不管這母子三人，他心裡對她們極為同情，自然不會怪罪。

「那現在你們準備怎麼辦？」安修遠問。

「如果夫君有心，現在安定了也該過來尋我們，總不能讓我們老弱婦孺出去尋他們吧？再說，小婦人實在不知夫君他們去到哪兒？」張嬸嬸答。

安修遠沈默片刻，才說：「如此，你們就先落在蘆葦村吧，以後再慢慢打算。」

張嬸嬸鬆了一口氣。這個結果她很滿意，連連點頭稱是。

這件事對安修遠來說，也不算什麼大事，並沒有格外放在心上，但他這人記憶力極好，既然知道這事，自然就記住朱公子的家世來歷。前不久，他碰巧從一份公務當中，得知朱公子的名字，於是他再問一下朱公子的年紀、家世等事情，覺得很像是小石頭的父親。

朱公子走通太子一派的關係，人已經在京城，可能很快就會謀得一官半職，他若出面去調查此人，又怕攪進皇家的事情當中。所以他只得到蘆葦村提醒小石頭，讓他親自去確認一番。

張嬸嬸知道相公的事情後，怎樣也得去找找看，畢竟小石頭是要繼續考的，如果有父族的力量幫助就更好。再加上若小石頭考中進士，將來當官，肯定是會被翻出他父親的事情，如果說一直不知道消息，別人還不好說什麼，現在明明有機會查到，不管從哪方面來說，都一定要確認情況才行。

但張嬸嬸又怕朱公子另娶，置他們母子三人不顧，只得讓劉大娘先去探查一番，好有應對之策。

辛湖本來沒想過要上京去找大郎，但現在劉大娘邀她同行，她也正想瞭解大郎的近況。比如，偷偷看看大郎是不是有意中人？又比如，他是不是已經不是她想像中的那個大郎，會嫌棄她這個村姑？若真是如此，她得趕緊和他講清楚、說明白，免得自己真等成個沒人要的老姑娘。所以她乾脆就與平兒結伴，跟著劉大娘和小石頭一起上京。

因為難得上京一趟，要帶的東西就格外多。有要送給謝府的禮物，有給大郎帶的東西，諸如一些蘆葦村的特產、辛湖特製的一些燻製魚、肉，還有鹹菜、大醬等，滿滿當當的裝一大車，再加上自己一路要用的東西，辛湖又裝了一車。

平兒看著這麼多東西，簡直不敢相信的說：「大姊，妳要不要帶上桌椅板凳？」

「對哦，還要帶兩張小茶几、兩張小凳子。」

辛湖急急忙忙又去拿東西，成功的令平兒黑了臉，還想再說什麼，那邊小石頭連忙摀住他的嘴，衝平兒擠眉弄眼，小聲說：「別再說什麼了，不然她還會拿更多。」

總之等到出行時，就連被安修遠派去京裡公幹，順帶護送他們的丁西與趙北也瞪大眼睛。

「陳秀才，你們是要搬家嗎？」

平兒和小石頭直向兩人搖手，讓他們別多話，生怕辛湖又想起什麼要帶了。這些東西是胡嬤嬤與辛湖兩人一起收拾出來的。他們要出遠門，胡嬤嬤得留在家裡照顧阿毛與大寶。馬車是雇的，有專門跟車的人，也跑過京裡，但安修遠還是有點擔心他們一行人的安危，就讓丁西他們一路多照顧。

平兒和小石頭是清源縣唯二的年輕秀才，又與安修遠極熟，因此也不推卻這分好意。反正丁西、趙北跟他們也算是熟得不能再熟的人。

車夫趕著馬，辛湖一開始還和劉大娘坐在馬車裡裝斯文。只是她沒想到古代的馬車，坐久會如此難受。雖然在出門前，她已經在車廂裡鋪上厚厚的墊子，卻仍沒支撐多久，就連劉大娘也受不了，兩個人都不願意受這個罪，最後下車改騎馬。

出門在外，為方便行事，辛湖自然作男兒裝扮。

辛湖扮成男子，可一點也看不出是個女孩子，就是名俊俏的小郎君。她不像普通女孩子嬌滴滴的，就算穿男裝也一眼就能看出是女兒身。她這男子打扮唯妙唯肖，束了胸，再加上本身皮膚就微黑，最後她再把眉毛畫粗，臉上稍微修飾一番，就是位活脫脫的少年郎。

而且平時，她也騎馬打獵慣了，像男人一樣大步走是常事，沒有胡嬤嬤拘束，她這一放開來行動，真是與男人無異。尤其她現在的身量與平兒差不多，穿上他的衣服還很合身。其他人點點頭，都說看不出來是女孩子了。平兒見狀卻黑著臉，正想說些什麼——

「你來試試，坐得累死，還顛來顛去的暈死人，這樣坐到京裡，我只怕就剩半條命了。」一見他臉色不好，辛湖連忙解釋。

「是有很多人坐不得車，暈車呢。」趕車的人笑道。

平兒沒法子，只得讓她騎馬。辛湖特意戴頂寬大的竹斗笠，遮住了大半個臉。本來安慶朝民風就比較開放，其實也不怕被人看，就是她著女兒裝騎馬也不算很大的事，畢竟在蘆葦村附近，騎馬的人多了去，其中就有不少女性。

只是為了避免一些不必要的麻煩，辛湖才會扮成男子。

一行人緊趕慢趕，半個多月過去，總算到達京郊。

「離京裡很近了，你們先在這裡歇歇吧，可以四處轉轉、玩玩，前邊那白馬寺很出名，你們明兒可以去瞧瞧。」丁西說。他們得先去辦點事，需要兩、三天時間。

「除了白馬寺之外，這附近還有什麼好去處？」辛湖問。

寺廟對辛湖來說，沒有一點吸引人。

聽了他們的對話，客棧的小二回道：「客人們可以去西山，那邊風景不錯，還有一簾瀑布，又可以打獵，正是年輕人愛去的好去處呢。」

平兒見她對白馬寺不感興趣，就向店小二仔細打聽西山的路線。知道那裡離白馬寺不遠，是同路，只不過西山更遠、更偏僻，當然也更幽靜些。

聽說西山是個打獵的好去處，辛湖越發想去了，就連劉大娘、小石頭與平兒三人也很有興趣。他們這幾年極少有機會打獵，特別是平兒和小石頭，因功課多，大部分時間都要學習，連練功夫都得抽空，哪還有時間出去打獵？難得有這個機會，大家都躍躍試試，準備第二天去西山。

第二天一大早，吃過早飯後，辛湖四人就出門去。因為要打獵，還要在外面待上一天，辛湖準備很多東西，搞得平兒直搖頭，說：「大姊，妳這是去幹麼呢？」

「打獵、野餐啊。」辛湖笑咪咪的說。

辛湖依舊打扮成男兒，劉大娘倒是沒變裝，反正她年紀大了，也沒有人在意。

「人家都往白馬寺，大姊妳幹麼偏偏要往西山去，就不能先去白馬寺看看嗎？」雖然也想打獵，但平兒看著遠方路上幾乎不見什麼人影，有些擔心太過偏僻，想勸辛湖改變主意。

「都說好了去打獵，我還指望等會兒烤野兔吃呢。」辛湖興致勃勃的一夾馬腹，快跑起來。趕路時因為行人較多，一直沒敢放開了跑，這會兒路寬無人，她總算可以過過癮。

辛湖一跑，平兒什麼也不說，連忙跟上去。

四人快馬加鞭，又過了約一個時辰，總算到山腳下。這裡有大片的空地，實在是個極好的練馬之地，正是京裡眾人愛來休閒，打獵、跑馬的地方。

西山其實是群山的總稱，最高峰叫西山，根本沒人上去。倒是辛湖他們到的這一片，連續有幾座小山頭，不算險峻，卻樹木成林，蔥蔥綠綠，路上不時還有亭臺、石凳供遊人歇腳。

他們到達時，這裡已經有一群人，有馬有車，一看陣仗應當就是小二所說京中的貴人們。

辛湖怕惹出事端，不敢停下馬，帶著大家靠邊走，離他們遠遠的快速繼續前行。

沒走多遠，就聽到嘩啦啦的水聲，轉過一個彎，一簾巨大的瀑布從山頂直沖下來，激起好大的浪花，十分壯觀。

「哇，好漂亮！原來瀑布在這裡呢。」辛湖大叫著往前衝。

大家下馬，很稀奇的觀賞瀑布一會兒，才出發去打獵。

走沒多久，四人就正式進入可以打獵的山頭。這邊明顯要荒涼一些，顯然真正敢來這邊打獵的人也不多。

「阿湖，我們不進到深處去，少轉一會兒。」劉大娘提醒道。雖然是來打獵，但她怕這地方大家都不熟，發生什麼事就不好了。

辛湖點頭剛要說話，就看見前方不遠處有隻五彩的大錦雞。她連忙豎起手指「噓」了一聲，指指前面。眾人連忙屏息靜氣，辛湖抽出箭、拉弓，箭飛快的射出去，射中那錦雞，直接射穿牠的脖子，錦雞根本還沒有反應過來，就死了。

辛湖樂呵呵的去撿起雞，把弓箭扔給平兒。

平兒和小石頭，也開始四處尋找目標，沒一會兒，兩人各打中一隻雞、兩隻兔子。

「行了，打太多吃不完也是浪費。」辛湖把獵物收集起來，招呼平兒和小石頭回來。

兩人意猶未盡的收起弓箭，四人騎馬慢慢往回走。

剛到瀑布這邊，就見那群貴人們也過來了。一群年輕的姑娘們圍在一起，像是在開茶會一樣，旁邊還有不少侍候的僕婦，熱鬧得很。遠處有幾名年輕男子在閒談，估計是帶這些姑娘們過來的兄長，其中有兩位看上去年幼一些的姑娘，還騎馬玩樂著。

辛湖他們目不斜視的騎馬離開這裡。不料，後邊突然傳來馬蹄急馳的聲音間夾著尖叫聲。辛湖他們下意識的避讓，就見一位姑娘騎著馬飛奔而去，捲起一陣風，然後又有幾匹馬飛奔而過，前去追趕那姑娘。

「什麼事嘛，差點撞到我。」劉大娘不滿的說。

「不要緊吧？」辛湖、平兒和小石頭三人連忙問。剛才這一下，也把他們嚇一跳。

劉大娘搖搖頭，拍了拍胸，四人繼續不緊不慢的往前走。

沒一會兒，就到達那片空地。這時，他們發現那幾名追過來的男子都下了馬，圍在一起，遠處有一匹馬倒在地上，不停的抽動著，其中一位男人還拉著一位先前沒有見過的官服男子，不停的說著什麼。

四人遠遠看見，也不敢湊熱鬧，慢慢繞過他們離開。沒走多久，又遇上一群穿官服的男子，看樣子是前去尋人的。

「這是怎麼啦？」平兒驚訝的說。

辛湖眼尖，剛才的情形看了個大半，再加上前後一連結，就猜測出發生什麼事。

「先前那姑娘，只怕是驚了馬才跑到前面，剛才肯定是被那穿官服的男人救下。」

「哦，難怪。我就說好好的，怎麼後面的人突然打馬衝了過來呢？」平兒弄明白，心裡對那名穿官服的男子很是佩服。顯然這傢伙徒手救下那姑娘，還傷了那匹受驚的馬。

四人又走一段路，找個開闊平坦之處，才在河邊的大樹下歇息。

「我們就在這裡弄飯吃了。然後好好歇一歇，再回去。」辛湖說。

出來大半天，大家肚子都餓了，該吃飯了。

平兒和小石頭自然去處理獵物，劉大娘與辛湖撿來柴草、鋪上油布，拿出茶几與小凳子、鍋碗瓢盆等物，還找石塊搭起兩口簡單小灶。

那邊平兒和小石頭處理好獵物，又順道捕捉幾條鮮魚。

沒一會兒，辛湖一鍋燉著鮮魚湯，一鍋燒著野雞燉菌子，另外還弄了兩隻兔子，仔細的塗抹調料，準備等會兒直接烤來吃。

鍋裡香氣升起來，平兒和小石頭都開始流口水了。

「好了沒有？大姊。」平兒連連追問。

「急什麼喲，快好了。」劉大娘笑道，拿碗去清洗。

所以，等那群官服男子再轉回來時，就被一陣陣香氣給吸引得直流口水了。

「怎麼這麼香啊？好像是有人在燉雞湯。」大郎說著，使勁聞了聞，總覺得這股味道很熟悉。

「你這鼻子可真行，還聞得出雞湯啊？」有人打趣道。

「聞出來也沒時間吃，快點走吧。」有人笑道

不遠處，另一人對大郎說：「陳大人，慢走啊！今天的事，可真是多謝你了，改日我一定登門去道謝。」

「不用啦，舉手之勞而已。」大郎擺擺手，捲起自己已經被扯掉半截的衣袖，生怕那人又黏上來，連忙驅馬快走幾步，行到同伴們中間去了。

那要道謝的男子只得停下來，目送他們走遠。

剛才要不是大郎突然衝出來，一匕首戳進那馬脖子，再在馬倒地之前拎起那姑娘，只怕那馬上的小姑娘就沒命了。可是在大郎救下她之後，這姑娘居然還神志不清的亂抓亂叫，把大郎臉上、手上抓出一道道血印子，連衣服也扯破了。

大郎簡直恨不得給她一巴掌，好在那群男子中，有人連忙衝過來，在那姑娘脖子後砍一掌，把她砍暈過去，才讓大郎脫了身。

這時另一名男子得了空，一邊向他道謝一邊又對他抱歉。「我叫張永山，今天真是多謝您了。我表妹受到驚嚇，失去理智，把您抓成這樣，真是對不住了。」

「沒事、沒事，你們快點帶她去看大夫吧。」大郎摸了幾把臉，揮揮手說。他臉上、手上火辣辣的痛，也不知那女子留了多長的指甲。

正說話間，大郎的同僚們過來關心，偏偏其中一位認識這男子，又知道剛才發生了什麼事，不解的問：「張公子，那馬怎麼受了驚？」

「我哪裡知道？今天還真多虧這位爺的援手。」張永山顯然與大郎的同僚關係很不錯。說話間，又問大郎的名字，還一個勁的說要上府去道謝。

搞得大郎頭痛欲裂，不得不又應付他好一會兒才脫身。

第六十六章

這邊辛湖他們吃得帶勁極了，那邊大郎他們匆匆而過，回去交差事。

「太香了，好想吃。」有人遠遠望著辛湖他們，流著口水說。

「快走吧，還得回去交差呢。」有人打斷同伴，自己卻也在流口水。也有人稱讚。「陳大人，身手真是俊啊。」

「哪裡、哪裡。」大郎客氣道。

「我們大家都看到了，今天要不是你，鄭公子那表妹可就真完蛋了。」

「我救了什麼誰家的表妹？只看到一匹馬發瘋。」大郎突然停下來，對大家鄭重表示。他一嚴肅起來，周身就好似有股寒氣隱隱流動，那是一種從戰場上帶回來的殺氣，瞬間就令談笑的眾人安靜下來。

姑娘家的名聲緊要，年輕男人如果救了年輕姑娘，極容易惹出事端。況且大郎對那姑娘極為討厭，把他抓得滿是傷，連衣服都扯爛，有這把力氣，怎麼不想著自救？偏偏只曉得大聲驚叫，一副癲狂的樣子，這種女人他只能敬而遠之，寧願不認識。

「就是，只是制伏一匹瘋馬。」大家忽然心有靈犀的說。

大家都明白大郎的意思，眾人全都閉上嘴巴，今天的事還是當成不知道吧。不過對於危急關頭，大郎能挺身而出，並且救下人之事，眾人心裡還是滿佩服的。果真是戰場上回來的人，身手就是一等一的好。

不過大郎因傷了臉，回京後就請託同僚告兩天假。也不知道對方怎麼說的，他那上級大人居然大手一揮，非常爽快的準假。其實他這種小官，還是閒職，本也沒什麼大事要做。一般也是某些勛貴世家子弟身上掛的閒職，都不用去點卯，只在遇上大事時來裝裝樣子。只是大郎根基不足，完全憑戰功上位，甚至這個職位還是擠掉某人才坐上來的，這豈不是招人恨嗎？所以那上級大人才老是故意整他，不停的派差事給他。

比如今天出去辦差，根本就不在他的職責範圍之列，但人家卻打著燕王大婚的由頭，說上頭派一堆事情下來，人人都有差事要辦。

不得已，大郎只得與那幾名官員出來，好在差事還算順利完成。誰想到回來途中，卻遇上一匹瘋馬，眼見就往他們直衝過來，他身邊這幾位可全是正宗文官，哪裡抵抗得住瘋馬亂竄？害他只得出手救下那姑娘。

他們一行人漸走漸遠，辛湖他們還在大吃特吃。雙方離得遠，加上多年未見，並沒有認出彼此。等辛湖一行回到客棧時，丁西他們已經辦完差事。

「明天一早就起程吧？」丁西問。

「好。」辛湖點頭同意了。原以為還要在這裡待上幾天，沒想到他們差事辦得還挺快的。

第三天傍晚，一行人終於到達京城。

皇城果然就是不同，守門的官兵都格外威武，好在丁西他們這兩年也不止一次來往辦過差事，不像辛湖四人是土包子進城，東張西望的，看什麼都新鮮。

原本辛湖是想穿著男裝，近距離參觀古代皇城體驗體驗，但丁西卻提醒她。「還是換上女裝坐在車裡吧，怕進城時查驗。」

辛湖只好遺憾的換回女裝，與劉大娘兩人坐在車子裡。

到達城門時，他們發現前面排了好長的隊。

「哇，這要排多久才能到？」平兒和小石頭驚呼道。

「還好我們來的時間不算太遲。」丁西慶幸的說，帶他們去排隊。

他們走的是普通人走的道口。丁西他們雖是來辦差的，但官階太低，平兒他們的身分就更加不值得一提，只好老老實實的排在老百姓的後頭，慢慢等著。但中途，他們時不時的見到某些裝飾華貴的馬車半路插隊，還很快就被放進去。

大家就知道，在這裡高官厚爵、達官貴人的家眷還是可以走後門，而普通老百姓就只能老老實實的排隊。

辛湖無聊至極，偷偷掀開窗簾四處張望，直至輪到他們，被查驗過身分文書之後，他們終於被放進城。

丁西陪同他們打聽到謝府的位置，才與他們告別。「接下來就不陪你們了，我們住北往客棧。」

他們是不好與謝公子打交道。畢竟安修遠是皇帝的重臣，雖然安修遠只是個縣令，卻也是皇帝親自指派的，結交京官不好。

辛湖四人帶著兩車，穿過半條城，直到天都快擦黑，總算到達謝府大門口。

最後辛湖說：「哎，你們兩個去叫門吧，就說我們是蘆葦村來的，怕什麼？」

看著氣派的大門，他們四個你推我、我推你，都不知道該怎麼去叫門？

於是，平兒和小石頭只能前去叫門，其他人都往旁邊挪一挪，不敢擋在人家大門口。那門房一聽說他們是蘆葦村來的，也搞不明白他們是什麼來頭，就說要去通報主家。

眾人只得繼續在外面等著。

謝老夫人和謝夫人聽說蘆葦村來人，愣了片刻，一時間竟然猜不到是誰來了？

「我先去看看。」阿土自告奮勇的說著，就跑出去。

幾年不見，大家的樣子都有變化。阿土如今已不是小毛孩，外表樣貌都是十足小公子哥兒，大家都不敢相認，還是劉大娘先開口說：「這是謝大公子吧？」

阿土認了好半天，才不敢相信的問：「劉大娘、平哥、石頭哥？」

「對，就是我們。」劉大娘笑道。

「哎呀！祖母、母親，劉大娘他們來啦！」阿土一聲尖叫，居然忘記先把客人帶進來，反而飛快的往內院跑去了。

幸好跟著他過來的下人，見到真是有來歷的熟人，立即熱情的招呼他們進屋。

沒一會兒，謝夫人扶著謝老夫人，匆匆過來，大家一見面，就忍不住落淚了。

「阿湖，真是大姑娘啦。」謝老夫人拉著辛湖的手，細細打量她。

「快、快吩咐準備飯菜，客房備好。」謝夫人不停的吩咐下人，忙得團團轉。

吃過飯，又閒話一會兒，謝夫人才說：「來了就好、來了就好。先在我們家玩兩天再說。你們趕那麼遠的路，也累了，早點歇息，我們明天再說話。」

謝老夫人連連點頭，又吩咐下人們好生侍候著，才笑咪咪的走了。

「如此就叨擾了。」劉大娘笑道。

「別說這話，好不容易才能來一趟，我們還以為今生都難得再見到呢。」謝夫人親自送他們到客房去，又仔細吩咐下人們，不可怠慢了貴客。

走之前，謝夫人又說：「你們明天多睡會兒，好好歇過了再起來。」

如此梳洗過後，大家也就安歇了。

第二天一早，四人還是按慣常該起的時辰起來了。外頭早就有侍候在一邊的丫頭，見他們醒來，立刻打來洗臉水，仔細的服侍大家梳洗。

沒一會兒，謝夫人就過來，埋怨的說：「你們怎不多睡會兒？這舟車勞頓，路上也夠累人的。」

「還好，我們在京郊歇了一天才過來的。」辛湖笑道。

「哦，有沒有去白馬寺？」謝夫人順口問道。

「沒，去西山打獵了呢。」

「你們還真是走到哪裡都不忘打獵啊！還別說，我這會兒居然饞起野味來了。」謝夫人笑咪咪的說，很有點懷念當初在蘆葦村的生活。

「我們帶了些燻製過的，還有些自己家醃製過的鹹菜，昨兒只顧著說話，也忘記了帶的東西。」劉大娘笑道。

昨天的兩輛車已經由謝府安置，連趕車的人也安排妥當住的地方。

「我就說，你們這兩大車的東西，都帶了些什麼？」謝夫人兩眼發亮，歡喜的說。

今天，謝夫人直接帶他們到平素自家人用飯的小廳裡，謝老夫人正帶著安兒、小南、謝月華等著他們過來。

「哎喲，安兒這麼大了；月華真是越長越好看，就是小南也都長這麼高了。」劉大娘感嘆道。

謝老夫人一一給幾個小的介紹大家，還特意拉著安兒，指著平兒和辛湖，說：「這是你表哥、表姊。」

「是以前老和我娘寫信的湖姊姊嗎？」安兒問。

「對，就是我。」辛湖聽他提到娘，笑著摸摸安兒的頭，眼神愛憐。這孩子沒跟著謝姝兒到邊關，離開娘親怕是多少有些寂寞吧？

「湖姊姊，都不記得月華了嗎？」謝月華在蘆葦村時就格外黏辛湖，現在雖然長大很多，但也不過是個幾歲的孩童，此話一出口，就惹得眾人哈哈大笑起來。

謝月華冰肌玉膚，絕對的美人胚子，冰雪聰明，謝家又獨她一個女孩兒，極受寵愛。

「哎喲，這麼可愛的小姑娘我怎麼不記得了呢？剛才我還以為是哪裡來的小仙女，都不敢認了。」辛湖打趣道。

謝月華傲嬌的斜瞄了安兒和小南兩眼，一副得意的小模樣，更惹得大家哄笑不止。

正吃著飯，謝管家過來了。眾人自然又是敘舊一番。

謝公子因為要早朝，自然不能等大家起床，所以謝夫人一大早就吩咐人去叫謝管家過來，讓他帶著平兒和小石頭去外面逛逛。

劉大娘與辛湖，就由她作陪了。

「那怎麼好？大家都忙，這會兒我們人都來了，幾時不能逛。」劉大娘與辛湖都拒絕了。

「這樣吧，我先送你們去大郎家，他置辦了一所宅院，地方還挺大的。」謝管家想了想，說。

「也行。不過月華爹可是交代過了，要給你們接風洗塵。」謝夫人說。她明白這四人一同上京，顯然是來辦正事，肯定不是專門來看望大家，還是得先讓他們把正事辦完再說。

將帶來的東西，分了一部分給謝公子家，剩餘的又跟著他們往陳家去。

一路走，謝管家一路給大家介紹這裡是什麼地方、那裡有什麼事情，到達陳家時，也不過才花大半個時辰。

「大郎置下的這座宅子，離謝府是稍微遠一點，不過離我們家還很近。」謝管家笑道。

他跟著兒子謝五住。謝五回京後，身分地位都比不上大郎，他們畢竟是下人出身，雖然早前已恢復良籍，但也打上謝公子家的下人身分標記，這一輩子他們都不太可能出頭，只能指望下一代了。所以他們家就住得更偏遠，房子也不過是一進的小宅子。

陳家門房見到謝管家自然熱烈的迎過來，問道：「您老怎麼有空過來了？」

「你們老爺在家嗎？」謝管家問。

「在家、在家，昨兒個不知怎的受了傷回來，現在屋子裡還有來看望老爺的客人呢。」門房說。

「受傷啦，怎麼回事？」眾人皆急了。

「哦，這是你們家二爺，他們從老家過來的。」謝管家指著平兒，告訴門房他的身分。

門房急忙給平兒行禮，又說：「二爺恕罪，小的不知是二爺來了。」

「行了，不知者不罪，快帶我們去看我大哥吧。」平兒打斷他的話，說。

「不用他帶了，這裡我熟。朱大有，先去招呼那幾個車夫，我去叫阿超過來，幫著把那車上的東西卸下來。」謝管家熟門熟路的，帶著他們往內室去了。

不料一進來，就遇上阿超臉紅紅的從大郎的小會客室出來，見到謝管家帶著一群人，連忙說：「老爺的傷不礙事，您老別擔心。」

謝管家點點頭，還來不及說什麼，平兒和辛湖等人就衝進去。阿超來不及阻擋，只能無奈的看著謝管家。

謝管家安慰。「不怕，這可是大郎的親弟弟。」

「啥，老爺的親人來啦？」阿超吃驚的說。

謝管家點點頭，和他去前院卸東西。

平兒四人才一進屋，一個丫頭打扮的姑娘，就指著大家喝罵道：「你們什麼人？懂不懂規矩，橫衝直撞些什麼？」說著，她同時擋在她家小姐前面。

屋裡大郎吊著一條胳膊，正坐著和一位年輕公子、一位小姐打扮的姑娘說著話。見到平兒他們四人進來，大郎居然一時還沒反應過來，那小姐卻連忙低下頭，拿團扇掩住大半邊臉。

「大哥，你怎麼回事？」平兒面對這丫頭的指責，完全摸不著頭緒。

「呀！你們怎麼過來了？」大郎這才醒悟來人是誰，驚訝的站起來。

這是分別幾年後，大家第一次見面。別說大郎這麼驚訝，因為他完全認不出平兒和小石頭。他走的時候，這兩人還是孩童模樣，可現在見到的卻是兩名長身玉立的少年郎。再加上這幾年他倆學識增加不少，身上累積一股文人氣質，隱隱有了些風華。

這四人當中，反倒是劉大娘變化最小，雖然她也老了些，但五官面目大致沒變，大郎一眼就認出她來。

平兒和小石頭給他的衝擊力太大，以至於他腦子裡像斷了片似的。

他看著已經是大姑娘的辛湖，居然有些恍惚。這不再是以前那個缺著牙、一頭短髮，像個男孩子的辛湖了。他離開時辛湖已經十二歲，樣子齊整精神，但不知怎的，他記憶中的辛湖還是最初那個——黑黑瘦瘦、一頭雞窩似的亂髮，在他腦海中留下極深刻的印象，以至於乍然看到辛湖大姑娘的模樣，腦中居然第一時間就想起那時的辛湖。

大郎的目光直直落在辛湖身上，嘴角微翹。果然沒太大變樣，還是這麼黑、這麼橫衝直撞，不過個子倒是挺高䠷的，身材很不錯。

不知怎的，他突然覺得這樣也挺好，她還是她。

眉眼其實還是那樣，辛湖本身長得就不算多美，又沒怎麼打扮，穿著很普通的衣服，頭上只戴一根普通髮釵，耳朵上吊一對素圈銀耳環，不施粉黛，一臉素淨，與剛才那位小姐相比，簡直一個在天上一個在地下，就連旁邊那丫頭都比辛湖打扮的鮮活很多，辛湖甚至趕不上人家丫頭的顏色。

辛湖一臉平靜的站著，任憑大郎打量。

一聽到平兒叫大郎大哥，那喝罵他的丫頭臉紅了，不好意思的連聲道歉，那小姐一直低著頭沒作聲，公子則連忙起身寒暄幾句，就告辭了。

這三人剛走，平兒就急著問：「你胳膊怎麼啦？」

「不礙事、不礙事。」大郎連連說。

他也不知道自己是倒了什麼楣，今天當差時，一位同僚站在凳子上去拿高櫃上的東西時，突然摔下來，他急忙伸手去扶，用力過猛，他的胳膊就扭了。那人被他扶住沒有摔倒，只稍微扭到腳，可是當下他胳膊就抬不起來，大家連忙把他送到醫館，才知道扭傷筋，還脫臼了。

雖然沒什麼大事，還是得養幾天，於是他又回家休養。

在大郎打量辛湖時，辛湖也看著他，事實上大郎給她的衝擊也很大。雖然才滿十八歲，但大郎已經完完全全是個成年男人的形象，甚至因為常年的征戰生涯，身上更有一股凜冽的寒意。只不過在見到他們後，大郎就立即笑起來，這一笑化解了那股冷，感覺可親許多。

辛湖在他臉上依稀看出他過往的那股俊俏模樣，但他整個人的氣質卻變了很多，雖是如此，她居然發現自己很平靜。兩人隔著人群，靜靜的打量對方幾眼，就各自移開目光。兩人默契十足，就好像一直在一起似的。

「劉大娘，您請坐，我這裡什麼也不齊備。算了，我自己帶你們安歇下來。」大郎說著，帶他們去各自的房間。

這宅子本來就夠大，正房雖然只有大郎自己住一間，但已經收拾好的有兩間，裡頭有一些用具，只是寢具、鋪蓋全無。不過也無所謂，反正平兒和小石頭自己有帶，各人占一間房，先把自己的東西搬進來。

劉大娘和辛湖自然要住在內院。內院這邊就更加空蕩蕩的，什麼也沒有，不過幸好房間都打掃得乾乾淨淨，屋子裡也通了風，樣子還不錯。

辛湖和劉大娘如法炮製，也把自己的行李物品搬進來擺放。不到半個時辰，四人就各在房裡安頓下來。

屋子裡突然多出四位主子，廚娘有些不知所措，便前來討主意，想問該如何弄飯菜？不過她沒有見到大郎他們，因為他們正忙著收拾自己的房間。衣物得拿出來，該洗的放在一邊，亂七八糟的個人用品也要整理好。

四人都在忙碌，大郎一下走到這間，一下又到那間，到處問大家需要些什麼，好立刻去置辦。

但四人都表示沒什麼需要。反正都是窮人家生活過來的，對物質的要求並不高。

雖是如此，大郎還是吩咐阿超去採買一些洗漱用的澡盆、臉盆等日常要用的小物件。

阿超剛要走，大郎又說：「還得去叫人過來，給他們裁幾身衣服。」

零零總總吩咐了好大一堆，阿超才領命走了。

大郎自己匆匆又進屋裡查看。大家來的太突然，他一點準備也沒有，總覺得屋裡樣樣都缺，看什麼也不滿意，甚至有點莫名的心虛感。

第六十七章

廚娘正煩惱著，謝管家就直接給廚娘拿主意，說：「雞鴨魚肉，有哪樣就煮哪樣，白米飯、各樣菜蔬，再燉個湯就行了。」

廚娘急匆匆的走了，準備去大展一番廚藝，務必要令新來的主人們喜歡她的手藝。她可不敢想，新來的四人會跟老爺一樣什麼也吃，一點也不忌口，尤其之中還有女眷，更要好好的侍候。

辛湖和劉大娘兩人整理好自己的東西後，就出來了。大郎正在院門口等著她倆，三人一起往平兒他們安置的房間過去。

「我們已經自己收拾好了。」平兒和小石頭都表示不需要大家幫忙。

辛湖和劉大娘也沒說什麼，畢竟他倆獨自在清源縣上學也有一段時間，收拾自己的衣物，應該都很熟練。

「哦，那兩車東西多半也是些吃食，得快點收拾幾份出來送給謝管家、謝五他們。」辛湖提醒大郎。

大郎問了一聲，門房告訴他，車都送到庫房去了。

於是，一行人又移步到庫房，見到謝管家一個人在進進出出的搬東西。

用的了。

「您歇著，我們來。」大家連忙上去動手。東西那麼多，可別把他累壞了。

然後，辛湖就直接把要送人的東西，全部清出來，單獨放在一邊，剩下就是自己家吃的

「這些罈子裡裝的是什麼？」大郎指著地上十個罈子，奇怪的問道。

「不過是些自己醃製的鹹菜、大醬什麼的，還能是什麼稀罕物不成？」辛湖答。

話是如此說，其實這些罈子裡裝的東西，品種可多，平兒點著罈子一一給大郎和謝管家介紹。「辣白菜、剁辣椒醬、豆豉、大醬、鹹鴨蛋、米粉豬肉、糖大蒜、鹹肉、酸豆角、醬黃瓜。」

謝管家咋了咋舌，感嘆道：「不容易啊，帶上這麼多東西。」這都是當年大家在蘆葦村經常吃的。平兒每說一樣，大郎和謝管家就偷偷吞一下口水。轉頭謝管家又說：「這些東西我最愛糖蒜頭，阿湖這個可要分一點給我。」

「本來就是帶來分給大家的，肯定少不了您一份。」辛湖笑道。

劉大娘也笑著說：「可不是？來的時候都算好了，人人有份。」

大郎轉頭又向著那幾大筐燻製好的雞鴨魚肉流口水。雖然現在頓頓都有肉吃，可是打仗那幾年，吃了上頓沒下頓，肉食更是極少見，長期無油水，他就越發想念這些東西。況且辛湖的廚藝，可不是旁人能比，他甚為懷念。

看他那樣子，辛湖隨便拿起一塊豬肉，說：「帶我去廚房，我來炒幾樣菜，謝管家也好

久沒嚐過我做的飯菜了吧？」

能被掛念，謝管家笑得眼睛都瞇起來。大郎更是直接，快速撿了幾塊魚、拿起一隻雞，帶著辛湖往廚房來。

那廚娘唬了一大跳，說：「老爺，飯菜還沒好呢。」她才剛剛燜上米飯，正在洗菜呢。

「沒事，妳忙妳的，我來做幾道菜。」辛湖隨口說著，挽起袖子。

廚娘看著大郎，不知所措，大郎說：「妳給她打下手，聽她的吩咐就行。」

劉大娘也想要幫忙，卻被辛湖趕出來了，說：「不用您，不過是做幾道菜而已。」

這些燻製過的肉類，做法相當簡單，燒熱水洗乾淨後，雞斬成塊放砂鍋裡燉；燻肉則直接切成薄片，切好青蒜苗，放在一邊備用；而魚塊直接上鍋蒸熟就好。

三道菜完全不費事，不過一刻多鐘，辛湖燉的燉上，蒸的也蒸了，只等著雞燉好，直接炒燻肉就完事。可一轉頭，她見廚房裡有已經殺好的鮮魚，又忍不住喊平兒去弄一點辣白菜過來。

「去拿一點辣白菜來，我煮一鍋魚湯吧。」

「太好了，我就想吃魚湯呢！」平兒歡喜的叫道，和小石頭兩人喜孜孜的跑去拿辣白菜。

廚娘看得眼花繚亂，只見辛湖一刀就把魚頭砍下來，再將魚劈成兩半，把魚脊骨剔出、魚尾巴切下，扔進油鍋裡稍微煎一會兒，就倒入一鍋開水。然後她把備好的辣白菜扔進去煮，原本清澈的湯水就變得紅通通的。

接著辛湖開始飛快的片魚片。等到鍋裡的湯汁翻滾起來後，辛湖把已經片好的魚片扔進鍋裡，雪白的魚片在湯裡翻滾了片刻，一鍋香辣撲鼻的魚湯就起鍋了。

味道辣得廚娘想哭，卻香得令她直流口水。

正好，那邊砂鍋裡的雞塊也燉得差不多。辛湖看了看四周，抓起兩條黃瓜，削皮去籽，切成小塊扔進砂鍋裡繼續燉，這才開始炒燻肉片。她用大火燒鍋，加一點油，扔進肉片翻炒到油水都出來，再加一大把青蒜苗進去，又翻炒片刻，就起鍋了。

廚娘先前早就洗好的兩樣蔬菜，辛湖也順手炒了。她這速度，把廚娘看得目瞪口呆，只能跟著她團團轉，不知道自己要做些什麼好？

外面那幾人聞到香味，已經等得口水直流。

辛湖一聲令下。「可以開飯了。」

眾人立刻全部湧進廚房，一人端著一盆菜出來。謝管家直接端著燉雞的砂鍋，領著眾人往平時大郎吃飯的小廳過去；廚娘也跟著端起飯鍋，又給大家擺好碗筷，就被大郎打發下去。

一屋子都是自己人，當然也不會客氣，個個挽起袖子，開始大吃特吃。

一頓飯吃得極是熱鬧。席間，大家邊吃邊談，辛湖和大郎自然而然就說上話，居然很快就恢復以前在蘆葦村的相處模式，好似分開的幾年時光，根本就不存在。

一頓飯吃完，大郎摸了摸肚子，一副饜足的感嘆道：「好久沒有吃到阿湖做的飯菜了。」

謝管家也一樣摸著肚子，說：「你有口福啦，以後天天都吃得到。」

「呵呵，是啊。」大郎笑著點點頭。

辛湖沒理會他倆的話，喊平兒去清點東西。大郎把庫房的鑰匙給她，說：「把要送人的分好，待會兒讓阿超帶著平兒一起去送。」

這些她帶來的特產都是她自製的，以前在蘆葦村時大家都很喜歡，難得來一趟，自然要每家都送一些。

辛湖點頭，接過庫房鑰匙，帶著平兒去把東西又仔細的分了分，裝好後拿出來。

大郎說：「阿超，你帶著平兒去送。」

謝管家卻說：「一起走吧，先去我家坐會兒，喝杯茶。阿湖、小石頭、劉大娘也一起去，阿超還是留在家裡照顧大郎。」

大郎吊著胳膊，說不定還會有人來探望，家裡也確實需要有人照應。大郎也就順勢把阿超留下來，說：「那就煩勞您了。」反正他們幾家住得近，到謝管家家，謝管家再安排個下人帶著平兒去忙活也可以。

謝管家擺擺手，說：「這麼見外作啥？別的不說，你們家是該多添些下人，光阿超一個忙裡忙外的可不行。現在阿湖他們也來了，得先買幾個下人回來，讓阿湖慢慢教著。」

這家裡人多了，人情往來就不少。客人來時若沒有侍候的人，確實不太像話。謝管家早就對大郎提過，讓他再多買幾個下人回來用，若不好的就再賣掉，好用的就留著。可是大郎卻一直沒時間也沒精力挑，再加上又覺得自己也不一定能在這裡待多久，這事就一直擱著。

結果這會兒，一看到辛湖他們出門，連個隨侍的人都沒有，大郎心裡也很後悔，連忙說：「阿湖，妳明日去挑幾個下人回來先用著吧。」

辛湖點點頭同意了。這裡可不比蘆葦村，能樣樣自己動手，連出個門都得有僕婦跟隨，家裡就一個阿超能用，確實不行。

大家先去謝管家的家，略坐一會兒，又去轉一圈。然後全部人都到謝五家。謝管家說：「今天就由我作東，安排席面給劉大娘他們接風洗塵，你們大家都過來湊個熱鬧。」

結果剛坐下來，阿超就匆匆忙忙的跑過來通知。「老爺有公務要辦，讓小的來和二爺說聲，家裡的事情讓大家自己做主。老爺恐怕得出去好幾天，小的也要跟過去照料。」

「不是說要休養嗎？他那胳膊還吊著呢！」辛湖不解的問。

「說是有一樁很緊急的公務，剛才來人叫的，急得很。」

「行，你小心照顧他，可別讓他那胳膊又受傷了。」辛湖只得交代一句，讓他走了。

「大哥辦什麼差事？有這麼忙嗎？」平兒不解的問。

謝管家搖搖頭，說：「大郎心裡有數，你們就別操瞎心了。現在因為燕王的事，好多人都跟著忙亂。」他心裡有句話沒說出口。大郎這種燕王派系的下屬，日子可不太好過。

傍晚出門當差的男人們都回來了。大家聚在謝五家，一起吃過洗塵宴，就由謝五送辛湖他們回陳家，臨走前，辛湖也與謝管家約好明天一早去買下人。

原本是可以讓人牙子帶人過來，直接在家裡挑選的，但是辛湖覺得這樣陣仗太大，陳家也不算什麼高門大戶，不是一次要買太多人，沒必要讓人家帶著一大批人過來。而且直接過去那邊挑，見到的情況還更真實，買來的下人使喚起來，說不定還更好呢。

她的這個想法，謝管家也贊同。畢竟這些貼身侍候的下人，最重要的就是得忠心，若是約好了送到家裡來挑，極容易被人安排眼線進來，還不如她這樣突然去挑人效果好呢。

回到家來，大郎雖然已經不在家，卻放個上了鎖的大匣子在她房裡。辛湖掏出早前大郎給她的庫房鑰匙串，見上面果然還有一把小的，正是打開這個大匣子的鑰匙。

最上面一層，整整齊齊放著一疊銀票、幾張紙，辛湖好奇的拿起來仔細研究一番，才知道這是幾張身契、一張房契。

然後，她又看到幾個小巧可愛的金元寶，二十錠十兩一個的銀元寶，一堆普通的銀飾品，包括鐲子、銀髮釵、銀耳環等等。除此之外，還有一個做工精美、十分漂亮的小匣子。

辛湖好奇的打開小匣子，一下就被裡頭的珠寶首飾給晃花了眼。

「哎喲，沒想到，這傢伙好東西不少啊。」辛湖感嘆道。

這個小匣子其實是個首飾盒子，分成好幾層，裝有不少首飾。其中最惹眼的是一支蝴蝶髮簪，這支髮簪是金累絲鑲紅寶石，做工十分精美，蝴蝶栩栩如生，寶石足有鴿子蛋大。配套的還有紅寶石耳環和手鐲，只不過那紅寶石都不如髮簪上的寶石大，但件件都不是凡品。

她把玩一會兒，十分驚嘆古代手工業的技術，不過這一看就很貴重的髮簪，她覺得自己沒多少場合能戴，又放下了。接著她拿起一對晶瑩剔透的玉鐲子，套在手腕上，大小還滿適合的。

另外還有一套珍珠飾品、幾支宮造珠花，都是上品。

除此之外，最下面一層還裝著不少比較普通的金銀飾品。辛湖選取一支髮簪、兩支釵子、一副耳環、一對手鐲出來，準備明天戴這些飾品。她自己是沒什麼值錢好看的首飾，總共就一對大郎當聘禮，送給她的金鐲子是最有價值的，又不好戴出來。只是現在也不能像在蘆葦村那樣隨便，多少也要戴點首飾，充充門面。

那幾樣貴重的她沒敢動，又放回去鎖上匣子。雖然辛湖不太懂這些首飾價值幾何，但也清楚這些東西比那銀票、金元寶值錢得多。

「這傢伙難道是把自己的身家都給我了嗎？要我當這個家？」辛湖把玩著一個金元寶，暗暗思量著。庫房鑰匙、金銀珠寶、房契，這些都屬於貴重物品，大郎卻全交給她。

這會兒她有點摸不著大郎的心思。「果然是分開的時間長，已經猜不透了啊。」辛湖暗恨。這傢伙居然一句明白話都沒說，就給了東西，她這下完全忘記，自己打小就沒怎麼猜透過大郎。

想來想去，她覺得這一千兩銀票並二百兩銀子，是大郎給她的家用錢，於是她取兩個銀錠子去找平兒。這是京裡，總不能讓平兒出門身上只帶點碎銀子。

平兒正在看書，問：「大姊，有事嗎？」

「大郎給你銀子了嗎？」辛湖直接問道。

「有啊。」平兒說著，也去拿一個匣子出來，裡面也同樣裝有二十個銀錠子、一把碎銀子，外加兩件玉掛飾。

「大哥好有錢哦，一出手就是二百兩；還有這兩樣掛飾，都是好玉。」平兒笑道。

這些年他們在家裡，其實也不缺銀子，家裡很少有東西需要銀子去買，多半是以物換物。再加上胡嬤嬤到蘆葦村時，章炎給了二百兩的賞賜，同時大郎還讓謝五帶回來二百兩銀子，總共四百兩銀子，身在蘆葦村，他們哪裡用得完？

況且家裡還時不時有些進帳，除了平兒他們三兄弟上學的費用外，家裡根本沒多少開支，但就算不缺錢，大家的花用還是很節省。平兒去清源縣進學後，也不過是帶個三、五兩在身上花用與應酬，哪有一口氣見到二百多兩銀子的時候？

這四百兩銀子，幾年下來也只花去二百兩。這次出門，他們只帶一百兩當花銷，都還沒有用完呢。

「你自己拿著用吧，他有給我家用的銀子了。對了，我明天得去買幾個下人，你想要多大年紀的下人？」辛湖問。

「妳作主吧。」平兒打了哈欠，說。

「總得給你配個書僮、一個出門在外的長隨。」辛湖算著。其實還該給他配一、兩個大丫頭侍候起居，但丫頭的人選相當重要，她得仔細考量過後，才敢安排到他房裡。

「那行。書僮選和我年紀差不多大，至於長隨……年紀稍微大一點。」平兒答。

「好。」辛湖點點頭，準備走了。

平兒又提醒。「妳記得要給自己多備幾個丫頭，京裡大家小姐們出門，身邊的丫頭僕婦可不少。」

「嗯，我知道了。」辛湖吃驚的看他一眼，又很快就明白。

現在的平兒已經不是小孩子，清源縣雖然不大，但一樣也有權貴世家，況且清源縣總共就一家官學，大家都在裡面念書，他平時也有些應酬，懂這些事並不稀奇。

只是一想到自己以後身邊也得跟著丫頭僕婦，她又覺得有點搞笑。不過，這幾年在胡嬤嬤的言傳身教下，她自然也知道什麼樣的身分該配多少個下人。

明面上，她現在有個當六品京官的大哥，還有一個秀才二弟，這樣的家世，在京裡雖然不算什麼，但那也是有點臉面的人家，身邊沒有丫頭僕婦成何體統？如果放在清源縣蘆葦村那地方，也算是個大戶人家了，以後她不可能像在蘆葦村那樣，隨隨便便就一個人騎著馬出門。

第二天，謝管家早早就來，帶著辛湖和劉大娘出去挑選下人。

連跑兩家，辛湖挑到了六女、兩男，共八個人回來。兩個男的，一個十三歲的少年、一個三十歲的漢子；六個女的，四個小姑娘都是十二歲、兩個約三十歲婦人。其中有一對母女、一對雙生姊妹。本來她只想要四個，因這種關係，就多要了兩個。

辛湖挑人的要點是身體健康、老實肯幹活，太過機靈的不要。有謝管家與劉大娘在一邊幫她把關，這幾個人的條件都不錯。這八個人並不是什麼也不懂，已經由牙婆子調教過，禮儀還不錯。

帶回家來，只需他們自己再教幾天，這八人就可以正式上崗。

回到家，辛湖才把人安排下去，謝管家都還沒來得及告辭，燕王居然微服與一身布衣的陳華過來了。兩人還帶來一堆東西，說是要送給辛湖他們。

謝管家唬了一大跳，連忙帶著大家出來，跪地行禮請安。

「起來說話吧。」燕王大馬金刀的坐下，揮揮手讓他們起來。

謝管家連忙說：「王爺，您有什麼要事嗎？陳主事不在家呢。」

「本王知道他出去了，這不，聽說他家裡來人，特意過來看看。」燕王滿不在乎的說著話，往辛湖身上瞄一眼，一本正經的道：「這小丫頭長成大姑娘家了。妳帶了很多好吃的來？」

在座的四人都很熟知燕王的名號，劉大娘與辛湖更是本來就認識他。只是那時他還不是王爺，並且還有求於大家，態度特別友善。這會兒再見面，人人都得給他行跪拜大禮，搞得辛湖極不適應。還好燕王並沒有真的讓他們跪多久。

聽了他的話，辛湖半低著頭，心想，搞半天，這王爺是來要那些特產的？不過表面卻十分恭敬的說：「回王爺的話，小女子已經是大人，帶來的也都是些粗鄙之物，怕是入不了您的眼。」

燕王眼睛一亮，說：「說什麼粗鄙之物？不拘什麼都勻一點給我吧，我特別想念妳弄的東西呢！」

第六十八章

眾人皆被燕王這跳躍的思維給搞懵了。完全沒人明白他怎麼會看上這些吃食？說實話，辛湖廚藝再好，他堂堂王爺哪會沒幾個好廚子？況且皇帝只是不給他權勢，享受上可沒虧待過他，一車一車的物件往他府裡不知送了多少進去。

上回，他在宮中陪皇帝用餐，隨口說其中一道菜格外合口味，皇帝當場就把那個御廚賞給他了。

但燕王要耍賴皮，辛湖也無法，只得帶他去庫房讓他自己挑。

結果，燕王也不客氣，果真每一樣都拿走一些。

他一陣風來，又一陣風似的走，弄得辛湖等人簡直不知所謂。

謝管家擦了把冷汗，說：「燕王在外面打仗多年，也是該享受享受。」這話裡的意思是，燕王確實十分講究吃喝玩樂，因為除了這些之外，他也不能幹麼。

辛湖並不關心燕王，只關心他這樣過來，對大郎有沒有影響？

「別怕，王爺是微服來的。」謝管家安慰道。

「那就好。」辛湖和平兒放下心來。他倆也不是什麼都不懂的天真無邪之人，燕王之事，謝夫人也提點過他們幾句。

「有什麼事就去叫我。我先回家去了。」謝管家告辭回家，平兒送他出去。

辛湖和劉大娘商量。「我們先在家裡歇幾天，等大郎回來，再讓他著人去打聽打聽朱家之事，如何？」

劉大娘和小石頭皆點頭表示同意。

燕王送來的禮，四份分得很清楚，辛湖當即把劉大娘和小石頭的拿給他們，才開始打理她和平兒的兩份。

送給平兒的自然是書與筆墨紙硯，而送給辛湖的則是幾疋上好的衣料。小石頭和劉大娘的自然也相差無幾，但東西都價值不凡。四人收了這麼貴的禮，都不知該怎樣給燕王回禮了。雖然燕王說是拿來換那些自製的鹹菜、燻肉，但兩者的價值也差太多。

最後，劉大娘說：「燕王這樣做，也不過是還我們的人情，得了就得了吧。」

辛湖想想也是，這麼貴重的東西，他們自然是還不起禮。不過一想到以前蘆葦村也幫忙他不少，這些東西對燕王來說，也真不算是什麼，所以就安心收下了。

之後，大家就先在家裡待著，正好仔細觀察新進來的下人們的表現。

大郎一個人的家，就是個亂攤子，雖然正常運作，但很多生活細節都沒人管，這下可讓辛湖著著實實的忙碌好幾天。比如添下人、安排下人的生活與工作等等。

其間謝夫人過來，還送來不少禮物，其中還有陳府需要的布疋等物。

辛湖要付錢，謝夫人卻說：「我這個繡莊還是靠妳才賺到銀子的，說好是要給妳分成，算什麼錢？改天我還要來給妳算帳，把妳該得的分子給妳。」

「那我就厚著臉皮，先收下了。」辛湖也不再客氣，笑著收下。如今，大家早就不缺這點銀子。

「再過幾天，待妳休息好了，面皮養白一點，時新衣服首飾也齊全，我還得帶妳多參加些聚會，讓妳早日融入京城的一些圈子裡。也是該教妳一些裝扮技巧，把自己打扮得漂漂亮亮的。」謝夫人笑咪咪的說。

今兒她來，還特意帶一些上品的香膏、面脂、口脂等等，是專程來教辛湖打扮的，順便也幫她調教一下兩個新進來的貼身丫頭，得讓她倆儘快能擔任這個職責。

辛湖連忙推辭，說：「我這是什麼身分，還費這麼大事做什麼？」

「妳也不可能一輩子關在屋裡不出門呀！再說，年輕的大姑娘家不出來走走，誰知道妳啊？」謝夫人的意思是想給她相看人家呢。

眾人皆懂得謝夫人的意思，平兒甚至說：「大姊，妳確實要好好打扮打扮了。」

辛湖一向素面朝天，一身最普通的布衣，在蘆葦村裡甚至連基本的首飾都不戴。她要幹活，風裡來雨裡去，又被太陽曬得，皮膚自然也比不上大家小姐們那樣嬌嫩。

來到這裡，她好歹還穿一身九成新、好料子的衣裙，也規規矩矩的戴上幾樣飾品，頭上、耳朵上、手腕上樣樣齊全，最貴重的，也不過是頭上那支金髮簪。這樣的裝扮在京裡，連達官貴人家裡的丫頭僕婦都不如，謝夫人自然明白她這樣出去一定不行。

「平兒也不用說你姊，你也一樣要出門應酬。改天也得叫阿土帶你和小石頭出去玩玩，京裡該去的地方也都得去走走，結交幾個年紀、身分差不多的讀書郎，往後大家一起談文論詩，對你們以後也有好處。」謝夫人轉而叮囑平兒。

正說著話，那日叫來的繡娘帶上給他們四人趕製出的衣裙過來了。

謝夫人挑剔的看過一遍，嫌辛湖的衣裙不夠華麗，皺了半天眉，又說：「再多做幾身吧。」

辛湖看自己已經有了兩身新衣裙，勉強同意再做一身。

謝夫人卻搖頭。「起碼得再做三身。出去做客遊玩的姑娘們，哪個不帶著替換的，妳總共就三套怎麼夠？要是在外面弄髒了，連件可以換的都沒有，該怎麼辦？」

這話得到劉大娘與平兒的贊同。辛湖想想自己在一些宮鬥、宅鬥小說中，看到各種倒茶水、潑湯汁等場景，只能老老實實的同意。

謝夫人看辛湖十分不積極，乾脆拉上她和劉大娘直接到繡莊選料子，順道幫辛湖裁衣裙。

謝夫人手腕了得，再加上她的繡莊賣的東西新鮮，價格也適宜，而且她夫君也是京城重臣，捧場的人自不少，所以繡莊生意很好。

辛湖從頭逛到尾，主要是看稀奇。她在清源縣沒見過這麼高級的繡莊，看著那些漂亮的織錦、宮緞、綾羅，她都不敢伸手去摸，生怕自己的手糙將布給勾花了。

謝夫人卻不管，一疋疋的往她身上披，看顏色適不適合？旁邊還有兩名專業的繡娘侍候，專門給她們做參謀。

最後謝夫人在大家的幫助下，選出正藍、正紅、亮綠三色高級料子，才肯罷手。

這是致力把辛湖打造成京裡的貴女。她膚色微黑，搭來搭去也只有這些端莊明亮的顏色壓得住，那些粉嫩、淡紫之類少女系的顏色，她都不適合穿，著實讓大家很是頭疼一番。

接著謝夫人又帶她去首飾鋪子，要挑各式的送她一些。

辛湖不肯要，連忙說：「我有了，大郎已經給我了。」

她說的是實話，奈何謝夫人完全不相信，還以為她是手頭不寬裕，強硬表示。「難得見一回，妳也得允我送個禮，孝敬孝敬妳這個小師父啊！」

這話是說起以前在蘆葦村，跟著辛湖學做菜的事情。謝夫人憑著當初跟辛湖學的幾道拿手菜，確實在京裡也出一番風頭，如今，哪個不知謝夫人廚藝精絕啊？

辛湖被她這話說得哭笑不得，拚命的解釋。「真的，大郎給我一些首飾，好東西我都沒戴出來呢。」

「他一個大男人，哪知道什麼好看啊？走、走。」謝夫人不由分說，拿著各色髮簪、釵子、珠花等往她頭上堆，仔細想著哪件能配哪身衣裙，恨不得把這些全部堆在她頭上，弄得她推都推不掉，好似不拿幾樣都不行。

一邊劉大娘看得高興，還興致勃勃的也挑兩件，說：「我們那小地方也難得見到這麼精緻的，我也湊個熱鬧，給小石頭娘挑兩件新鮮貨。」

辛湖乘機掙脫謝夫人，跑到劉大娘身邊，說：「快來、快來，我們來參考參考，一定給張嬸嬸挑兩樣好看的。」

謝夫人當初在蘆葦村就和張嬸嬸關係格外好，一聽說幫她挑，也來了興致。

三個女人在首飾鋪子裡挑了好半天，最終辛湖還是選了一根梅花簪、一對配套的耳環，謝夫人才肯放過她。

有了新衣服和新首飾，還有一堆的化妝品，再加上謝夫人在一邊虎視眈眈的盯著，辛湖不得不講究起來。

說實話，化妝對她來說一點也不陌生。現代女孩子不說人人都愛化妝，但多少也有需要化妝的場合，所以她以前也算是擅長此道。

辛湖換上繡娘趕製出的衣裙，身段越發顯得凹凸有致，她胸前豐滿，腰肢卻粗細適宜，臀部豐潤。她的腰既不像嬌弱女人纖細得一把可握，也不是肥得像圓桶般上下一樣粗。她這副身材真可謂一分不多一分不少，穠纖合度。

她在房裡獨自一個人磨蹭半天，給自己化一個美美的妝，再在一頭烏壓壓的青絲上，點綴上那支華貴的髮簪，一出場就把大家給驚呆了。

「我眼睛是不是花了？這還是阿湖嗎？」謝夫人喃喃自語道。

「就是，實在是太好看了！」劉大娘瞪大眼睛，從頭到腳、由左至右把辛湖打量好幾遍，終於肯定她就是辛湖。

盛裝華服，妝容靚麗的辛湖，讓大家看呆了眼。

這身衣服把她高眺健美的身材顯露得淋漓盡致。豐乳肥臀，束著不粗不細的腰，盡顯身段，已是位風姿綽約的大姑娘。此刻的她揚著眉梢，雙眼流轉，就似能勾魂似的，女人味實在是足得不能再足了。

就連她身邊那一缸怒放的荷花都無法擋卻她的豔色，令平兒和小石頭簡直不敢直視，心頭怦怦亂跳，生怕自己會起了褻瀆之心。

這樣的辛湖豔光四射，張揚冶豔，像一團盛開的玫瑰。

「沒想到，阿湖還真適合這種豔麗妝容。」謝夫人驚訝的說。

這時候她才真正明白，為何辛湖當初會格外中意這些顏色亮麗的料子。怕是辛湖早就知道自己適合什麼樣的妝扮，平時不過是不講究，也沒資格講究這些罷了。

她還以為辛湖這個年紀的姑娘家，不大壓得住這種豔麗的衣裙，哪想到竟相襯的很。反過來說，辛湖就是適合這種豔麗的打扮。

辛湖這一妝扮，把自身的長處發揮到極致，著實給她增添不少豔色。

辛湖得意的看著大家眼中的驚豔之色，心想，這還不算什麼呢，現代化妝術可以完全改變一個人，化妝術運用的好，連醜女都能變仙女，何況她只是長得不太出彩，好歹五官也端端正正、齊齊整整。所謂三分靠天生，七分靠打扮，她這張臉，怎麼著也不算只有三分吧？她只不過是把臉搽白些、點了紅唇、稍微在臉上勾畫幾筆而已，妝不算濃。畢竟大家都是熟人，都是天天見到她真實面目的人，她可不想弄得自己都不認得自己了。

最後，她再利用衣裙飾品來突顯天生的好身材，給自己增添不少姿色。

大家正談論著辛湖的這身衣裙、這副妝容如何如何好時，大郎進來了。

他目瞪口呆的看著辛湖。真沒想到，這女人打扮起來還這麼好看、這麼吸引人，特別是那胸、那腰，簡直令他感到口乾舌燥。

辛湖自然沒有錯過他眼中的驚豔之色，她眼波流動，儀態萬分的走動幾步，髮簪上的紅寶石映襯得她更加豔麗了。大郎的目光追隨著她的身影，頓時離不開。

「大郎、大郎，快過來看看！阿湖這樣漂亮吧？」謝夫人喜孜孜的問道。

大郎回過神來，看著辛湖臉上那似笑非笑的神情，很快就明白她是在笑話自己，遂有點不自在的說：「大姑娘家的，是該多打扮打扮才好，再去多挑幾樣好看的首飾和衣裙吧。」

「這幾日已經裁了五身新衣裙，還買一副首飾，夠了。」辛湖答。

「要是銀子不夠，我再拿些給妳。買這宅子，本就是用皇帝賞賜下來的銀子，都還沒花完。」大郎解釋道。他怕辛湖是為他省銀子。在外面這些年，他攢下不少東西。

謝夫人很明白的說：「就是，阿湖，妳不用替大郎省銀子。」

呿，搞半天，這傢伙雖然給她一堆東西，手上卻還握著更多呢。辛湖看著大郎，微微一笑說：「不用了，我這個身分也不能太過了。」

「怕什麼？妳這個身分也不差。妳哥哥是正經的六品京官，弟弟還是剛進的秀才。」謝夫人說。

雖然辛湖的身分也確實算不上多高，但穿幾身漂亮衣服、戴幾樣華貴首飾並不為過；而且這些東西又沒有違制，都在她能穿戴的範圍之內。這樣想著，謝夫人越發頭疼辛湖的婚事了。

辛湖雖然廚藝精通、點子多、力氣大，但這些都不算什麼驚人才藝。況且女孩子的婚事，家世背景占了一大半，其次人家才考慮女子本身有什麼能力和才藝。

辛湖這麼一打扮，造成如此驚豔的效果，著實讓謝夫人有些頭疼了。身為過來人，她十分明白女人的好姿色只是短暫的。雖然容顏易老，可像辛湖這種從骨子裡散發出來的風韻，卻只會像陳年烈酒一樣越陳越香，最起碼也會延續上十幾年。

本來大家還只想從六品以下的小官，或者從那些寒門學子中挑，這會兒，她放棄這樣的打算，就怕這樣的家庭會壓不住辛湖這身氣派，徒生風波；但門第高的，辛湖又配不上。越是高門第，婚配對象就越挑剔，那可不單單只看女子本身，還要看她的家族勢力。

原本搭著燕王這位安慶朝唯一的王爺，大郎身分的提高指日可待，偏偏皇帝卻盡出昏招，搞得大家都快看不懂他究竟要如何對待燕王？在這種情況下，大郎想要更進一步明顯十分的艱難。

若大郎身分不上升，平兒想要成氣候就更加難，搞不好，還會因大郎而受到牽累呢。辛湖沒有強有力的娘家，又如何能進得了高門大戶？

謝夫人滿懷心思的回家，和婆婆談到辛湖的事，兩人都十分頭疼。結果謝公子回來，又帶來個更頭疼的話題。

「阿湖他們來的前幾日，大郎救下大理寺少卿四品大員伍家的姑娘。伍家人對大郎有些意思，託人來打聽他有沒有訂親？」謝公子說。

「伍家的姑娘，不是先前剛賜給燕王當側妃了嗎？」謝夫人問。

「當側妃是伍大人的嫡長女，這位姑娘是他嫡親弟弟的嫡長女，其父是外放的從五品知州，這個女兒會留在京裡就是為了幫她說親。」謝公子答。

「平時我們與伍家打交道少，不太清楚這姑娘品性如何？」謝夫人嘴裡這樣說，心裡卻認為伍姑娘如此家世配大郎，綽綽有餘了。

「這堂姊妹倆年歲相當，都已經十五歲，正是成親的好年紀，但人品如何，還需要夫人多打聽打聽。」謝公子說。

謝夫人自然滿口答應。所謂娶妻當娶賢，家世再好，品性太差也是沒人肯要的。

所以他們夫妻倆雖然都認為伍姑娘算得上是良配，但還是需要去打探打探姑娘的品性。

談完伍家的事，謝公子又苦惱的說：「妳先別露什麼口風，大郎還不一定會同意。」

「為什麼？」謝夫人與謝老夫人吃驚的問。

謝公子自然把大郎上次說過自己訂過一門親的事情道出，只是那門親作不作得數，就兩說了。

「那只好直接問他。或者，打探一下燕王的態度？」謝夫人說。

燕王雖然表面是一個紈袴，但誰敢小瞧他？尤其他們這些近身之人，更明白燕王的手腕心計，所以有什麼事還是會透過他判斷。

而此時，燕王正被皇帝責罵，因為他整天沈迷女色之中。

「你多少要給王妃一點臉面，天天這樣荒唐，她還沒嫁過來，就怕已經對你死心了。」皇帝苦口婆心的勸道。

兒子不問正事，他滿意了，可兒子天天花天酒地的瞎胡鬧，他又鬧心了。現在燕王越來越無所顧忌，府裡已經鶯鶯燕燕一堆，現在還搞個頭牌回府，正經的說要討個名分，真是令皇帝恨不得當場就給他幾耳光。

王爺的後院也是有定例的，不是想給誰就給誰啊！

「臉面，她有什麼臉面？與兩個身價不比她差的側妃同時進門，還有臉面嗎？」燕王一句堵來，差點把皇帝的臉都問青了。

這事真是皇帝辦得不對，哪有王妃與側妃同時進門的？

皇帝青白著臉，指著燕王，好半天才順過氣，還想罵他。

燕王卻滿不在乎的說：「得了、得了，您要是看兒子不順眼，乾脆讓兒子早點滾蛋去封地，咱們也好眼不見為淨。」

說罷，燕王草草給皇帝行個禮，大搖大擺的走了。

皇帝對他的封地一直沒有訂下來，已經把他搞得很煩躁。他又沒想留在京裡爭什麼，剛打完仗，各地都要休生養息，他實在不願意再看到老百姓流離失所。

所以皇帝這樣對他，還真是以小人之心度肚君子之腹。本來他一直隱忍不發，可皇帝卻越來越過分，他乾脆先主動鬧一鬧，好讓皇帝快點趕他走。

皇帝給他的這三個女人，他不用腦子想都知道，以後燕王府的後宅沒有安寧之日。三個人背景勢均力敵，真鬥起來，誰知道會鬧出什麼事來？

這邊燕王把皇帝氣了一通，為了安慰自己，又帶上陳華來大郎家混飯吃。因為前幾天從陳家拿回去的那些東西，廚房做出來，根本不是記憶中的那個味。

而謝家兩口子也悄悄的過來，想乘機問問大郎伍家這事該如何辦？如果大郎不同意，他們也不用費心費力去打聽人家姑娘的品性。

第六十九章

兩邊是前後腳到的。既然都是熟人，大家乾脆湊在一起談事情。

辛湖無奈，只好自己當丫頭在一邊侍候茶水。怕新來的兩個小丫頭聽到什麼不該聽的話，又怕她們亂說話惹惱燕王，或是被燕王嚇到。

大郎一聽說伍姑娘就連連搖頭，一副心有餘悸的說：「不要，這樣的姑娘送給我，我都不要。」

「這就奇了，你為何這麼不喜歡她？」大家都訝異他這過於激動的態度，齊聲問道。就連一直當木頭的陳華也抬起頭，看著大郎。大郎以往給人的感覺一向都是成熟穩重，對人也一向都很溫和，還真沒人見過他這樣的表情。

辛湖看他一副害怕的樣子，不禁好奇起來，問：「是不是我們第一天來，遇到的那位姑娘？」

大郎點點頭。說實話，辛湖當時對那姑娘的印象並不差，雖然那丫頭有些過分，但那姑娘卻一直保持良好的風姿，況且人家長得十分漂亮，她對漂亮的人一向都格外寬容些。

「哎，那姑娘長得不錯啊！你怎麼這麼討厭她？」辛湖又問。

「你們不知道，那姑娘像個瘋婆子。」大郎連連搖手。

「有這麼可怕嗎？我看還好啊，嬌滴滴的，長得又漂亮。」辛湖笑道。

「妳這樣說，是不是我乾脆納個妾算啦？」大郎冷笑幾聲，對她說的這句話很不爽。雖然他還沒來得及提及兩人的親事，但他心裡真的希望辛湖是喜歡他的。

謝夫人不解的看著辛湖和大郎，總覺得他倆之間氣氛有點古怪，大郎這話也令人覺得不大正常。

燕王卻抓住重點，正色的問：「瘋婆子？怎麼回事？」

大郎講出當時的情景，聽得謝公子和燕王都呆住，沒想到那姑娘是這種性子。一般人受驚後會大呼小叫、哭鬧，甚至暈厥過去，可沒見過發瘋到這地步的。

辛湖也很不明白，腦中卻想到一種可能，脫口而出。「不會是個間歇性神經病患者吧？」

「什麼叫間歇性神經病患者？」眾人皆目光灼灼地看著她，眼裡充滿好奇，一副不給答案就不甘休的模樣。實在是這個詞，大家完全沒聽說過。

辛湖頓時大恨自己嘴快，但話已經說出口，在這幾個人面前，顯然也糊弄不過去。

她只得改變一下詞語，慢慢說：「呃，這就是一種病，我曾經在一本雜書上看過這樣的病人。說是有的人腦子有點問題，平時看不出，一遇上什麼大事，又或者受到刺激就會發作，像瘋子似的，有的人還會殺人或是自殘，甚至還有可能遺傳給下一代。」

她每說一句，眾人的神色就嚴肅一分，等她說完，燕王周身已經快要結冰了。

她連忙又說：「不過，我這也只是在野史雜談上看到，作不得數呢，你們可別當真。」

可惜的是，說者無心，聽者有意，在座的眾位全聽進去了。

謝公子當即說：「得了，這種姑娘要不得。」

眾人都贊同。這樣的女人別說娶妻，就是納妾也不能要。這麼瘋，誰知道會鬧出什麼事來？而且還可能影響到子孫後代。

燕王走後，立刻吩咐人去探聽伍家的事，務必要掘地三尺，把伍家的祖宗十八代都查清楚。

陳華勸道：「王爺，你也別生氣，這事不一定是真的，阿湖不過是個鄉村小姑娘。」

「哼，鄉村小姑娘？我看你也太小看她了。安修遠都幫她找過不少書，以安修遠的能力，什麼書弄不到？她還真有可能看過這樣的典故。」燕王把玩著一塊玉珮，說。

辛湖最愛看些雜七雜八的書，大家都知道。上自天文下到史料，甚至雜記、醫書、小道故事，她統統都要。她看的書之雜，誰也搞不清楚她究竟看了些什麼？

「詢問一下胡嬤嬤吧。她這幾年在陳家，與辛湖天天一處，應當知道這些事。」陳華不確定的說。

燕王點點頭，心思卻飄遠了。

大郎卻在大家走後，直接對辛湖說：「我們挑個日子，把婚事辦了吧。」再不辦，真要有人來給他說親，也是件麻煩事。

辛湖愣了好半天，居然沒反應過來他說的是什麼。

「我說，我們快點挑個日子，把事兒辦了。」大郎看她發呆，不滿的說。怎麼聽個話都聽不明白？難道這些天只顧著打扮得漂亮，連正事都忘記啦？

「你是認真的？也太、太……」辛湖指著他，完全跟不上他的節奏。

「太什麼？」大郎問。

「喂！有你這樣辦事的嗎？這麼大的事，一句話就完啦？」

辛湖滿頭黑線。她完全沒有想到，自己人生中最重要的事情，就被他這麼輕描淡寫的帶過，好似在問，明天早上吃饅頭嗎？就這麼平淡無奇的說出來！

而她自己也沒有想像中的嬌羞、沒有想像中激動、沒有想像中浪漫，總之，一切都不按劇情走。她一腔少女情懷，被當頭倒一盆涼水，淋了她個透心涼。

辛湖撫著額角，實在無力吐槽。遇上這樣的男人，怎麼就一點都不用心呢？把重要的人生大事，搞得跟什麼一樣。人家還想談談戀愛，享受一點浪漫感，結果卻是這樣！

看她抓狂的樣子，大郎臉色一變，說：「妳不願意？妳有心上人？」

「我呸！心上人個屁啊！連個男人毛都見不到。」辛湖隨手給他一拳，真恨不得打死這個混蛋。她身邊又沒有適合的人選，去哪裡找意中人？在蘆葦村時，要麼是小屁孩，要麼是中老年男人，談什麼戀愛啊？

「哎，妳說的什麼話？能不能有點女人的樣子？妳都這麼大了，怎麼還跟小時候一樣？」大郎被她大力的一拳差點擊倒，不滿的喝道。

「什麼叫女人樣？你不滿意就去找別人啊！老娘沒說要嫁給你！」辛湖怒叫道，氣呼呼的抬腳就走。

大郎揉揉痛處，莫名其妙的看著她遠去，很不明白自己到底哪裡惹她生氣了？

可是一邊的劉大娘、平兒與小石頭卻徹底驚呆了。

雖然辛湖曾經含含糊糊的提過，自己其實訂過親，要大家不用發愁，可一追問，她卻又說：「去找大郎，他訂的。」

眾人都不當一回事，以為她是煩了天天說親事。因為那時候大郎自己才一點兒大，而蘆葦村連個鄰居都沒有，大郎上哪兒給她訂個未婚夫啊？搞半天，這個未婚夫居然就是大郎。

大郎看看眾人，見大家都瞪大眼睛看著他，突然有點明白辛湖為何生氣了——雖然只明白了一點點，大部分還是不明白。他以為辛湖生氣是因為他說的太突然，讓她心裡沒有準備。可是大家年紀都到了，也該談一談親事，他只是順勢提出來，怎麼會氣成這樣？

其實，他也不太知道該如何開這個口？自從辛湖來之後，他給自己幾天時間想一想，也準備早點把婚事提出來。可是他想來想去，也不知道該怎麼開口，畢竟他對辛湖的感情本就是以兄妹情居多，在他的印象中，辛湖仍是個小丫頭，直到看見盛裝的辛湖時，才恍然明白，原來自己的小媳婦真的長大了。

看著大郎尷尬的離開，劉大娘和小石頭都好奇的問平兒。「搞半天，辛湖是你們家的童養媳啊？」

「我哪裡……還別說，我真有一點印象呢。最初大哥好像是讓我叫大嫂，但大嫂卻讓我直接叫她大姊，後來我就一直都叫大姊。」平兒在腦海中翻老半天，總算記起有這麼回事。

他當時都六歲了，很多事情都還有記憶，只是記得不太清楚，而且他也有意無意的忘掉那些事，畢竟那不是什麼美好的回憶。

要不是大家提起來，他都忘記自己其實是大郎他們撿回來的。說來他是大郎和辛湖養大，但並不是血親，這件事他忘得挺徹底。

劉大娘想了想，笑道：「也是，其實平時大郎和辛湖相處就不像兄妹，是我們自己忽略了。」

仔細想想，從他們的相處中，是能看出一些蛛絲馬跡，只是大家都沒往這方向想過。

「那阿湖是怎麼來你們家的？」劉大娘又好奇的問。

「呃，這個我就不知道了。」平兒說。

「也是，你那時才幾歲啊，不記得也對。」劉大娘笑笑，覺得自己完全是老糊塗了。當初他們第一次見面時，平兒才六歲，家裡沒了大人，吃的都不足，還有個更小的大寶，在那種時候能活下來已經很不錯了。

第二天，家裡氣氛比較尷尬，大郎一大早就要去當值，所以他起得很早，其他人要稍微遲一點才起來。臨出門前，大郎還是到辛湖房門口說了句。「我去當差了。」

「嗯。」辛湖隨便應一聲，抱著被子滾幾下。昨天那一鬧，她有些不好意思見到大郎。但一想到自己就要嫁給這個完全不懂浪漫為何物的傢伙，她就憤憤的咬被子幾下，就好像咬著大郎似的。

「唉，為何這麼難呢？我不過是想談場變愛！」辛湖在被窩裡低聲嚎叫，她幾乎可以預見自己往後的人生——夫妻倆過著很平淡的生活，再生幾個娃娃，一輩子就過去了。她簡直氣得半死。

大郎在她門口站一會兒，欲言又止，發現自己真不知道該說什麼，見時間也不早，只好悻悻然離開。

其實只隔著一道門，有什麼話直說就行，可這話一挑破後，兩人明顯都有些不好意思，都不乾不脆起來。

待辛湖起床，劉大娘看她明顯沒有睡好，打趣道：「阿湖，你們倆年紀已不小，是得快點把事情辦了。」

「哎，我知道。」辛湖點點頭，懶洋洋的應了聲，卻再也沒說什麼。

好在她和大郎都是很快就恢復的人，晚上同桌吃飯時，居然都能做到面不改色，各吃兩大碗。看見兩人都很正常的樣子，劉大娘也是心寬，就轉了話題，把他們來京要辦的事情和大郎提了。

「好，我抽空先去查一下。」大郎答應。他就知道，劉大娘與小石頭肯定不是專程送辛湖和平兒過來，一定有什麼要緊的事。

「哎，我們小姐真是可憐啊！」劉大娘嘆道。

小石頭低著頭，看不出是什麼表情。在蘆葦村時，他身為一家人的指望，其實很有壓力。有時他也會想念父親，雖然分開時才六歲，他還記得父親，因為朱公子對他這嫡長子還是很用心，而且朱家人對他也很好。

所以對朱家的觀感，他肯定是不若劉大娘與他娘那樣恨。可是一想到自己的母親是九死一生才僥倖逃命，最後還得自己下田勞作才養得活他和弟弟，這麼一想他又痛恨起父親。

這種矛盾的感情令他十分痛苦。他一面盼望這回能早日找到父親，一面又覺得找不到也許更好。他與母親、弟弟還有劉大娘，就這麼過著也不錯。

「小石頭，你還記得你爹嗎？」辛湖打破沈默，問。

「記得一些。」

「小石頭，你可不能有了爹就忘了你娘。你娘這幾年有多苦，你不知道嗎？」劉大娘突然情緒激動起來。

小石頭愕然看著她，不懂她幹麼這樣激動？論感情的深厚，他自然是對母親更加親密，父親在他腦海中只不過是過去的美好，況且他那時還小，記得的也都只是些片段。

「哎，阿湖妳還年輕，不懂男人。男人要是對妳不好，任妳多能幹，日子都難過。」劉大娘有感而發。張小姐以前也是個性子大剌剌的姑娘，心思簡單、一心只想與夫君相守，誰知道……

見大郎皺眉看著自己時，劉大娘又說：「大郎，我不是在說你。你也是我們看著長大，品行自然信得過，往後你可要對阿湖一心一意，千萬不能左一個通房、右一個妾室，讓她冷了心。」

「大娘，您說些什麼喲？」辛湖連忙打斷她的話，用眼神示意平兒和小石頭在場，他們年紀還小，這種話讓他倆聽到不太好。

可劉大娘看了看平兒和小石頭兩人脹紅的臉，卻說：「他們倆這個年紀在大戶人家裡，哪個不是已經有了房裡人？這話他們倆能聽得，並且也正好記住。以後你們都要對自己的妻子好一點，別搞些有的沒的，夫妻和睦才是家之根本。」

這下連大郎臉都紅了。劉大娘這話真不是故意說給他聽的嗎？

「您放心，我和阿湖自小一起長大，情分不比尋常，哪會做對不起她的事。」大郎連忙保證。

劉大娘點點頭，這才沒再說。然而她看著辛湖，微微笑了。她也算是看辛湖長大，說辛湖是她的半個女兒也不為過，自然希望辛湖能一輩子夫妻和睦、幸福平安。

燕王為了查伍家的事情，接連安靜幾日。

這下皇上不習慣了，直接把他叫進皇宮詢問。「你這幾日在做什麼？」

「什麼也沒做，不過是叫幾個歌姬到府裡尋尋樂子罷了。不是怕給父皇您丟臉嗎？」燕王一開口，就把皇帝氣得肝都疼了。

太子為了活絡一下氣氛，就提起一件事情。「阿炎，你以前那個很得力的手下陳大郎，前些日子救了位姑娘，好多人都在談他多威武呢！說那發瘋的馬一下就讓他制伏，還把那姑娘完好無損的救下來。」

「哦？這陳大郎現今在做什麼？」皇帝順著太子遞的臺階問。這麼小的官他實在記不得，當初隨燕王回朝的將士實在不少，能封官的也不多。

皇帝的問話令太子心生警惕，暗嘆一聲，只恨自己不該提這事的。

果然他還沒來得及回話，燕王就冷笑道：「能做什麼？不是被您老打發到什麼部去當個六品小官嗎？」

皇帝這下尷尬了。當初他給大郎安這個職位，其實也不能完全怪他。好位置確實輪不到大郎這種毛頭小子，又一點根基也沒的人去坐啊！六品官剛好，他才十八歲，升官的機會多著呢。

不過為了活絡氣氛，太子只得和皇帝像唱戲似的，你一言我一語又說起了這事。

「那姑娘，說來和阿炎還能拐上點關係呢。」太子說。

皇帝假裝很感興趣的問：「什麼關係？」

「是伍側妃的嫡親堂妹，這姑娘的父親是外放的知州。」太子的本意是想說，陳大郎讓這樣好家世的姑娘相中，能娶得好妻室了。

「那陳大郎應當還沒成親吧？這不正好，朕給他們賜個婚。」皇帝說這話，原是討好燕王的意思。

就連太子都覺得這下燕王應當滿意了，畢竟天子賜婚也是莫大的榮耀，按理說六品小官是輪不到這等好事的；而且天子賜婚，定會有一堆好東西賞賜下來，到時陳大郎可是名利雙收呢。

誰知燕王卻冷笑道：「賜什麼婚？有本領騎馬，就不要搞出這麼大事情來，弄得人盡皆知，丟臉至極！父皇，您這是想害陳大郎吧？給他賜這麼個失了名節的女人，真以為人人都像阿湖一樣，沒事騎什麼馬啊？」

這話一下把太子打懵了，連皇帝都不明白。這明明就是好事啊，而且伍家的姑娘一向口碑不錯，為了給燕王娶親，皇帝可是好好查看過這些適齡姑娘的底細，不然他也不會把伍家姑娘指給燕王當側妃。

「伍家的姑娘有什麼不好？這騎個馬算什麼事，京裡貴女們哪個不騎馬呢？」皇帝問。

「一個大姑娘家在大眾廣庭之下衣衫不整，早就失了節，現在還鬧得人盡皆知，不早早一根繩子吊死，還活著做什麼？」燕王罵道。

雖說燕王的話極無理，但他這態度，話題肯定是說不下去，皇帝自然也不敢給大郎賜婚。他只得迷惑地看向太子，用眼神詢問——燕王這是怎麼啦？為何生這麼大的氣？

太子靈機一動，想到或許是因為燕王對伍側妃不滿，借機發揮。但話說回來，燕王嘴裡所說的阿湖，又是什麼人？

太子向皇帝嘀咕幾句，皇帝又尷尬了，覺得三個女人都不能令兒子滿意，實在是太對不起他，有心想補救卻又不好搞。畢竟王爺的一正妻二側妃是慣例，再給他指幾個，品階就太低了，總不能把現在的三妃都換掉吧？

最後皇帝只好賞一些好東西，把燕王打發出宮。

但皇帝到底對伍家的事情上了心，密令人去調查，同時也另外打探燕王口中的阿湖是什麼人物？

阿湖的身分很快就被報到宮中來。

「原來是陳大郎的妹妹，十六、七歲了，難不成燕王相中她了？」皇帝問道。

「父皇，您還是先問清楚，究竟是燕王相中她，還是說，他覺得陳大郎的身分地位太低，想為這姑娘討點好處，讓她嫁個好人家？」太子心有餘悸的提議。

要是皇帝再給燕王弄出一樁令他生氣的事，豈不是雪上加霜？

為此，皇帝把謝大人——也就是以前的謝公子給叫進宮裡來。皇帝仔細詢問，陳大郎有沒有給他妹妹在尋人家、有什麼要求等等。

謝大人有些被皇帝搞暈了，實在不懂皇帝怎麼會提到辛湖？

太子在一邊提醒，說：「這大姑娘已經十六、七歲，也是該嫁個好人家了。」

謝大人頓時唬一大跳，也不知道皇帝是為誰相中辛湖？愣了片刻，他趕緊老實說出新近得知的實情。「大郎他妹子，本是他的童養媳婦。」

第七十章

皇帝和太子都尷尬了。幸虧他們沒有直接把辛湖指給燕王，又或者直接給辛湖保媒，搞半天人家本來就是一對。

謝大人是多麼精明的人，自然知道皇帝是要給辛湖好處，連忙說：「這姑娘非常能幹！大郎出門打仗，家裡全靠她支撐，一人養著三個弟弟，大弟弟還考中秀才，兩個小的也在念書習武。全靠她又是種田、又是打獵、又是養馬，真是了不得。」

皇帝一聽，立刻稱讚。「這麼說，還真是個了不起的姑娘。這樣吧，她這個出身也算差了點，朕給她個好處，讓她以後在外面行走有些臉面。」

於是，辛湖變成淑嫻鄉君，每年還有俸祿；另外賞賜不少金銀珠寶、布料珍玩，還令太子妃舉辦宴會，隆重的把辛湖介紹給大家。

得到個淑嫻鄉君的封號後，辛湖也可以抖起來。雖然鄉君等級最低，但辛湖好歹也是有地位的人，有朝廷專門製作的朝服與配飾，以後她穿戴的就不再是普通的衣料與首飾。雖然淑嫻鄉君只是個空爵位沒什麼權，但能得到此封號的女子卻少之又少。

安慶朝現今有正式爵位的女子只有幾個。一位大長公主，是安慶帝的姊妹，也是上上任皇帝的姊姊。這位大長公主年歲已高，沒有生兒子，只有一個女兒清寧郡主，實際上也嫁的不好，過的日子也就那樣。

還有兩位長公主，榮光長公主與榮吉長公主，是上任皇帝的姊妹們，安慶帝登基後並沒有收回她們的封號。兩位長公主，榮光嫁得好一些，卻與駙馬關係不好，兩人沒有子女；榮吉嫁得差一些，也只生一個女兒，正好十一歲，剛被封為嘉安縣主。

安慶帝繼位後，並沒對宗室動手，實在是因為宗室裡有權勢地位的人太少。他以前算是地位最高的，餘下還有兩位郡王爺，都是他的子姪輩，也都是空有封號，無封地、實權的閒散王爺。清郡王和寧郡王皆只有二十多歲，皇位易主對他倆來說，其實沒多大的變化，反正他們以前也不得勢，日子過得很平靜。

兩位郡王府裡人口簡單，後院女子出身皆不高，各有一正二側共三妃，還有幾位侍妾，但子女卻極少。和清府裡有一子二女，皆不到十歲，沒有什麼封號；和寧府裡才一子一女，年紀更小。

幸好先帝在位短，無留下子女，不然這光是公主、王爺一大堆，都會把人搞暈。

安慶帝自己的女兒還很小，要到十歲才能正式封公主。安慶朝女子爵位品級分別是公主、郡主、縣主、縣君、鄉君。辛湖這個淑嫻鄉君的品階雖低，但其實分量還不小，以後逢年過節，她都可以進宮朝拜，無論走到哪裡都沒人敢小瞧。

這消息可把京城貴女圈弄得炸鍋了。哪來的小村姑？居然一下就出了頭。眾貴女們都依附於父兄的地位，雖然都是大小姐，但都沒有品階，一時間，羨慕嫉妒恨的人不少。

然而大家也只能在背後說說，當著淑嫻鄉君的面，可是十分有禮，甚至有些大人物，也想乘機給自家女兒們謀求個低等爵位。

太子妃受命辦宴會，也借機想為太子府爭名聲，並在燕王面前表現表現，因此很隆重的把辛湖帶出來。

在太子妃推出她之後，辛湖開始進入貴女圈應酬起來。

好在皇帝要給辛湖做臉，自然不忘賜人給她，於是，她身邊就多兩位從宮中出來的侍女。馬、王兩位姑姑都是三十來歲，一個當她的教養嬤嬤，一個是她的貼身管事大侍女。

這兩位都十分能幹，辛湖本身又經胡嬤嬤幾年的精心教養，該會的禮儀都會。見到什麼人、該行什麼樣的禮，從吃飯到走路，那動作行雲流水般，一看就是打小訓練出來的。

兩位觀察好一陣子，瞧辛湖這樣出色，可真對她另眼相看，知道她確實是有本領的人。原本她倆就是皇帝選出來專門照顧辛湖，現在心裡又覺得跟對了值得跟的主子，很快就真心實意的對待辛湖了。身為僕從，哪個不希望跟的主子有出息？

所以宴會過程很圓滿，辛湖也算是正式開啟京城這個地圖。

辛湖變成御賜的淑嫻鄉君，因而來陳府送禮恭賀的人都快踏破陳府的大門。

若不是有謝夫人以及馬、王兩位姑姑，再加上燕王的暗中幫助，大郎和辛湖只怕就是長出三頭六臂也無法應付得過去。

好在人人都知道陳府根基差，陳大郎是一介武夫起勢，辛湖又是以嫻良淑德之品性得到鄉君位置的。如今陳府連下人都不齊全，接待方面有不周全的地方，大家也就睜一隻眼閉一隻眼的混過去。反正誰也不敢在這個當口找陳府與鄉君的晦氣。

但私底下又是何說辭，辛湖和大郎自然能想像得到。

「阿湖，過些日子我們也得辦答謝宴宴請大家，妳準備怎麼辦？」大郎打個哈欠問。本來公務就繁忙，還得應酬東家來西家往的，他實在是有點支撐不住。

辛湖皺眉，心情並不好。她因被封為鄉君多了不少煩惱，天天迎來送往，臉都快笑僵了。不過也由於事情太多，她和大郎兩人私下相處反倒少了一分尷尬，只能專注於眼前的事情，沒空管自己的私人情緒了。

好比現在，辛湖就一點也沒心思管大郎浪不浪漫，也掐熄談戀愛的想頭。

她只顧著發愁，明天又要應付哪些貴女。她並不喜歡與所謂的貴女、貴夫人們打交道。這些人都虛偽的很，個個活像戴假面似的端著，一句話得拐三、四個彎才說出來，累得她恨不得回蘆葦村去。

與這些人打交道，她的精神必須時刻都繃得緊緊的，就怕一不小心鬧出笑話來。這樣一天下來，都比她下地幹一天活還累。

她寧願每天待在家裡，煮幾道大家愛吃的菜、看看閒書，也不樂意與這些虛偽的女人們在一起打機鋒。可這裡是京城，不是蘆葦村。

這個答謝宴也是必須要舉辦，一想到府裡連下人都不齊全，辛湖就煩躁不已。況且府裡這麼簡陋，除了些樹木之外，連花都沒多少櫳，那缸她最愛的荷花，還是謝大人送過來的。真要宴請客人，總得給人家安排一些娛樂活動吧？

單單一缸荷花，也實在太單調些，又如何能入得了貴賓們的眼？現在府裡就連桌椅板凳，都得置辦不少，更別提其他的軟硬體設施了。

而馬姑姑、王姑姑這兩人，說實話，雖然表面上待她不錯，但辛湖明白，實際上人家並沒有對自己太上心，只是為了完成任務，只要大面子上過得去就行了。前些日子，她倆都採取冷眼旁觀的作風，這一點其實很令辛湖生氣。

但不管怎樣，這兩人確實幫了她很大的忙。而且她也明白，京裡達官貴人又有幾個是真正瞧得起她的？那些所謂的世家貴冑，根本就瞧不起新興權貴，認為這些人都只是因為從龍之功得到提拔。在他們眼中，有些甚至是粗鄙的泥腿子，說句不好聽的，因為背景使然，許多人就是坐在高官位置上，也缺少威嚴。因此，世家貴冑瞧不起新興權貴，也排斥他們。

而她這個小小村姑，憑什麼被戴一頂如此高的大帽子，一下子就變成個有品級、有俸祿的鄉君呢？所以她得到的嫉妒就更多了。要不是因為她以前看多了宮鬥、宅鬥劇，先前又有胡嬤嬤精心教養幾年，她要出醜還真是非常容易。

為了收服兩位姑姑，辛湖也花了不少心思。還好兩位都是聰明人，很快就收起小瞧之心。

因為她們發現辛湖不僅只是禮儀規矩學得好，所有女孩家該學的都認真學過，甚至連詩文方面也有涉獵。而辛湖所懂的知識繁雜的很，簡直什麼都可以說上幾句，還兼有一手極好的廚藝。

在她身邊待的時間越長，兩位姑姑就越發驚訝。後來她們才認同辛湖這位鄉君，真心實意的留在她身邊。

辛湖正式當上鄉君的第一天，她就和謝大人、大郎他們商量，把胡嬤嬤、大寶和阿毛接上京。因為大家都知道她和大郎的關係，這婚禮應當很快就要操辦起來，肯定不能把大寶他們繼續留在蘆葦村。

因此辛湖寫了一封信，託謝三、謝管家快馬加鞭趕回蘆葦村，去接胡嬤嬤、大寶與阿毛三人上京。

不出一個月，胡嬤嬤就帶著大寶和阿毛上京了。

因為趕路趕得太急，三個人身體都有些吃不消，接連歇了三天，才緩過來。

胡嬤嬤的到來，立刻讓兩位姑姑明白，為什麼辛湖一個小村姑卻會有如此好的禮儀和規矩？搞了半天，竟是胡嬤嬤教導出來的，想當年胡嬤嬤還是她們倆的師父呢。於是兩人就更死心塌地的照顧辛湖了。

胡嬤嬤自然當仁不讓的擔起陳府的內院大管事。有了她的幫忙，辛湖和大郎才真正能鬆一口氣。

淑嫻鄉君出來沒多久，京裡又出一樁大事。

當時辛湖嘴快說出一句間歇性精神病的話，令燕王上了心，他這一查，結果把大家嚇一大跳。

燕王查出伍家歷年來死掉的半大孩子，不是一般普通的多。雖然這年代夭折率高，但也沒哪一戶像伍家這樣死的多。兩、三歲的孩子養不大很正常，但他們家夭折的子孫們，大半都是七、八歲，甚至到十二、三歲的年紀才因病去世的也有。

「伍家該不會是……把發病的子孫們，給弄死了吧？」燕王驚訝的問。

「回王爺的話，表面上看，伍家一切正常，即使我們懷疑是發了瘋死的那些半大孩子，也查不出什麼。他們從生病到死亡時間非常短，又因是夭折，極快就下葬了，外人根本無法得知詳情。而那些侍候他們的下人僕婦們，也都馬上被清理掉了。」來人繼續報告。

燕王玩味一笑。「這麼說，還真拿不到把柄啦？」

「越是抹得乾淨，就越是可疑，但要拿把柄，恐怕還得費些周折。」陳華暗示道。

大郎救的那位姑娘，很可能還會繼續發病，只要她受到極大驚嚇或刺激。如果她再發病，伍家人肯定會出手解決這個禍害。但是，燕王大婚的日子已經很接近，為防止影響到伍側妃，伍家人這段日子一定會嚴加防守，絕對不可能讓那姑娘出事。只要等伍側妃嫁出門，伍家就不怕了，到時再說這姑娘生了病，養幾天，慢慢就養死了，也沒有人知道真相。

「查一查，看是誰把伍家女送到父皇面前來的？」燕王冷冷一笑，下了一道指令。

既然伍家知道自己家族有這個毛病，就絕對不敢把女兒送進宮，或者皇子身邊來，但皇帝卻偏偏將伍家姑娘指給他。況且皇上大選，依伍家姑娘的背景，進宮當個宮妃也很正常，而這個伍側妃本就是候選的秀女，卻直接被皇帝指給他當側妃，其中要說沒有貓膩，他是不信的。

下面人去辦事了，燕王的婚禮也同時在緊鑼密鼓籌備著。

等燕王的人想得到更確實的情報時，才發現伍家有些事根本就查不出，就好像有人在幫他們抹去一些痕跡，這樣就更有問題了。

燕王得到情報後，臉黑得像墨，好半天都沒開口。

陳華小心的勸告。「伍家的事皇帝也不知道。這事還有轉圜的餘地，只要讓皇帝知道就行了。」

從這些天皇帝的表現來看，他對燕王其實是心裡有愧的。當知道自己給燕王找了個有可能是瘋子，又可能會給燕王生個瘋子兒女的事之後，一定會想辦法抹平這件事，並且再給燕王補償。現在燕王最期望的是皇帝給能他個好一點的封地，讓他快快去就藩。

到時候山高水遠，大家眼不見心不煩，各過各的生活就行。皇帝也不用怕他會起爭皇位的心，他也不必演戲。若是時間再拖長一點恐生變故，如果皇帝真生氣了，反而不利於燕王。

「我們就再動點手腳，讓父皇再查出伍家的大罪證。」燕王沈思良久，才冷冷的下一道指令。既然敢算計他，就得付出相對的代價。

皇帝會把伍家姑娘指給他，肯定是認真查詢過，若說一點問題也沒查出來，他才不相信。就連他都能查出來的事情，皇帝難道還查不出來？他才回京多少天，皇帝卻已經當了好幾年的皇帝。

如果皇帝確實沒查出來，這只說明皇帝身邊有人起了外心，就不知道這個人是誰、想幫的又是誰？目前看來，好似太子最得利，但燕王反而沒懷疑太子。他對這個兄長還算了解，太子心細，在自己完全占利的情況，絕對不會多此一舉出手對付他，況且前面還有皇帝在給太子開路呢。

太子哪會這麼傻，白白留下把柄，好讓燕王與他反目為仇？如果他真這麼蠢，早八百年前就死了。

皇帝以前根本就沒有封地，住在京裡的安王府裡，沒多少實質權勢。那時還是世子的太子，日子過得並不好，但他在沒有母親的庇蔭下，都能順順當當長大，除了有父親的照顧之外，他本身也不是吃素的。這樣有心機、有手腕的太子，會做這麼蠢的事嗎？反正燕王是不信的。

時間緊迫，燕王找不到機會出手，乾脆讓辛湖舉辦宴會，大宴賓客。主要查詢的目標伍家人，自然也在賓客之列。

這命令來得突然，陳府好多東西都沒有準備妥當，這下可把胡嬤嬤、王姑姑、馬姑姑三人忙得飯也吃不下，覺也睡不好了。

鄉君第一次宴客，絕對不能出紕漏，而且還得辦得有聲有色才行。可陳府要什麼沒什麼，就連剛剛採買回來的下人也還沒訓練好，待大批賓客上門來，又該如何安置？

倉促之下，大家只好蒐羅十幾大缸的荷花進府，舉辦個賞荷宴。其實這個季節，荷花已經快開敗，但大家也沒啥好方法了。辛湖看情況不行，只得親自操刀寫一齣戲本，請京裡有名的戲班子秘密排演，希望那一天，能憑這個故事給宴會增些光彩。

看著辛湖寫出來的《倩女幽魂》，眾人簡直喜出望外。特別是燕王，他這段時間混在風月場所，已經膩味之極，實在是難得見到耳目一新的好戲、好歌。這個時代的戲，來來去去就是那幾套，都快成樣板戲，年輕人哪裡會喜歡？也只有年紀大的才愛看，而且大家還只偏愛一些喜慶、寓意好的戲。

但經過辛湖改良後的《倩女幽魂》，卻帶給大家一個前所未聞的神奇故事。她抹去一些不適當的橋段，把人、鬼、道長、妖都呈現在眾人眼前，其間穿插唯美的愛情故事，令眾貴女們看得如癡如醉。

這次來參加宴會的都是年輕女子，絕大部分是小姑娘家，最是愛才子佳人、神神怪怪的故事。這個故事的主角正好是才子佳人，卻因為添加神話色彩更引人入勝。

所以，雖然陳府的設施都十分簡陋，還有那些湊數用的各色荷花，都被大家忽略了。有這一齣戲，再加上辛湖精心製作的新穎糕點和菜餚，令所有來賓都滿意至極。

大郎曾救過的伍姑娘，在回去的當夜，就被燕王的人找個機會嚇到發病了，而且來勢洶洶，根本就沒能控制住。

在燕王的有心宣揚下，風聲立即傳出去。

最後連皇帝都被驚動，派太醫前去伍家查看。在燕王的精心安排下，伍家的事情自然遮不住，太醫也覺得這伍姑娘瘋了。

「瘋了？好好的人怎麼會瘋了？」皇帝驚訝的問。

太醫吊了一堆醫書袋子，雲裡霧裡的不肯說清。

弄得最後皇帝起了疑心，煩躁的問：「別說廢話，究竟是怎麼回事？」

太醫這才不繞彎子，將話說清。說是伍姑娘本就有病症，而且很可能治不好，怕是家族性的病。

皇帝知曉後陰沈著臉，好半天沒說話，待太醫退下，皇帝即刻派人去徹查伍家。

先前燕王沒有查到的事情，皇帝當然能查得到。當結果擺在面前時，皇帝又氣又恨又後悔，只恨不得把幕後黑手五馬分屍。

然後，伍側妃因其堂妹發瘋暴起傷到她，一命嗚呼了。燕王還沒大婚，側妃就死一個，連帶的皇帝還對燕王的正妃與程側妃都起了疑心。雖然多加查證後沒發現什麼問題，但這兩位已經被皇帝厭棄。皇帝為了補償，給燕王增加一名家裡真正位高權重的陸側妃。

這位陸側妃的祖父、父親、叔父、舅父等人皆是朝中大員，這出身可比正妃高上一層都不止，是當太子妃都有資格的人，卻要屈居側妃這位。

儘管是為了補償，但皇帝這麼一瞎搞，給燕王的後院埋下極大的禍根。

第七十一章

伍家的事情因被皇帝按下，知情者極少。皇帝雖沒降罪伍家，可伍家卻很明白自己這一族，已經沒什麼好活路。

接著，伍家老太太因傷心兩個孫女的死，也跟著去了。

伍家所有當官的子姪們，全部因守孝而辭官，並且很快就扶柩歸鄉。偌大的伍家，短短時間就在京都煙消雲散。

京裡絕大多數人，都不知道伍家出事的真正原因，一時間大家私底下對伍家還滿同情的，更有人覺得他們家流年不利、倒楣透頂，甚至有人還天真的以為，只要過了孝期，伍家還能回返朝堂上。

辛湖卻是心知肚明，因她一句有口無心的話，伍家就陪上三條人命，而且還丟了官，甚至有可能剩下的人也活不成。這件事對她的衝擊相當大，以至於好幾天，她都懶洋洋的提不起精神來。

胡嬤嬤她們只當她是累了，只管讓她好好休息，不敢拿任何事情打擾她。畢竟自她進京後，就沒好好的休息過，也該好好的休養些日子。

大郎卻知道，辛湖這是心病。現在的辛湖，就和那次為了救小石頭他們殺人後的反應一樣，令他不自覺的有點心疼。他喜歡看到活潑的辛湖，那個無憂無慮，有什麼事就發個脾氣、罵他一頓的辛湖。他現在希望辛湖哭一通都好，別像現在這樣悶著。

「妳別想那麼多了，伍家人只能怪他們自己作死。」大郎勸道。明知道自己家女兒有可能會變成瘋子，還敢往燕王府送，要是等人進了燕王府再發作，只怕下場更慘。

辛湖幽幽的看他幾眼，才有氣無力的說：「我知道，可心裡總是不著勁。」這個道理她當然懂，可伍家人卻因她落得如此下場，她心裡怎麼可能完全沒感覺？

「要不要出去玩一玩、散散心？」大郎問。等燕王大婚後，他就沒什麼公務要忙，有時間陪辛湖了。

辛湖搖搖頭，一點興趣也沒有。她很明白燕王大婚後，她和大郎就得擇日儘快完婚，他倆該準備的東西、該辦的事情也不少。

沒有長輩操持，什麼事情都得他們自己親力親為，哪還有時間去玩樂？這幾天，胡嬷嬷、王姑姑和馬姑姑已經開始著手一些婚禮的事情，就怕到時候有哪樣準備得不周全。

辛湖都明白的事，大郎自然也明白，趁此機會，大郎道：「我們還是快點擇個日子，把事情辦了吧。」兩人這樣天天混著，也不是個事。

辛湖看他一眼，收拾好情緒，正色的問：「你很期待我們的婚事嗎？」

「當然。」大郎毫不猶豫的點頭。

前面他對婚事猶豫，並不是嫌棄辛湖是個村姑，而是因為他明白，辛湖是個有主見的人，成親這件事他一個說了不算；另一方面，那時他對辛湖並沒有多少男女之情。

畢竟他們分開的那年，辛湖還是個沒長開的小姑娘。有了兩世人生，在他記憶中，辛湖就是個小丫頭，他又怎麼可能對個小丫頭有什麼旖旎心思？導致他經常忘記，這個小丫頭是他給自己選的未婚妻。

但經過這段時間的相處，他明白辛湖已長大，且到適婚年紀，同時他還發現自己看著盛裝華服的辛湖，心跳會加快、會口乾舌燥，夜裡也會作那種夢。

這種最原始的衝動，讓他明白這是男女之情，而不是兄妹之情，他意識到自己是還滿喜歡辛湖的。

「哦，你真的喜歡我嗎？男人對女人的喜歡？」辛湖好奇的追問。

她在現代時，曾經見過一些勉強湊在一起的婚姻，無一例外都沒個好收場。所以那時她才不敢將就，為了結婚而結婚，而是一直在尋找，那個能令她拿一生當賭注的男人。

但現在，她對大郎並沒有產生強烈的愛情，只是對於和他成親並不排斥。因為她已經過了一心只奢望轟轟烈烈愛情的年紀，會去考量很多事情。如果把現代的年紀也算進來，她都快四十歲。

四十歲的女人，還能一心只為尋找愛情嗎？看看那些女明星，還不都是匆匆擇一有錢人嫁了。所以現在的她，要的不過是一份平淡的感情、一樁柴米油鹽的婚姻。大郎顯然是個極適當的人選，並且他們還有相依為命、共同生活多年的經歷，磨合方面不用擔憂。

這情分令他們相處起來會更加自在。你瞭解我的過去，我也知道你的過往，彼此間連最狼狽的樣子都見過；你也不怕我會傷害你，我也不怕你會對不起我。

大郎被她這麼直白的話，弄得臉都紅了，指著她壓低聲音低喝道：「妳、妳怎麼說這種話？快小聲點，可別讓外人聽見了。」說完還東張西望，生怕有人在附近，人卻悄悄靠近她，極小聲的說：「喜歡啊。」

辛湖還以為這輩子都聽不到他的表白，卻沒想到這傢伙也有開竅的時候，再看看他一副小媳婦的模樣，好像自己是個逼婚無賴似的，她頓時「噗哧」一聲大笑出來。

這一笑又把大郎搞得惱羞成怒了，他黑紅著臉，喝道：「妳這個女人！怎、怎麼這個樣子啊……」

「我什麼樣子啊？你剛才都說喜歡我。」辛湖故意逗他。

大郎看著她笑盈盈的雙眼，臉紅如血又心跳加速，好半天說不出一個字來。他伸出手想摸摸她，終是不敢，最後只能狠狠的跺跺腳，轉身走了，走前還不忘丟一句話給她。「我去叫人擇日子。」

第三日，大郎興沖沖的對辛湖說：「九月初十、九月二十一都是好日子，再往後就只能到十月底了。」

辛湖掐指一算，如果是九月初十，豈不是不到一個月？真是太趕了點，連延到九月二十一都覺得太急了些，實在是需要準備的東西太多，再者，她也不希望這個婚禮太倉促。
大郎是希望越早成親越好，況且未婚夫妻天天住一起，也會惹一堆閒話。雖然他們家的情況特殊，總也架不住一些道貌岸然的假學究說東道西。
「妳怎麼不說話？不想嫁啊？」大郎問。他等了半晌，都不見辛湖決定哪一天，有點心焦。
「就是不想嫁。」辛湖挑眉斜斜的看他幾眼。
「真不嫁？再不嫁妳就成了嫁不出去的老姑娘啦。」大郎悄悄的說。
「滾，老姑娘就老姑娘，關你屁事！」辛湖罵道。
這時候她多麼希望，身邊適齡男子多，或是給她弄幾位男配出場，她還能說瞧中誰來氣氣大郎。說真的她長這麼大，接觸到的男子雖多，但年輕男子卻實在太少，除了大郎，再也找不到第二個與她身分年紀相配的人。
大郎也不生氣，笑道：「妳不急，我卻急了。」說著目光不自覺就瞄到辛湖的胸脯與紅唇上。男人一旦對女人有了衝動，自然就很想快點據為己有。況且他和辛湖的關係還是名正言順，不需要克制。
辛湖腦子原本還在天馬行空的亂想，等回過神來時，才看到大郎火熱幽深的目光，那目光裡包含的意味，連她這個沒談過戀愛的人都瞬間就明白了。她老臉發燒，不自覺的挪挪身子，這時她才真正明白，眼前這傢伙就是頭餓狼。她本來還在考慮兩人太熟，會不會不好下手這個問題，可顯然大郎角色轉換得比她快。

辛湖最近養白了些，雖然還是黑，大郎卻覺得她臉上的紅暈特別明顯。難得見到辛湖臉紅，這含嬌帶羞的小女兒模樣令大郎的神智瞬間崩潰。這一刻，他只想把這個女人擁入懷裡，大郎手隨心動，傾過身子一把摟住辛湖。

一股濃烈的男人氣息靠近，那急促的呼吸瞬間就落在她耳邊。辛湖被燙得全身發軟、腦子裡一片空白，下意識閉上眼睛。當溫熱的唇相互接觸的瞬間，大郎的呼吸越發急促，洶湧的衝動幾乎快令他把持不住自己了。

「大哥、大哥！」大寶的大嗓門遠遠的傳來，令兩人大驚，大郎連忙放開辛湖，整了一把衣裳坐到辛湖對面去，順手端起茶杯，灌一杯冷茶下去，涼水入肚，總算讓他騷動的血液稍微平復下來。

辛湖拾起桌邊的團扇，遮住發燒的半邊臉，兩人假裝鎮靜的等著大寶過來。

「哎喲，大哥，到處都在找你呢，你還有閒工夫和大姊在一起喝茶聊天?!」大寶幾大步就跑過來，大剌剌的說。他完全沒有發現眼前的兩人剛才在幹麼。

大郎又氣又羞，恨不得甩大寶幾巴掌，卻佯裝鎮定的問：「什麼事？」

大寶卻來不及說什麼，直接拉著他。「快走、快走！」

大郎被他拉了個踉蹌，兩人一陣風似的走了，遠遠的辛湖還聽見大寶說：「大哥，你坐著喝茶都很熱嗎？這天氣怎麼還不變涼。」

辛湖撫著自己發燙的臉，啞然失笑，一時間居然有些茫然。她還不太明白，她和大郎怎麼突然間就有男女之情了？

她再想想，自己兩世為人，加起來快超過四十歲，居然被大郎這麼莫名其妙又輕而易舉就拿下，實在是老臉發燒，很不好意思。

大寶他們到京後，一直都在忙碌。阿土忙著帶他們出去應酬、玩樂，務必要在最短的時間內，讓他們熟悉京城，參加一些固定的應酬活動，否則大郎和辛湖成親時，他們若是不懂如何接待客人，就會鬧出大笑話。

好在這四人都不差。平兒和小石頭已經有了功名，正是意氣風發的翩翩少年郎，吸引了一些少女的目光。大寶和阿毛雖然才十、十一歲，卻因為自小習武，比同齡的小少年們高出一個、半個頭，顯得身體格外健壯，而且兩人又有胡嬤嬤從小就開始教規矩禮儀，因此，兄弟幾人一出現在大家眼前，就令那些私下底還對辛湖多有微詞的人，很是佩服她了。

畢竟這三個弟弟都算是辛湖一手拉拔大的，一個孩子能教養出三個孩子來，難怪當得起皇帝給她表彰了。

三兄弟各有千秋。平兒雖然不算多俊秀，五官稍顯平凡了點，卻身材挺拔；大寶濃眉大眼，頗有虎背熊腰之氣；阿毛卻是一副斯文小書生模樣。他們三人，和大郎沒有一點相似的地方，阿毛與大寶因為兩人年紀差不多，當初乾脆就讓他倆一起過生日。

無論是身材還是樣貌，四個人真找不出哪個地方相似。雖說龍生九子，都會各有不同，但他們四人也差得太遠，哪裡看得出他們是親兄弟？

「為什麼陳家四兄弟，長得完全不像，真是親兄弟？」這種話自然就有人談論了。

有這樣想法的人不少，但大家暫時也只能私底下談論，誰也不好意思當面拿這話來問他們，直到遠在天邊的江大山寄回來一封信。

辛湖變成淑嫻鄉君的事，自然會通知江大山，而且辛湖與大郎也即將成親，他這個唯一的親戚長輩，原本是該回來參加。但身為守將，他自然不能隨意回京，就連謝姝兒也不好拖著懷孕的身子回來祝賀辛湖。

但是，江大山一直沒有放棄為蔣大人報仇和恢復聲名，這段時間正好有了消息。

實際上，他早就跟燕王與謝大人提過此事，但大家一直騰不出手來辦，又找不到任何線索。

給謝大人送信的，是謝姝兒帶去的心腹下人——江大。江大獨身一人，快馬加鞭的進了京，後頭帶著一大車禮物的江二與謝風足足遲了十日才進京。

拿著江大山的信，燕王與謝大人都面色沈重。

他們完全沒想到，江大山居然還真查出一些事。那場動亂中，死掉的官員可不少，查都查不出來，況且蔣大人並不算是多有名的大官。

安慶帝打了勝仗，如願的拉下自己的姪兒皇帝，登上帝位。當初引發這場戰爭的某些人卻一路潰敗，最後只得偏安一隅，喬裝打扮、潛伏起來。

江大山當了守將之後，自然要大力整頓邊關，仔細盤查清算，就怕有遺漏的奸細或潛伏起來的後患。他這一查，果然有了收穫，那些人的行蹤就暴露出來，藏都藏不住。

其中有一批人，當初就是受到前朝位高權重的馬大人指使，令世道更加混亂。這位馬大人祖上也是位大人物，當年曾隨章家太祖一起打過江山，後來馬家成功棄武從文，經營幾代後，馬家正式成為文官世家，但官位一直不高。

誰也不知道他幾時興起篡奪江山的心，反正當時在京裡，他位高權重，又極得廢帝的信任，不出幾年的時間，朝中就有一半大臣被換成他提拔的人。當時他幾乎成為天子的代言人，把章家的天下弄得烏煙瘴氣，也是他這番作為，讓安慶帝打著清君側的旗號起義。

馬家一派在安慶帝上位時，已經遭到全面清洗，當時就是馬家派出兵馬司的人，追殺燕王母子三人。

要不是碰上江大山幾人出手相救，說不定就沒有現在的燕王，甚至連安慶帝都不一定能拿下帝位。但燕王的母親與弟弟卻是當場喪命，令當時年紀還不大的燕王，蓄積極深刻的恨意，所以馬家一派幾乎被他們父子倆殺乾淨了。當然再怎麼仔細，漏網之魚仍是難免。

馬氏一派在安王勢起時，自知大勢已去，就護送幾位嫡系子孫潛伏到邊關，想尋找機會跑路。

江大山順藤摸瓜，還真找到曾與馬氏一派關係密切的一名官員。

此人就是北順府的知府，正四品的楊大人。楊大人在廢帝年間時，只任正六品通判，但內亂時，因為北順府沒有受災，且本身就屬於比較富裕的地方，波及的影響不算很大。

甚至楊大人上頭的幾名官員都死了，就剩他苦苦支撐著，居然讓他保全了北順府。而後安王到達時，就委任他暫時管理北順府，使百姓得以正常度日。因此安慶帝繼位後，還曾嘉獎他，後來更直接升他為北順府的知府，他一下就從六品升到四品。

算起來，他當知府至今已有三年，也該要升官了。

雖然他隱藏得極深，但江大山卻直覺他肯定是馬氏一派的人物。因為他無意間得知，當初追殺他的鄧強居然與楊大人有拐著彎的親戚關係。當然，單就此點是無法論罪楊大人，因此他便請求燕王私下出手調查此事。

燕王的人悄無聲息的到達北順府，果然很快就查出些問題來。這楊大人還真是馬氏一派，而且當初就是他趁亂動手，幹掉品級比他高以及其他派的官員，想把北順府妥當的交到馬氏一派手中。

只可惜，他最終等來的卻是安王。

於是這傢伙面不改色的，就拱手把北順府交給安王了。不得不說，他還真是個人才，而且他很快就收拾掉其他同夥，把自己的屁股擦得乾乾淨淨，輕易獲得安王的信任。

見安王果然沒有懷疑他，居然還給他官升二級，著實讓他心裡偷樂好一陣子。只可惜，江大山一直沒有放棄追查殺害蔣大人的幕後之人，最終還是把他挖出來了。也不知到現在，他有沒有後悔當初的決定？如果他當時不那麼貪心，而是趁亂逃走，完全可以想法子改頭換面、重新過好日子。可如果他這樣做，江大山只怕終其一生，都無法追查到他頭上。

至此阿毛的身分終得以恢復。因為其父也算是為了百姓殉職，又是反賊所害，皇帝大手一揮，給阿毛一堆賞賜，包括京中一處與陳府相鄰的宅子、五十畝良田、金銀珠寶、筆墨紙硯等等，外加進國子監上學的名額，只等他考中就能做官，可謂前途一片光明。

小石頭與平兒都已經是秀才，他們可以走正規途徑進入國子監讀書，就剩大寶一個不好安排。因辛湖和大郎養大阿毛，也是有功勞，所以皇帝乾脆給陳家一個恩典，讓大寶也跟著阿毛一起進國子監上學。

於是，陳家三兄弟就全部進國子監，可把好多人羨慕得口水直流，畢竟國子監上學的名額是有限制的，不是想進就能進。

阿毛恢復本來的姓，改名叫蔣明遠。但因其從小由辛湖帶大，蔣家又已經找不到任何人，根本就沒有人接手照顧他，他暫時還是住在陳府。

這等榮光沒令阿毛感到開心，反而鬱鬱寡歡起來。辛湖和大郎幫他整頓好新的蔣府，把他得到的賞賜都收好，又忙著去處理田產等事。兩人忙個半死，等這些全弄完，大家才發現阿毛臉上一點笑容也沒有，還明顯消瘦了。

第七十二章

「阿毛，你有什麼心事嗎？」辛湖小心的問。

阿毛看著她，想哭又不敢哭。人人都在羨慕他，可他卻只覺得害怕——他怕辛湖和大郎不再管他，也害怕要獨自一個人住在那座宅子裡。

「別怕，有什麼話就直說。」辛湖心裡一沈，生怕這孩子想起了家族慘事。

「大姊，我可不可以還住在這裡？」阿毛小心的問。他真的不想離開大家，獨自一個人去過日子。

「你只要想住在這裡，就住啊。」

「那我以後一直住在這裡，行嗎？」阿毛又問。

「哎喲，你想住到幾時就住到幾時，難不成你現在恢復了蔣姓，就與我們沒關係了嗎？好啦、好啦，別擔心了，以前咱們怎麼過日子，往後還是一樣。」總算明白他的心結，辛湖鬆一口氣，連忙安撫他。

「真的？太好了！」阿毛頓時輕鬆下來，眼睛都亮了。

「好了，快吃東西吧，這可是我專門為你做的呢。你也真是的，以後別把事放在心裡了。我把你從個會尿床的小屁孩帶大也不容易，怎麼捨得把你送走？」辛湖笑道。

阿毛嘴裡塞滿飯菜，被她這話弄得脹紅臉，嗆得驚天動地咳起來，好半天才緩過氣，不好意思的說：「大姊，妳說什麼呢。」

大寶卻在一邊哈哈大笑道：「你以前還尿床啊！羞不羞？」

阿毛登時氣得給他一拳。

辛湖看著大寶，也來一句。「你不也一樣，都是光屁股的小毛頭，被我拉拔大的呢。」

大寶瞬間也紅了臉，和阿毛兩人大眼瞪小眼一陣，嘻嘻哈哈的跑開。

「哎喲，真是的，小屁孩也都長大了。想當初第一次見到大寶，白白胖胖的小傢伙，還包著尿布呢，轉眼間就長這麼大了。」辛湖感嘆道。

「可不是，那時平兒也瘦瘦小小的，說是六歲，比人家四歲的孩子大不了多少，但現在他也長得這麼高個子。」大郎也感嘆。其實他還想說，辛湖以前也一樣，又黑又瘦，看到吃的就恨不得流口水，根本看不出是個女孩，現在居然也長成一個漂亮的大姑娘。

對於蔣明遠依舊住在陳府的事，沒人說什麼。

他的教養學識都不錯，證明辛湖和大郎把他教育得很好。再說生恩不及養恩大，辛湖他們從他三歲養起，養了這許多年，是當親兄弟一般帶大。蔣明遠又沒有親人，他們現在一家人親親熱熱的，依舊一起生活，也輪不到外人說什麼閒話。

蔣明遠一事，也令很多暗地裡瞧不起辛湖和大郎的人，對他倆的觀感變好許多。大家都得承認，本身就是孩子的辛湖和大郎，能養大一個與自己完全無關係的三歲孩子，並且教養得還很不錯，的確是件極不容易的事情。

八月二十，是燕王的大婚之日。

一大早，幾乎所有的京官家眷都全部去喝喜酒了。辛湖雖然是最低等的鄉君，卻還是得到燕王府的一席之位。與她一起的有老熟人也就是謝夫人，以及幾位宗室女成員。

大家陪同太子妃坐在一起，有一句沒一句的閒聊著。眾女吃著點心、喝著茶水，慢慢消遣著，等待王妃與兩位側妃進門。

燕王雖然不爽皇帝給他指的三個女人，但大婚這天，還是裝模作樣的去正妃家裡迎親去了。

太子妃地位超然，再加上又有身孕，自然精神不濟，說沒幾句話，她就進內室去休息。謝夫人、辛湖卻不得不陪著各位公主、郡主坐著硬撐，實在是無聊至極。

辛湖本身就不太擅長應酬話題，謝夫人雖然很八面玲瓏，卻也玩不轉這種場合。到後來大家全在沈默微笑，辛湖只能不停的喝茶水、吃小點心給自己提神，以防自己睡過去。

在連續去方便兩次之後，辛湖看著桌上的茶水、點心，再也沒有興致了。因為其他人所謂的喝茶水，不過是沾沾唇，吃點心更是象徵性的嚐一口。人家從頭到尾幾乎沒吃沒喝，當然不需要方便了。

所以辛湖就像個異類，實在是令人側目，搞得她自己都很不好意思。她現在巴不得婚禮快快結束，好回家去休息。親王的婚禮規矩多如牛毛，搞得眾人疲憊不堪，偏偏還得在一邊湊趣陪笑。

關鍵是，今天迎娶進燕王府的還是一正二側妃，總共有三人，看熱鬧的人，還得從這個院子跑到那個院子。雖然大家明面上不敢說誰的嫁妝多，但也不妨礙人家看看。

燕王與燕王妃兩人勉強完成該有的程序。眾人也不敢鬧洞房，甚至連那專門照顧新房的喜嬤嬤們，也很快就悄悄離開了。

好不容易等到可以入席吃酒菜，辛湖已經餓得前胸貼後背。但這菜都涼了一大半，看得辛湖也沒有食慾，跟眾人假惺惺的伸了伸筷子，連個味都沒嚐清楚就完事了。

回家後，辛湖一把扯掉滿頭的飾品與繁複的禮服，直接在中衣外面披件衣服，就披著頭髮，開始吃自家熱呼呼的湯湯水水。

大郎也不比她好多少，兩人像比賽似的，喝了湯又吃粥，吃完還不想放下筷子。

「你們不是去參加燕王的喜宴嗎？怎麼連飯都沒吃？」大寶不解的問。他最愛吃，而且他參與的應酬多半是他這年紀的少年，大家都正在長身體吃得多，所以不可能會餓著他們。

「你以為那種場合是去吃飯啊？」平兒笑道。

辛湖和大郎跟他們說了幾句情況後，就累得各自下去休息了。

這婚宴氣氛之差，辛湖連睡夢中都在替燕王妃發愁，睡得都不安穩。

楊大人之事雖是秘密進行，但北順府整個官場的官員們還是受到極大震動，尤其是楊大人的親朋好友，包括姻親、走得近的官員、他一手提拔的官員等無不受到影響。北順府的知府由燕王派去的人接下，暫時管理北順府的政務。

而當過大郎老師的江進士，正好被派到北順府下的雲洲縣當縣令。他平時與北順府一些人打過交道，雖然不會因楊大人的事被牽扯到，卻因為雲洲縣的巡檢——從九品小官陳巡檢來相求，而不得不請求謝大人相助。

陳巡檢之妻鄧氏，是楊大人姑母的小姑子所嫁鄧氏族中的人。鄧氏一族也是大族，根基不淺，這種轉了幾道彎的遠親關係，其實不算什麼，但當初陳巡檢陳中清，也是走楊大人的路謀得這個位置，那可就有問題了。

江縣令與吳縣令兩人當官後，與謝大人往來密切，畢竟他們曾經是朋友，感情甚至似親人。很多人也知道，江、吳二人出自蘆葦村，與謝大人、陳大郎、江大山三人關係親近，有什麼事情互通往來也很正常。

陳中清到雲洲縣赴任之後，為人處事都還不錯，與江縣令關係也很融洽，況且陳巡檢這等地方九品小官，十之八九都是走關係上位。他雖不是江縣令舉薦，卻與江縣令頗有交情，所以江縣令寫了信，給陳中清帶上京來找謝大人和大郎求助。

受楊大人牽連的人不少，有關係的紛紛上京求助，其中也有不少人是無辜的。楊大人投靠當時的安王後，立即把與馬氏一派有瓜葛的人全部清除掉，善後工作做得極好，以至於他後來提拔上來的人，都與馬氏無關。

燕王也很清楚這一點，所以對這些小官員們的活動，也是睜隻眼閉隻眼。反正已經全部撤了官，這些人此生也不可能再進官場，至於他們上哪兒去找哪個門路，他只是派人暗中監視著，並沒有不讓他們自由活動。畢竟他也想透過這些人，看能不能再挖出點什麼事來？

陳中清也是楊大人考察幾年之後，沒發現他與馬氏一派有牽連，才給了他這個從九品小官。

所以燕王大婚剛過，陳家就上京了。一路風塵僕僕，拖家帶口的。他們一家已經不敢待在當地，就怕受到更多牽連，打算回陳家的老家燕山縣過活，而要到燕山縣還得先經過京城。

當大郎去謝家時，就與來求助的陳中清遇上。

這下子，父子二人碰了個正著。說起來，兩人長得還有幾分相似。陳中清雖然已經是快四十歲的人，但因天生底子好，除了稍顯憔悴之外，中年文士形象還是保持得很不錯，與大郎記憶中的樣子相差無幾。

要說最大的差別是前世這個時候，陳中清是意氣風發，身上官威不小，而現在卻是一副拘謹的樣子。雖然坐立不安，他這個年紀情緒也不可能太過外露，還能勉強保持著鎮定與風度。

見到大郎時，謝公子因想著他本來也是要去找大郎，乾脆就停下腳步，對陳中清說：

「這位陳大人，說來還與你同姓，就是你要找的人。」

大郎這一世取的大名叫陳嘉鈞，是當時江縣令覺得他年歲大了，不能老叫大郎這個小名，特意給他取的，並不是上一世陳家給他取的名。而相熟的人比如燕王、辛湖、張家人、謝家諸人私下都還是叫他大郎。

陳中清起先還沒看清楚大郎，經過謝大人的介紹後，才仔細的瞧大郎。怎麼說都是自己的兒子，而且離開時也十歲，五官面貌差不多已長開。大郎兒時與現在的樣子，雖然有很大的不同，但眉眼卻依稀看得出來。

陳中清只覺得大郎十分眼熟，一時卻想不起在哪裡見過。正在記憶中仔細尋找時，突然聽到謝大人說：「大郎、大郎，你怎麼啦？臉色這麼差！」

就這一瞬間，他腦子突然閃過大郎小時候的樣子，他頓時明白，眼前這個人正是自己的長子，那個他以為已經死掉的長子。

「大郎！你這些年上哪兒去了？為父四處尋找，沒想到居然在這裡見到你！」陳中清立即裝出一副驚喜的模樣，伸手就想去抱大郎，但大郎卻像見了鬼似的，急忙後退兩步。

謝大人看看大郎，再看看陳中清，不得不承認這兩父子還真有幾分相似。他再看陳中清與大郎的反應，明顯兩人都認出對方來，但大郎的神情卻極不對勁，令謝大人心一沈。

陳中清擠出兩滴眼淚，一副喜極而泣的說：「大郎……我兒都長這麼大了！」

這副慈父模樣演得還像模像樣的，大郎立即打斷他，強硬而帶著厭惡的說：「我不認識你，別叫我的名字。」

謝大人怕他們倆在自己家門口就鬧起來，連忙把兩人帶進來。

陳中清本就是來求助，見到要求助的人是自己兒子，能不死死的咬住他嗎？

所以一進門，他就迫不及待的說：「謝大人、謝大人，大郎真是我的嫡長子，不信，您可以看看他後背腰上有塊紅色火焰狀小胎記，旁邊還有顆黑痣，當年他出生時，我和他娘還笑說他是帶著火出生的。」

大郎的手下意識就摸向腰間，謝大人暗嘆一聲，這個記號他還真見過。以前上戰場時誰沒受過傷啊？受傷了總得包紮傷口，所以他不止一次見到大郎這個記號。

可大郎卻拒不承認自己認識陳中清，態度十分強硬冷漠。

謝大人再回想自己到達蘆葦村時，大郎才十歲就帶著一屋子孩子過活，其中要說沒有故事他是不信的，而且很顯然是這個做父親的對不起兒子。但陳中清既然認出大郎，一定會想方設法逼他承認父子關係，就算大郎死不承認，陳中清為達到目的，肯定會大吵大鬧，搞得世人皆知，到時大郎就算不被牽連到楊大人一事之中，名聲也會受損。

不認自己的父親，這個名頭又有誰揹得起？特別是還當了官。

陳中清還在喋喋不休的說著大郎小時候的事情，又表示自己很想念他等等之話，甚至還說：「家裡打小照顧過你的僕婦還在，以前你娘帶來的陪房，見到你肯定會十分開心。」

這話不外乎是告訴謝大人與大郎，我不只自己認得出來，還能找出一堆人來做證呢。

謝大人當機立斷的說：「好啦，別扯這些有的沒的，你先安靜會兒。」說完他帶著大郎離開，把陳中清先丟在小會客廳裡。

這下謝夫人和謝老夫人都被驚動了，大家一起看著大郎，急需要他來解開這個謎底。

說實話他們並不清楚大郎的家世，當初見到大郎時，他就說自己父母長輩都死了，現在看來，那時說的就是騙大家。要是大郎在陳中清出現之前就把自己的身世說出來，管他陳中清現在鬧成哪樣，也沒人敢說什麼。可現在大郎已經失去先機，想要甩掉陳中清就難了。

特別是陳中清丟了官，又身陷泥沼當中，極需有人出手相助。雖然暫時是自由身，但他又哪裡不明白，燕王不過是想透過他們多挖些人出來。真正已經查到實證的人，早就下大獄，押進京城了。

也只有他們少數幾個看似清白、上位時間短的人，才允許自由行動。越是這樣越令他們知道，自己還是有很大機會翻盤，重入官場。

「你說實話，這究竟是怎麼回事？」謝大人焦急的問。

大郎這時也平靜下來，剛才他的情緒真的太激動了。

「其實這也不是什麼新鮮事。陳家不過是趁著逃難途中的亂象，乘機對我們母子出手，弄死了我們，他就可以再娶能帶來利益的新妻。要不是我命大，早就在十歲那年化為一堆灰。」大郎冷笑著。

謝大人雖然已經猜到一些真相，還是被他的話給驚得說不出來。

謝老夫人和謝夫人則直接嚇傻了。這種陰毒事都做得出來的人家，難怪大郎要說他們都死了呢！

「太過分了！都做出這樣的事還想賴上你?!」謝大人氣得摔了茶杯。

大郎卻在想，當初救江大山時鄧強已經被殺，之後鄧家是何結果，他根本沒在意，畢竟他雖然重活一回，但很多事情與上一世完全不同。況且上一世很多事情他也搞不清楚，他甚至不知道鄧家是走誰的關係才混得那樣好？

他只知道上一世，他父親是娶了鄧氏女後才得意起來的，而他也是因鄧氏的關係被送到軍中去。他沒想到明明這些大事都不相同，他父親還是娶了鄧氏女，也做了小官。

他不想見到陳家人，巴不得此生與陳家再也沒瓜葛。可是現在人都碰面了，陳家若真的獲罪，還有可能牽連到他。至於陳家，現在還不得抓緊自己這根救命的稻草？他完全可以預見到，接下來陳家肯定會纏上他，四處宣揚他們是父子，是因為亂世才離散的。

這種事情多的很，說不定還能博得一些同情，認為是自己當了官，就不想認失勢的父族親人了。大郎想著想著，心裡很是鬱悶。

謝大人沈思好半天，理了理自己的思路，才說：「你把當時的事情完完整整，都仔細的說出來，包括你記得的或猜測到的事情，我們來分析一下，到底怎麼應對陳家？」

大郎把往事重新整理一遍，選重點說：「他們走後半個月，我母親才微微有點起色，我們帶著還剩下的幾個下人，快馬加鞭的想追上他們。但是沒走多遠，就發現路上一片混亂，殺傷搶掠的不在少數，就好像他們早就知道會發生這些事。」

一邊說，大郎不禁動了弄死陳家的念頭：你既然不想讓我好過，那就去死吧！他本來還打算放過他們，跟他們橋歸橋、路歸路，老死不相往來。

「這麼說，他們很有可能提前就知道會有動亂？難不成……他們還真的與反賊有關？」謝大人嚇一大跳。

「不知道。那時我們母子倆在家裡沒地位，什麼消息也得不到。我們那地方其實也沒遭災，還好好的，他們突然間就收拾金銀細軟，全家急匆匆的離開。」大郎說。

謝大人心裡掀起驚濤駭浪。沒想到原來反賊比他們想像的還要早動手，並且涉及的地方更多，範圍更廣。這麼說來，很有可能還有一批人秘密的潛伏下來，只揪出一個楊大人完全沒有意義，人家的大頭還沒出來呢。

要是再過幾年，這批人經營得當，再扯旗造反也不是不可能。到時候又是生靈塗炭，血流成河。

「而且趁著路上亂，有兩個下人帶著我們大半的行李偷偷跑了，剩下的三個人，故意帶我們到荒涼的小路上，本來是想殺掉我們，也是我們命大，再加上我母親已經有所防備，才沒被得逞。不過要不是無意間遇上辛湖，我們母子倆應該當場就死了。」大郎接著說。

「怎麼扯上辛湖？」謝夫人驚訝的問道。

「那時候她因生病被家人拋棄，丟在路邊，大概是被我母親的呼救聲驚醒，她才慌慌張張的衝出來。因為事跡敗露，下人也想對她下殺手，沒想到她天生怪力，掙扎扭打中，連投兩塊石頭就砸死兩個人，剩下那個嚇傻了，被我乘機殺死。但我們也嚇壞了，我母親就帶著我和她，連滾帶爬的躲進山坡下面一個小山洞裡，待了兩天。」大郎說。

雖然潤色過，但這些事大致屬實，就算現在把辛湖找來問，她都能說得和他差不多。

第七十三章

「然後辛湖就一直跟著你們了？」謝老夫人問。

「是啊，我本來已經很可憐，但至少還有個母親；她更可憐，穿著單薄破舊的夾衣，烏青著臉，身邊什麼都沒有，若不管她，她肯定會餓死或凍死。當時我身邊還有少許行李物品，將就著還能多活幾天。」

「唉，可憐見的，這麼說江大山也不是你舅舅？」謝老夫人又問。

「嗯，說來話長。後來我母親很快就去世，但在她臨死前，讓我倆結為夫妻，路上能有個伴，在亂世中能多點活路。我們倆安埋了我娘後，根本就不敢到大路上去，只管撿小路走，沒幾天就又撿到平兒。那會兒他爹已經死去，他坐在旁邊也不知道多久？再接著我們又撿到大寶，他身邊也全是死人，哭得聲音都啞了。不過這次還撿到不少他家的吃食，有了這些東西，我們就決定找個地方住下來，先過了冬天再說。」

「哎喲，真是了不得，你們兩個娃娃還又撿了平兒和大寶，真是的。」想到兩個孩子在蘆葦村活潑的模樣，謝老夫人不住的念佛。要不是他倆，平兒和大寶想必早就死了。

「接著我們誤打誤撞的跑進蘆葦村，村子裡一個人也沒有，我們就安心住下來。歇了好些天，把屋子也收拾好，總算能安頓下來，但沒幾天，糧食就快吃完了。我和辛湖只能出去找吃的，讓平兒和大寶待在村裡等。結果在路上碰巧救下張嬸嬸他們一家人，他們沒地方去，就跟著我們回蘆葦村了。」

這下連謝大人夫妻倆也聽呆了。

大郎卻還在繼續說：「我們兩家都安置下來後就下雪了，天很冷，我們不得不出來打柴，又救了江大山與阿毛。」

「我說，你們倆真是厲害啊，就在不停的撿人、救人、殺人。」謝大人感嘆道。

「差不多吧。再後來你們家就來了，後面的事情，就不用我說了吧？」大郎說。

聽完他的敘述，大家彷彿聽了個神奇故事。這時他們才明白，為什麼大郎和辛湖一直都像個大人。有這樣的經歷能不長大嗎？要真像個稚童一樣天真，早就不知道死多少回了。

謝老夫人不停的抹眼淚。別說他們是孩子，這哪是人該過的日子？可是他們倆硬生生的活下來，還養大三個孩子。

「平兒和大寶知道是你們倆把他們撿回來的嗎？」謝大人又問。

「平兒應該知道吧。至於大寶那麼小，當初見到他時還穿著開襠褲、包著尿布呢！不過他倒是口齒清楚，說自己叫大寶、三歲，還說過他爹是個將軍。」

「咦？這麼說大寶的身分也不簡單啊。平兒的爹呢？」

「平兒是普通人家出身，當時我們就問過，他爹是個貨郎，家裡人也死光了；大寶因年紀太小，總共就會說那三句話，只知道要吃、要喝、要娘，我們哄了幾天他才不哭鬧。不過我們在安埋他身邊的兩具女屍時，有把她們的首飾取下來，想著如果以後能找到他的親人，可以當個信物。」大郎答。

「你現在還記得當初安埋這些人的地方嗎？有沒有做記號？」謝大人急忙問。

「當時是有做記號的，大概還記得，不知道阿湖會不會記得更清楚些？」大郎有些遲疑的說。說實在話，就算是他母親的墳，他也不一定能一去就找到。畢竟那路又不是一條正式的路，得花些時間尋找。

那麼久的事大郎記不太清楚也正常，只要有心去找，有這些線索，多花些時間總能找得到。謝大人點點頭，便說：「我們都四處打聽打聽，看能不能找到大寶的親人？若他爹真是個大將軍，多少也是個助力。」

現在大郎極可能受到陳中清的牽連，光靠謝大人是無法為大郎洗清這身髒水。而且人人都知道他與大郎、江大山關係親密，說不定到時候，他自己都要受牽連，就算不受牽扯，也得避嫌不能過問這事，這時如果能有外力當然會更好。

「唉，大郎做錯了一件事。要是早早說出你的身世，在皇帝面前報備過，現在陳中清找上門來也不用怕他。但現在反而是他占了主動，我們變成被動了。」謝夫人說。

「是啊，誰知道會這麼巧？現在想布置都來不及。」謝大人嘆道。

謝老夫人想了想，又說：「趕快給大山帶消息去！讓他上摺子給皇帝，說清楚他的身分，將他是如何被辛湖、大郎與劉大娘救回來的這些事情都說出來。然後去求燕王，立刻帶大郎和辛湖進宮，把這些事情全講清楚。」

謝大人長嘆一聲，和謝夫人都覺得事到如今也只有這個辦法了。

「那陳中清要怎麼辦？老關在我們家也不行。」謝夫人說。陳中清並不是一個人前來，他還帶著兩名下人，一人早就走了，一人還在門外等。

「帶上他，一起進宮面聖，請皇帝定奪吧。」謝大人說。

謝大人夫妻分頭行事，一人匆匆去找燕王，一人去接辛湖。

大家碰頭後，再詳細的商談一番之後，燕王給安修遠也修了一封書信，告訴他這些事情；同時，謝大人也給江大山和江縣令寫了信，告知今天的事情。

「唉，大郎，我說你怎麼這麼傻，你以為你不說，你與陳家就真沒關係了？現在倒好，還可能被陳家倒打一耙。」燕王直嘆氣。如果大郎那時年紀再小一點，不記得自己父親那還好說，但他明明記得卻一直沒有提過。

「現在說這些有什麼用？」辛湖只恨不得弄死那個陳中清。這種男人活著就是個禍害！大郎母親真是前世造了孽，攤上這麼個男人，還連累兒子。

最後在燕王的帶領下，謝大人、大郎、辛湖、陳中清一起進宮。

皇帝聽了這些事，也是大大的吃一驚。他看辛湖與大郎的眼神都複雜起來，十分震驚，一時也不知該如何處理，只得把大郎和陳中清先關押起來。接著皇帝責令大理寺、刑部與都察院三司會審，共同審查反賊之事，而燕王當了旁審。

這還是皇帝登基以來，第一次三司會審的大案子。此事在朝中引起譁然，一時間大家人人自危，生怕被牽扯進來。

大郎被關進去了，小石頭只能來找謝大人幫忙解決他們家的事情。

「這姓朱的，不會和陳中清一樣的貨色吧？」謝大人頭疼的說。

「如果他也牽連到反賊一事中，就真的麻煩大了。」謝夫人說。

「應當不會吧？當務之急，是先去搞清楚這個姓朱的，究竟是不是小石頭的親爹？」辛湖說。

而謝大人也因為與大郎、江大山等人的親近關係不得不避嫌，他請假在家，正好有時間去查那位朱公子。

沒幾天，謝大人就打聽到朱公子的住處，也先確認過，他確實與小石頭爹的年紀、樣貌等情況都相符。劉大娘一聽，就覺得十之八九是他，著急的說：「今天就去吧！早日確定，早日安心。」

「行啊。」謝大人同意了。這件事也得快點確定，不然總是大家的一樁心事，早日了結早日好。

去的路上，三人都心情沈重。因為三人既為大郎擔擾，又害怕朱公子不妥當，還擔心朱公子又娶妻生子。

這幾年因戰亂、災荒，人口損失很大，所以民風開放很多。世俗對女子的束縛也少了許多，連皇帝都鼓勵寡婦再嫁，但和離的事卻極少見。如果朱公子已經再娶，張小姐若想和離，只要朱家不同意就辦不成，況且就算和離，張小姐想帶走兒子也不太能成。除非朱家不要孩子，否則她也帶不走。

三人一路沈默，都是滿腹心事。小石頭自然是希望他爹沒再娶，能好好的把他娘接回去，一家人團圓，但這也只是他的一個美好心願而已。

朱公子已經中舉，但因為家事繁雜，年紀又不小了，已無心讀書，就透過關係，想謀個低階小官做，無意再科舉。他有門路，自然可以弄個好一點的位置，等幾年下來，應該也能混得風生水起。雖然比不上正式科舉出身，能慢慢薦升當大官，卻也一樣是躋身官家，身分地位自會大大的提高。

面對突然出現在自己面前的劉大娘，朱公子有些不敢相信地問：「妳真是劉嬤嬤啊？」

劉大娘只是點點頭，沒有說話，小石頭躲在外面，根本沒現身。陳中清的事情一出來，劉大娘和小石頭也一樣憂心忡忡。如果朱家也和陳家一個德行就麻煩了。

「妳怎麼到京城來了？妳家小姐和小石頭呢？」朱公子一迭聲的問。他這些年也不是沒找過小石頭母子倆，可惜的是，一直毫無音訊。

劉大娘覺得他裝模作樣，滿臉的鄙視，恨不得指著朱公子破口大罵一頓。

朱公子依舊風度翩翩，好似過去快十年的時光，根本就沒有在他身上留下痕跡，再想想蘆葦村的張小姐，早就已經變成一個粗糙的村婦，劉大娘心裡就又氣又恨。

「快說話啊，他們呢？」朱公子催促道。

「哦，你還沒忘記他們啊？是不是午夜夢回時，怕他們找你索命？沒有張家帶來的下人，你能逃過那一劫嗎？結果你自己只顧著逃命，連妻子兒女都不要了。這麼多年，你怎麼還能活得這麼安逸！」劉大娘再也忍不住，指著他的鼻子破口大罵道。

朱公子微微皺了皺眉，沈聲問：「他們在哪裡？」

「哦，日子過不下，小姐只有帶著小少爺嫁人啦。幸好這位姑爺人極好，對小姐、對小石頭都很好，一家人過得可好呢，不然我怎麼會在京城？」劉大娘冷笑道。

朱公子盯著她，好半天才說：「她再嫁就再嫁吧，我兒子可是朱家人，我得去討回來。」

「那是你兒子嗎？你養過他嗎？自己逃命時，想過他還是個幼兒嗎？為了個賤貨差點害死他們，他早就改姓入新姑爺家的族譜了，這一世都不會是你的兒子！」劉大娘說。

朱公子氣得差點控制不住脾氣，他也不是沒脾性的人，哪能被個下人指著鼻子大罵？見他猛地站起來，劉大娘卻呵呵冷笑幾聲，嘲諷道：「怎麼，心虛啦？這些年你敢說不是靠著張小姐的嫁妝，才能活得這麼細皮嫩肉的嗎？瞧瞧，這都快要抱孫子年紀的人，還打扮得這副模樣。」

張小姐的嫁妝非常豐厚，她們到蘆葦村時，身上總共只帶了幾樣首飾與不多的銀錢，大半都落在朱公子手裡。屋裡屋外的丫頭、僕婦被劉大娘這一番連罵帶教訓的話給驚呆住，紛紛避走。

謝大人坐在一旁假裝閉目養神。

朱公子雖然快被她氣死，卻仍不斷提醒自己幹麼跟一個老婆子做口舌之爭？他轉而衝著謝大人冷冷的說：「這位就是妳家的新姑爺嗎？」

謝大人還來不及說話，劉大娘又大罵：「放屁！你以為人人都像你這麼不要臉嗎？謝大人是我們大爺的恩師。」

謝大人點點頭，說：「小石頭和他娘都不好出面，只好求到我頭上來了，我今天過來就是想和你談談。」他確實也可以稱得上是小石頭的恩師。

世人重讀書，恩師這個詞可不只嘴裡叫叫，那可是要當長輩一般敬著。朱公子一聽這是兒子的恩師，連忙賠禮道歉。

接著他才正色的說：「這還有什麼好談的？我是一定要討回我兒子的。」

「你有養他嗎？這些年可都是別人在幫你養，人人都知道生恩不及養恩大，你還有臉去要？當年是你自己貪生怕死，連妻兒都不顧，這些年過去，也沒見你回去找，哪來這麼厚臉皮？」

劉大娘指著他，一迭聲就是罵他不要臉、拋妻棄子，那聲音高得全家的下人都聽得一清二楚，搞得朱公子簡直是丟盡臉面。

「誰說我沒去找？都亂成一團還找得到嗎？」朱公子終於破功，大叫道。

這也是真話，他確實回去找過，但當時情況那麼亂，過後居然根本找不到一點線索。其實在他的好表妹安排下，他根本就沒有找對方向，哪能找得到？

「好笑呢，我們都能找到你，你一個大男人竟然會找不到我們？不過是你沒有用心罷了。不過也是，懷裡有了新嬌娘，哪裡還記得舊人，你不是一直惦記著那個賤人嗎？這不正好，稱心如意了吧？」劉大娘又罵道。

朱公子還沒來得及說，劉大娘又一副恍然大悟的樣子，說：「咦，該不會是那賤人生不出兒子吧？實在太好，真是報應呢，就你們這種姦夫淫婦、不要臉的貨，老天都要罰你們，還生兒子呢，是不是連個蛋都沒生啊？」

朱公子氣得額頭青筋都跳起來，指著劉大娘，恨不得把她這張嘴縫起來。

「這就是你的不對了。搞半天，是因為沒再生兒子，才拚命想把拋棄的兒子找回來？天下哪有這麼便宜的事情！」謝大人在一邊補刀，快把朱公子氣死了。

這時內室衝出兩個健壯僕婦，撲上來就想打劉大娘，嘴裡還罵道：「哪來的老婆子？亂噴些什麼！」

誰知劉大娘輕輕鬆鬆的制住她們，迅速擰斷她們的胳膊，兩人各自慘叫一聲，疼得暈死過去。這一變故令朱公子還沒反應過來，躲在屏風後面的幾道倩影，全都瑟瑟發抖。

朱公子眼睜睜的看著劉大娘折了僕婦的手，劉大娘還惡人先告狀說：「謝大人、謝大人，幸虧今天求得您過來了，您可給我作主，可是她們先動手的！朱家這明顯是想弄死我，他們哪是想找回小石頭？是怕我們礙了他們的前程，想要我家小姐、小少爺的命。」

謝大人果然森然道：「我可是看得真真切切，是你家的僕婦先衝過來動手的。」

朱公子頹然的坐下，想了半天，才向謝大人說：「這位大人，多謝您對我兒的教導，雖然是我對不起他們母子，可是這麼多年來，我也不是沒找過他們。況且張小姐既然已經改嫁，我和她現在補個手續是沒問題的，但是我可沒有再娶，身邊只不過是有兩個房裡人，也沒有其他子嗣，所以我是一定要討回我兒子的。」

謝大人和劉大娘一聽他居然沒有再娶，兩人都愣了片刻，竟然不知該如何接這個話題？不過謝大人馬上聽出來，朱公子很顯然是拿自己沒再娶來威脅他們，同時又退一步表示，可以給張小姐補個手續，讓她與現在的丈夫繼續過日子。意思是，你只要把我兒子還回來，想怎樣就怎樣去吧！

屏風後面的人聽到他說自己身邊只有兩個房裡人時，俏臉瞬間變白了，按在屏風上的手太過用力，一不小心就推倒了屏風。

聽到動靜，謝大人與劉大娘都轉過頭來，看見那裡站著個俏生生的美嬌娘。朱公子剛想說什麼，劉大娘卻突然衝過去，一把扯過那女人，狠狠的往朱公子扔過去，罵道：「躲什麼躲？果然是見不得人的賤貨，想偷聽什麼？」

兩人嘩啦啦的抱成一團，狼狽的摔倒在地上。那女人緊緊的扯著朱公子的衣服，一副受驚過度的嬌弱模樣，一雙大眼睛含著淚要掉不掉的，不知道有多麼惹人憐愛。

劉大娘看她這個樣子越發生氣，冷哼一聲，運了運氣，指著兩人大罵道：「不要臉的賤人！果然慣常會偷偷摸摸，這回終於偷到手了？難怪人家說妻不如妾，妾不如偷，果然是會偷啊！」聲音大的恨不得把屋頂都要掀翻。

她就是故意的，想先搞臭朱公子的名聲，讓他當不成官！

劉大娘眼風似刀，恨不得將朱公子大卸八塊。就是這個女人害小姐吃了那麼多苦，沒想到姓朱的居然還真的和她搞在一起。

朱公子被劉大娘一口一個偷、一口一個賤人給罵得臉都黑了，氣得渾身發抖，用力要推開那女人，不料女人卻緊緊的抱著他，抖著身子，好似劉大娘會撕了她似的。

就連謝大人都以為劉大娘會出手，連忙勸道：「劉嬤嬤、劉嬤嬤，別啊！」

誰知劉大娘卻突然一陣風似的跑出大門，又一陣風似的把小石頭拉進來。

謝大人頭皮一緊，立刻猜到劉大娘要做什麼。

劉大娘冷笑幾聲，說：「小石頭，你好好看看這對不要臉的男女，當初他就是為了這個賤人，不管你們母子的死活，現在沒兒子就想起你了。你看，人家不知多親熱，兩人養得細皮嫩肉的，就可憐你娘沒日沒夜的，像個老婆子似的幹活養你們。」

第七十四章

小石頭目光茫然的掃過朱公子，好似不認識他。良久，才轉向他懷裡的女人，冰冷的目光從她臉上一掃而過，冷淡的說：「走吧，理些不相關的人做什麼？」明顯的，小石頭根本就不認這個爹。

劉大娘哈哈大笑幾聲。「看到了吧，還你兒子呢？你就抱著這個賤人生兒子去吧。」

「小石頭、小石頭！」朱公子連忙邊推開那女人，邊大叫道。

小石頭卻連頭都沒回，繼續往外走。

那女人還死死抱著朱公子不放手，朱公子急著要去阻擋小石頭，衝那女人怒吼一聲。「放手！」

那女人哪肯放手，兩人拉扯著往大門走來。小石頭皺眉，加快腳步，眼看就要跨出門。

朱公子氣得揚手就給那女人一耳光，用力之大連手掌都打得發麻，打得那女人連連後退，好半天都沒回過神來。朱公子卻理都沒理她，猛跑幾步，一把抱住小石頭。

「小石頭、小石頭，你聽我說……」朱公子的話在見到兒子那冷冰冰的目光時，戛然而止。

「放手。」小石頭盯著他，眼裡寒光閃過。這一刻朱公子十分清楚的感受到兒子對他的恨意，那洶湧的恨意令他不寒而慄。

「哎喲，這麼嬌滴滴的美人兒都捨得下手打啦？果然偷到手就不新鮮了。」劉大娘在一邊極盡冷嘲熱諷。

那女人撫著紅腫的臉，恨恨的盯著劉大娘。

劉大娘卻哈哈大笑。「喲，妳不是很會迷男人嗎？是不是年紀大了，迷不了啦？也是，都三十多的人，有福氣的早都當祖母呢，哪個還靠在男人面前唸兩句酸詩、滴兩滴眼淚來爭寵？再過兩年小石頭一成親，我們小姐就可以抱孫子嘍。」

朱公子一聽說抱孫子就更著急，死死的抓住小石頭，連忙說：「小石頭、小石頭，是我對不起你娘，都是我的錯，可是你是朱家的兒孫……」

小石頭卻不耐煩的用個巧勁掙脫開，還拍了拍衣服上不存在的灰塵，就好像朱公子是髒東西，轉頭向劉大娘說：「走了。」

謝大人看了一場鬧劇，該辦的事又沒辦好，不禁有些頭疼。本來小石頭對他爹還有點念想，今天這一鬧，怕是徹底死心了。不過朱公子十年都沒再娶，無論是為了什麼，這對張家母子三人來說，都是好事。

最終在朱家的誠心請罪下，張嬸嬸同意帶兒子們回朱家。但是她提出三個條件，用白紙黑字寫好，還請謝大人當見證人，讓朱公子簽名按手印，才肯回朱家。

第一條，初八從母姓張，為張家傳承香火；第二條，她與朱公子析產別居，也就是各過各的，朱家得把她所有嫁妝都還給她；第三條，初八與小石頭的婚事，朱家不得未經她的允許私自定下來。

本來她是想提和離的，但想想兒子們還是需要一個父族。朱家沒有其他的子嗣，卻還有不少的家產和人脈，所有的一切都是她兒子們的，她就勉為其難的答應先這麼過。

雖然張嬸嬸明面上是帶著兒子們回朱家，可是她卻與小初八張繼祖，單獨買一處宅子，掛著張府的名牌過日子。小石頭朱正清兩邊都過，不過大半時間都住張家，去朱家待的時間很短。

朱家雖然離張家很近，但兩老想見到孫子，還得提前找張小姐預約。至於朱公子那個受寵十年的表妹，在朱公子出發去蘆葦村接妻兒時，就已經打發走了。

不過大家都沒想到，朱公子後來因對張小姐心生敬愛，開始一心一意討好她，兩人的關係慢慢地變好很多，居然過得還挺不錯。

大郎被關押起來，雖然沒有被定罪，但人總是不能回來，弄得辛湖他們幾個人提心吊膽的，生怕出事。

陳中清前世能做那麼大的官，證明他腦子十分聰明，他很明白，就算自己從反賊事件中摘乾淨，他這輩子也不能再當官。他下半生的生活除了大郎，就沒了其他指望，因此他拚命賴上大郎，希望燕王、謝大人、江縣令等人在為大郎周旋脫罪時，能夠順道把自己也拉出去。

燕王本身是相信他無罪的，皇帝內心其實也相信，只不過這事牽涉太大，大郎不可能這麼輕易就放回來。

「妳也不用太擔心，他不會有事，而且也不可能受刑。」燕王親自安慰道。

辛湖長嘆一口氣，說：「早知道有這麼一天，我們還不如在蘆葦村安安心心的種田養馬。如果我們還在蘆葦村，陳家就不會賴上來了。」

如果大郎只是個普通老百姓，勉強能度日，想必陳家就算知道了，也會當作不知道。可是現在就憑他與大郎的父子關係，如果他有事，就足以毀了大郎的一生，簡直太不公平了！

辛湖真是越想越生氣，心裡不免埋怨起江縣令來。如果不是他，陳中清也不可能有門路跑來京城，還馬上就找到大郎。

陳中清心裡很清楚，自己根本就與反賊無關，但就算查清楚了，他也不可能再重新當官，這輩子都不可能出頭了，唯有指望大郎這個已經成年，並且前程不差的大兒子，來養活他和他的一大堆妻妾兒女，所以他死死的咬住了大郎不放。

「他媽的，太噁心了！不僅拋妻棄子，還曾經想弄死大郎，轉頭就生這麼多。老天真是不長眼，就該讓他一個都生不出！」辛湖一聽到陳中清有這麼多子女，氣得大罵起來。

「這都是些什麼東西，怎麼他們就沒有被殺呢？死了那麼多人，就沒把這禍害弄死！」平兒氣惱的說。

「你都知道是禍害了，沒聽說禍害遺千年嗎？」燕王淡淡的說，心裡簡直快要嘔死了。早知陳中清會給大郎帶來這麼大的麻煩，他就該早早一刀砍了他。

「王爺，那姓陳的犯了事，怎麼還大搖大擺的來到京城，沒被收監？」辛湖疑惑的問。

「本王不就是……想用他當個餌。」燕王尷尬的說。

辛湖一口老血差點噴出來。你留哪個當餌不好，偏偏就留了他？這也真是倒了八輩子楣。

謝大人、平兒、大寶、阿毛全都用譴責的目光看著燕王，都在肚子裡猛罵。

燕王臉都紅了，伸手揉揉鼻子，說：「你們放心，本王自然有手段保住大郎，不讓他受到牽連。」

辛湖沈思片刻，說：「我倒是有個法子一勞永逸，就不知道行不行得通？」

謝大人和燕王大喜，連聲追問。

「判陳中清與大郎之母和離，大郎改母姓，不就與陳家沒關係了嗎？」辛湖說。

「妳想得美！就算大郎之母真的與陳家和離，大郎也依舊是陳中清的兒子，與陳家永遠脫不了關係，這當口他只可能死死咬著大郎。」謝大人說。

「就是，要是這麼簡單，大家還發什麼愁？」燕王也說。

「那就說他停妻再娶，讓他與鄧氏去狗咬狗。」辛湖冷笑幾聲，說。

「不可能，他與鄧氏成親才六年多。」燕王說。

辛湖氣得胡亂出起主意來。「那就判他殺妻殺子，這可是有證據的，這樣不就可以把大郎從陳家的爛泥潭裡摘出來嗎？」他都對兒子下死手，難道大郎還要養他？

「不行。他們可以說接到下人的回報，大郎母子倆在路途中去世了，甚至隨便找個理由都成。」謝大人說。

「就是，況且妳現在都找不到人證了。」燕王也說。

這兩人的話氣得辛湖恨恨的捏碎手中的茶杯。「這也不行、那也不行，到底要怎樣啊！」

大寶受影響，也害怕的說：「我那個什麼親爹家，不會也這麼可怕吧？」

他現在已經知道自己也是撿回來的，不過因為當時年紀太小，他完全沒什麼印象，根本就不在意。

「幸好我的親生父母不是這樣，而且……他們是真的死絕了。」平兒也後怕的說。

至於辛湖，她說自己病迷糊了，記不得親生父母的樣子、是哪個地方的人。反正她是快病死時被拋棄，只管找病糊塗的理由，不記得也正常。再說她也很清楚，她這具身體的親生父母和弟弟，還不一定能活下來，就算真活下來，找到她的可能性也極低，畢竟那只是一戶普通人家。

「大寶，不行咱們就不認他，反正那時候你才兩、三歲，又不記事。」辛湖安慰道。

當初大郎從那個疑似他娘的屍身上取下的兩件首飾，已經讓燕王拿去派人尋找，看能不能從這兩樣東西尋出大寶的身世，若找不到就算了。

「別想這麼多了，案情我會隨時通知你們。」燕王說。

「阿湖，大郎從沒有和妳說過陳家的事情嗎？」謝大人還想再找點線索出來。

「我只知道大郎說發覺了陳家的歹意，但他娘卻一點也不相信，還拚命的勸他快點去追上陳家的人，怕他一個人無法過活。」辛湖說。

「這麼說，如果不是她去的早，不然還會逼著大郎回歸陳家？」燕王問。

「不知道，我和她在一起不過是待了一天半。」辛湖答。

除了無意間聽到大郎與他母親的談話之外，她就再也沒有聽大郎說過陳家的任何事，可以說她跟大家一樣，完全不瞭解陳家的事情，而且依照她的想法，還覺得陳中清的事情與大郎一點關係也沒有，可是世人卻不這樣理解。

在這個父權至上的年代裡，沒有哪個孩子是跟母姓。大郎雖然不是陳家養大，甚至陳家還曾經想弄死他，但只有陳家能不認他，他不能不認陳家。大家族可以開除某位子孫的族籍，稱之為出族，卻沒見過哪個男人說，我要與父族斷絕關係，不要這個姓、不認父親了。

「這件事就算解決了，以後大郎的日子也不會好過。陳家沒了出路，自然會像吸血蟲一樣的黏上大郎。」謝大人提醒辛湖。

「憑什麼啊？」辛湖不滿的叫道。

「就憑陳中清是他的生父，他並沒有過繼出去，就得養著陳家上上下下。」謝大人說。

「就算他過繼出去了，也不能眼睜睜看著生父一家生活無著落而不管。」燕王在一邊解釋道。這個時候，他真的希望自己當時就下令殺了陳中清，若把他們一家都殺光，現在大郎也就沒有麻煩。

「那還是得想個辦法，讓大郎跟陳家脫離關係才行。」辛湖說。她可不希望陳家一大家子全跟著大郎過日子，那真是會把她氣死。

「不太可能了。」謝大人搖頭。陳家現在就指望大郎這根救命稻草，怎麼可能脫離關係？只會緊緊的纏上大郎。

「你也別想太多了。就照你前頭說的，先讓陳家與鄧家吵起來，給他們添添亂子。」燕王說。最好讓鄧家與陳家狗咬狗，真的咬出事情來讓大家抓到把柄，治他們兩家的罪，一了百了。不過如果真變成這樣，大郎的官途也完了。

此刻還被軟禁的大郎，已經對陳家生出殺心。本來他還想著，只要不見到陳家人，就當他們不存在，把過去忘記和辛湖他們好好過日子。可是陳中清一來就打亂他的生活，甚至害了他的前程，他心中的恨意就再也控制不住。

他現在的一切，都是他歷盡千辛萬苦，甚至用鮮血與生命換回來的，他怎能甘心就這樣被個人渣給完全毀掉？更別說還可能連累到辛湖、大寶、平兒等人，他只希望把陳家的人全弄死。

面對審問，他只咬住兩點，一個是——「他們也不知得到什麼消息，匆匆忙忙只收拾金銀細軟就走了，等我和我娘上路時，才過半個月，路上已經亂成一片了。」

第二點就是——「下人們還嘲笑我們母子，說他已經在選新妻子，哪裡會讓我們活著？」

「可是根據調查，陳中清與鄧氏成親才六年多，按你說的，若先已訂好鄧氏，為何還要過兩年多才成親呢？」有官員反問。

「我不知道，我都這麼久沒見過陳家任何一個人，而且那是下人們說的，也許他們只是胡說，又或者說錯了呢？」大郎推得一乾二淨，反正大家也找不到當時的下人來證明這件事。

他這些年的生活一目了然，眾官員當然都知道得十分清楚，有謝大人、江大人，甚至安修遠、燕王這麼多分量重的人作證，誰也不會懷疑他有見過陳家的人。況且前面幾年一直待在蘆葦村，村子裡那麼多人能作證，之後跟著燕王的情況也是一清二楚，眾官員哪裡會懷疑他說假話？

眾人再一想，大郎才十八歲的年紀就已經官居六品，以後的前程怎樣也不會差到哪裡去；可搭上這種生父，就算陳中清洗清嫌疑，也不可能出仕，一定會連累到大郎。這下眾人反而對他心生同情了。

其實大郎見到父親的情況，心裡也是非常驚訝。陳中清這一世的命運和上一世雖然有很大差別，但他還是娶了鄧氏，果真是冥冥之中自有命定。

不過上一世鄧家風光的很，陳中清也跟著走路有風；這一世，陳中清卻只能當個從九品小官，還當沒多久就被牽扯進反賊案中。

也是他活該！大郎心裡暗暗嗤道。

燕王的人早就調查清楚陳中清是如何娶到鄧氏。這事說來也是巧合，不過明面上，鄧家與楊大人也有點拐著彎的親戚，所以與反賊真是有說不清的關係。這些事情大郎當然不知道，反正他就是死咬陳家可能提前得到什麼消息，才會匆匆走的說法，還特別強調陳家早前就對他們母子起了殺心，已經在挑選新的親事。

因大郎的證詞，審案的人不得不再去查鄧家。大家總覺得這個鄧家肯定還有什麼事情沒被翻出來，因為陳家實在沒什麼值得查的，很容易就查清楚，鄧家卻是北順府的大族，說他們有嫌疑，也更能令人信服。

但扣著這個把柄，眾人翻來覆去的查找，卻什麼也找不到，直到楊大人交代出，當初是因為某位將領才會特別照顧陳中清，事情才有一點點轉機。

找到這個人也極容易，此人叫丁大同，是個千戶，守著甘南府。他是安慶帝的嫡系，也絕對信得過。

丁大同的到來，總算令案子有一條新線索。

原來丁大同會照顧陳中清，是因為大郎的舅舅和他有一些交情，大郎小時候他還見過，但一聽說陳中清殺妻殺子等事之後，丁大同簡直快氣死了。他照顧陳中清，是希望他能善待大郎母子，哪想得到，他居然做出這等惡事？

「我真是瞎了眼！幫的居然是一條毒王八，反而還來害大郎！」丁大同氣極而罵。早知道這樣，當時他就該一刀結果陳中清，也免得他現在出來害大郎。

「你再想想，還能不能找出點什麼別的線索？」燕王問。

丁大同幾乎把自己這一生的經歷，能記清楚的全部說了幾遍，實在想不起與陳家或鄧家還有其他的關係。

沒辦法，燕王只得把丁大同帶去見大郎一面，希望能有所收穫。

結果大郎一見到丁大同居然十分激動。他認出這就是前世十分照顧他的人，只是那時丁大同的地位也不高，都只能暗中幫他，不然前世他只怕會死得更早。

「你難道還記得我？我最後一次見到你時，你只怕才五歲吧？」丁大同驚奇的說。

大郎笑了笑，沒多解釋。難怪丁大同會幫他，搞半天是因為外祖家的情分，不過上一世大郎到軍中時，根本就不認識丁大同，五歲的事情他都記不太清楚了。

三人隨意說了幾句，燕王順口吩咐一下丁大同。「我這邊還有一件事，你在軍中打聽一下。」說著，他把大郎拿出來，可能是大寶娘親的兩件首飾給丁大同看。

哪知丁大同一見這東西，居然激動的跳了起來，一個勁的追問這是從哪裡得到的？

第七十五章

當得知東西來歷後，丁大同的眼睛立即紅了。原來他還真認得這兩樣東西。

「這是我妹妹的。當年出嫁時，是我祖母給她的添妝，家裡條件不算好，這兩樣東西算是最有分量的首飾。」丁大同說。

「你妹妹嫁到誰家去了？」燕王問。

「我妹夫家條件說好也好、說差也差，他母親早死，繼母又刻薄，說來，他們家也早就全死了。對了，你們說撿到一個男孩，可能是我妹妹的兒子，他在哪裡？」丁大同說。

燕王把大寶找來，丁大同一見到他，居然就哭起來。「沒錯，他真是我妹妹的兒子，他這張臉長得和他爹一模一樣！」

「你確定嗎？」大郎和燕王都瞪大眼睛。這還真是巧啊！

「是的，不只我一個人記得他，我還可以找幾個人來。」丁大同說。

果然，他找了好幾個與他和他妹妹關係親近的人，大家一見大寶都說：「像，真的像，就似一個模子印出來的。」

原來大寶爹早死在戰場上，因為家裡已沒有其他人，所以連個封賞也沒有，不像丁大同憑著軍功，多少升了官，並且一直在尋找妹妹母子倆。

大寶找到親人，這事情上報到皇帝那兒，皇帝自然沒有虧待他，把他爹的功勞嘉獎給他。他爹如果還在至少也是個千戶，所以和阿毛一樣，大寶也得到賞賜的屋子、田產等物。大寶的父親也姓陳，因此大寶連名字都不用改，就用陳嘉山這個老名字；平兒的大名則叫陳嘉平。

但丁大同來，只解決了大寶身世這個問題，與案子沒什麼關係。這個案子拖了很久，查來查去，完全沒有任何進展，很令人焦急。

幾位辦案的大人私底下討論過，看樣子陳家和鄧家也許真是清白的，如果不是因為大郎被扯進來，燕王又一副非查出鄧家有什麼事的模樣，大家恨不得快點釋放陳中清與鄧家的當家人，把這個案子結束。

「王爺，反正他們也不可能再有所作為，不如結案吧。」有人提議。

燕王其實也和大家一樣的想法，可是他只要一想到釋放陳中清與鄧家，就一定會給大郎帶來災難，便一直壓著案，可這樣拖著，顯然也不是解決的辦法。

大郎得知這個結果後，很是吃驚，他不相信陳家或鄧家完全清白，因為上一世鄧家是那麼樣的風光，那個叫鄧強的傢伙，雖然一早就被江大山和他們在小山頭那裡就幹掉了，可他很清楚的記得，那個人就是鄧氏的堂兄，就是因為他，鄧氏家族才會那麼風光。

難道是因為早早解決掉他，鄧氏一族沒有撐門面的人，很多事情就不一樣了嗎？但不管怎麼說，鄧強肯定與反賊有關，目前也只有他一個人知道鄧強是鄧氏的兄長。只是這種線索他也不可能直接告訴燕王，而且鄧強又已經死了，他得好好想個辦法誘導此事才行。

就在他頭疼著，該如何讓燕王查找鄧強與鄧家的關聯時，丁大同來跟他告別。

看著他，大郎腦中突然靈光一閃，他裝作很無聊的樣子，拉著丁大同閒扯起來。

大郎被單獨關押，失去了自由，確實也很無聊苦悶，幾乎每天都在發呆。燕王自然很明白他想找人說說話、解解悶的心情。

難得見大郎興致高，燕王乾脆置一桌酒菜，說：「今天本王也沒什麼事，乾脆咱們幾個人在一起喝個小酒。」

燕王、陳華、丁大同與大郎四人邊喝酒，邊閒聊。

大郎試著和丁大同聊起一些他以前的軍旅生活。

丁大同也是個沒多少心機的人，只當大郎懷念軍中生活，也開始大講特講自己這些年的經歷，包括一些戰事、一些普通日常生活、一些操練活動等。兩人聊得很起勁，燕王和陳華都是歷經戰事的人，便不知不覺的也加入話題。

說著說著，大郎故意說錯幾個人的名字，就當初他們也曾經怎樣怎樣，這些人都是燕王極熟悉的。

「你才十八歲，怎地記性就這麼不好？你把耗子的名字都記錯了，我記得他叫……哎喲，到嘴邊就想不起來。」燕王笑話了句後，拍了拍頭懊惱，連他也想不起耗子的名字了。

這人個子小，卻使得一把大刀，身手很不錯，因為長一雙綠豆小眼，被取個外號叫耗子，這傢伙歷經戰事後，現在還好好的待在江大山身邊。

陳華想了想，不確定的說：「他不叫鄧栓兒，是叫王栓兒，還是李栓兒？」

丁大同卻樂哈哈的說：「叫栓兒的一大堆，你現在去軍中吼一嗓子，能有好幾個回應呢。」說著，他扳著手指，還真的數出一溜兒的「栓兒」，別說還真有個鄧栓兒。

「也是，取這種名字一般都是家裡怕子嗣養不住，圖個好意頭罷了。」燕王也笑道。

「那說說你們那些栓兒，有沒有人也是使大刀，還功夫極好，個子小小的？」大郎笑道。他記得上一世，自己剛到軍中就被鄧家人欺負過，正巧就是這個鄧栓兒。

丁大同想都沒多想，就說：「怎麼會沒有？那個叫鄧栓兒的，就是個小個子，還會使大刀呢。」

大郎哈哈大笑起來，說：「王爺，這可真是太巧了，改明天我得了空，一定要去看看這個鄧栓兒，看他是不是跟我們這個耗子長得極像？」

其實他很明白，耗子比這個鄧栓兒個子要小的多，樣貌也不像，他東拉西扯一大堆，不過是想把這個鄧栓兒拉出來，因為他記得鄧家安插許多人在軍中，後來還有人當上不小的官。上一世鄧家的手伸得可長，勢力不小，四處都安插人手。

這個鄧栓兒，本來是丁大同的手下，後來卻比丁大同升遷的快，不過是因為他姓鄧，並不是他能力有多強、軍功有多高。而他升遷後更是處處針對丁大同，極令人討厭，才讓大郎印象深刻。

難得大郎這麼高興，燕王也來了興致，說：「得，本王去吩咐一聲，把他叫過來不就行了？」說完，燕王還真吩咐人去找這個鄧栓兒。

誰也沒料到，燕王遊戲之舉，卻令案子神奇般的有了線索。

由於燕王說的不清不楚，再加上這案子也著實令辦案的人頭疼不已，有一點線索都十分當真，費心費力的去查，所以下面的人，就把這個鄧栓兒也當成嫌疑犯，氣勢洶洶的去帶人。那鄧栓兒本來就心中有鬼，只當是東窗事發，驚慌失措之下露了點馬腳。然後，他竟然在官差的看管下，莫名其妙的死了。

「死啦？」燕王驚訝的問。

幾個去帶他回來的倒楣鬼跪在地上，發著抖的講述事情經過。原來他們去找鄧栓兒時，這傢伙一開始還勉強保持鎮定，但一聽是帶到京城來與反賊案相關時，他就開始緊張起來。本來大家還沒怎麼放在心上，可誰也沒料到，第二天早上起來，他居然已經死了，這下大家知道壞事了。

「也就是說，他在你們幾個人的看管下，被弄死了？」燕王問。

眾人點頭，表示他們看管得很緊，並沒有讓他見到外人，鄧栓兒也沒來得及通知什麼人。

「呵呵，陳華，你覺得如何？」燕王玩味的笑道。他找這傢伙本只是要來逗逗趣的，哪想到居然就有人暗中動手，簡直是此地無銀三百兩啊。

陳華摸了摸鬍子，笑道：「莫不是條大魚？」

看來，幕後之人沈不住氣了。

於是大家集中火力一查，順藤摸瓜，還真給拔出不少事情來，最終也查到這鄧栓兒確實是鄧氏一族的人，鄧氏一族也的確與反賊有關。原來鄧氏一族老早就與馬氏一派勾搭，鄧氏一族不知提供了多少銀子給反賊，用於招兵買馬等，就連現在皇帝的嫡系親衛中，都還有反賊的人，可見當初馬氏一派的布置有多深，連皇帝都嚇一跳。

只不過馬氏一派做事極其謹慎，並且不輕易相信人，所以馬氏讓鄧氏做的許多事情，都是透過伍氏聯絡。馬氏這樣做也是讓鄧、伍兩家互相牽制監督，不敢背著他做什麼手腳，所以當年江大山才會在鄧強身上找到一個刻有伍字的牌子，這就是他們之間聯繫的信物。

伍氏這一家，經過上一次燕王側妃之事的清理，居然還留下這麼多事情，令皇帝又驚又怒，暗恨當初沒有再深挖，便宜了伍家，把他們放走。

皇帝立刻下了密令，著人把剩餘的伍家人給滅口。反正他們家慣出瘋子，有現成的理由，就說是瘋子點火，把一家老小全燒死了。

到此鄧家的罪證確立。陳中清這下真慌了。他沒想到鄧家還真被查出問題來，而且還真與反賊有關。

皇帝把鄧氏一族男女老幼全部砍了頭，其中受到牽連的姻親也不少，包括陳家。

陳中清簡直不敢相信鄧家居然真的是反賊，連聲喊冤。他確實不知情，可那又怎樣？反賊可是誅連九族的大罪，陳中清這下真的洗不清、摘不出了。

陳家一大家子，全部被砍了頭，因陳中清確實是在大郎不在陳家時，才認識鄧家人後娶了鄧氏，所以大郎沒有受牽連，但是生父與反賊有關係，他再無辜，也不可能官復原職了。

有人為他覺得可惜，也有人覺得他運氣好，畢竟有個反賊父族，還能安然無恙的回家。不管怎樣，大郎總算被毫髮無損的放回家了。

天子之怒，雖然沒有伏屍百萬，但殺的人可真不少。

陳家伏誅的這一天，大郎心情極好，對辛湖說：「去弄幾道好菜吧，今天我們好好喝一杯。」

「好咧！」看他眉眼鬆快，明顯是想慶祝的表情，辛湖麻利的挽起袖子去廚房了。

辛湖已經有一段時間沒親自下過廚，今天特意弄幾道大郎愛吃的家常菜，還開一罈燕王府送來的好酒，兩人好好的慶祝一番。

反賊一案終於塵埃落定。不管是大郎這種涉案人之一，還是那些辦此案的大人們，終於都解脫了，連皇帝都老懷安慰，這一次可真把反賊清理乾淨了。

辛湖請謝大人與燕王過來吃飯，以示謝意。如果沒有他們的周旋，大郎這一次也不一定能全身而退。

燕王帶來幾罈宮中美酒，笑哈哈的說：「哎喲，淑嫻今天要親自下廚嗎？今天本王一定要不醉不歸！」

這傢伙也是個吃貨，特別愛吃辛湖做的家常菜。

「那是當然。」辛湖笑道。所有食材早就準備好，該燉的都燉上，只等客人入席。

「這麼說，我們有口福了。」謝大人笑著，想起在蘆葦村，也很喜愛辛湖的好手藝。

陳華也笑咪咪的送上禮物，說：「我可是特地來喝湯的。鄉君煮的湯，別樹一格，無論什麼湯都好喝的很。」

因為天氣冷，辛湖直接準備火鍋與烤肉兩個大菜，除了有趣味外，這樣她也可以在一邊陪著吃，順便侍候各位大老爺們，不需要下人們在一邊侍候。況且大家都是老熟人，沒了下人，也不怕打攪大家的談興。

最先上來的是一道羊雜湯，潔白的湯裡翻滾著紅色枸杞與紅棗，還有翠綠的青菜，看上去就很舒服，聞著更是香氣撲鼻，鮮美十足的羊雜湯一碗喝下去，人立刻暖和起來了。這是給大家開胃的湯，算不上多出奇。接著上來的就是大火鍋，燒著炭的兩口大鍋一端上來，大家就忍不住開始流口水。

食材十分豐盛，丸子類的就有好多種，比如豬肉丸、魚肉丸、炸藕丸子、蘿蔔丸子、豆腐丸子等，這些都是辛湖提前做好，各色各樣裝了滿滿幾個盤子擺在桌邊，只等著下鍋；另還有魚片、肉片、各類菜蔬，琳琅滿目，足足擺了好幾層。

兩個鍋子，一個辣的、一個清淡的，湯底都是高湯熬製，鮮美的很。

「哇，這麼多丸子全是妳自己做的？」燕王眼睛都亮了。

「是的，還有很多。」辛湖答。

謝大人、陳華、燕王立刻不客氣的開始搶自己愛吃的丸子。辛湖早就吩咐下人準備好食盒，把他們愛吃的丸子裝了滿滿一大盒，要給大家帶回去吃。

「大家慢慢吃，我還準備了半隻羊，現場烤給大家嚐嚐。」辛湖說著，吩咐把烤爐抬進來。

燕王饒有興趣的說：「妳這個烤爐可格外有趣啊！」

「那是，這可是我自己琢磨的。」辛湖笑道。

她時不時的弄半隻羊在家裡烤著吃，平兒、大寶、阿毛都極愛，幾個男人食量大，別說半隻羊，就是一頭全羊也吃得完，時間一長，自然就把調料粉與爐子都張羅得好好的。

「哇，烤羊肉怎麼這麼好吃？妳都加了什麼調料？」燕王吃了幾塊之後，立刻逼著大郎，說要去把辛湖特製的調味料弄些過來，讓他帶回家。這烤羊肉，他自己也會在家裡吃，但那味道就不如辛湖弄的鮮美，其最大的原因，就出在辛湖撒到肉上的那些粉末。

「別急、別急，快趁熱吃。這調料我早就給大家準備好，都能帶回去。」辛湖說著，又把一塊烤好的肉挾給燕王。

燕王這才滿意，於是大家開始邊吃邊聊。

「大郎先在家裡休養一段時間，等這風頭過去再作打算吧。」燕王嚼著肉片說。短時間內大郎肯定是不能官復原職的。

謝大人也說：「是啊，正好趁這個空閒，把身體好好養一養。這幾年你也沒閒下過。」

「我不急，大不了回蘆葦村去種田。」大郎笑著，給大家又倒滿酒。

他是真不急，就算不當官也無所謂。以前連飯都吃不飽的日子都捱過來了，還怕這點事啊？現在有銀子、產業，又有個鄉君未婚妻，還有幾個前途光明的弟弟，他就是天天混吃等死，也不會差到哪兒去。

在他想搞死陳家時，他就知道自己一定會受到牽累，可是他不想讓陳家還能活著來吸他的血，這也算是斷尾求生了。陳家從根子就爛，他早就明白，所以他丟了官，心裡也不怎麼在意。

「大郎也不用太悲觀，回去種什麼田啊？皇上又沒說要治你的罪，不過是因為在風頭，不好安排你罷了。」陳華勸道。

其實說起來，大郎也算是無意間又立一個大功，若不是他提到鄧栓兒，這案子還有得磨呢，連皇上都說，大郎簡直是他的福星。可是不管怎樣，他都不可能馬上獲得官職。

但大郎這事，只要稍等一段時間再運作一下，把他外放到地方上去當縣令是沒多大問題的。

「你是不急，可你和淑嫻的婚事就要被耽擱了。」燕王嘆道。本來好好的可以年底完婚，大家都等著來喝喜酒，結果鬧了這一齣。

辦婚事。

雖說大郎不必為陳中清守孝，但陳中清剛被砍，大郎這個親兒子也不好急著熱熱鬧鬧的

「唉，這也是沒辦法，只能推遲了。」大郎說著，內疚的看了看辛湖。

這話辛湖不好插嘴，心裡卻想——我也不急，才十七歲而已。她才不樂意現在就成親生子呢！

幾個大男人還在大吃特吃時，辛湖已經東一口、西一口的吃飽了，大郎除了自己吃，還不忘時不時挾幾個丸子或幾片青菜給她，她瞅個空就吃幾口。

等羊肉烤完，大家也吃得差不多了。

辛湖又吩咐下人把屋子裡的東西全收拾出去，宣布：「現在開始吃主食了。」

「我都要吃飽了，還有什麼好東西沒上來？」謝大人笑道。

很快地，熱騰騰的紅燒肉、雞湯、剁椒魚頭、水煮魚片等菜式一盆接一盆的端上來，接著小米糕、雞蛋糕、湯麵、餃子、米飯等主食也上桌了。

「哎喲，今天我們一頓吃了兩頓，這可是鄉君的獨門絕活，真是難得啊！我可得多吃幾塊。」陳華笑著，最先拿起一塊雞蛋糕。

這個小點心僅此一家，別無分號，除了辛湖之外，還真沒有人會做；而且辛湖在家也不常做，因為很麻煩，吃過的也只有幾家最親近的人。辛湖不想讓人人都知道她會做獨一無二的點心，就怕太高調，給自己招來麻煩。

眾人酒足飯飽後，還帶了幾個食盒回家。辛湖特意給謝老夫人和謝夫人多裝了些小米糕和雞蛋糕，對謝大人保證。「改天我再做些，拿給孩子們吃。」

「多謝多謝，月兒就惦記著妳做的糕點呢！」謝大人笑咪咪的走了。

燕王也樂呵呵的搜刮一堆他愛吃的東西，說：「吃得真過癮，改天本王還要再來。」

「那敢情好，隨時歡迎王爺大駕光臨。」大郎笑著把他送走了。沒有燕王這尊大佛，搞不好他就真的要和陳家一起被砍頭，所以他由衷的感謝燕王。

接下來的時間，大郎一直安心待在家裡，閉不出戶。天氣漸冷，辛湖也沒興致出門玩，就陪他在屋裡，兩人說說話。

大郎說：「對不起，又拖累妳了。」

「算啦，你好好回來就不錯了。」辛湖擺擺手，嘴裡嗑著瓜子，懶洋洋的半躺在可以搖動的竹躺椅上，舒服的瞇著眼睛。她覺得這樣的日子也不錯，起碼最近沒有人來請她去參加什麼宴會了。那些無聊的宴會她一點也不喜歡，卻還不得不做出一副很喜歡的樣子。

「妳還記得小時候說過的話嗎？」大郎問。

「哪句話？」辛湖問。

「妳那時說，跟著我要有肉吃、要能享福，才同意跟著我的。」大郎笑道。

兩人也難得有這閒工夫，坐在一起說小時候的事情。

「嗯。」辛湖應了一聲，思緒也有些飄遠。不知不覺，她到這裡已經快十年，早就適應古代的生活——習慣了沒有電、沒有電腦、沒有網路，甚至八卦新聞也沒有的生活。

「我現在是個平頭百姓，妳跟著我可吃虧了。」大郎半開玩笑的說。

「平頭百姓就平頭百姓吧，我養你。」辛湖笑道。她不在意大郎當不當官，又或者當多大的官，雖然當官好處多多，但有些事情也不能勉強。

「好，那我可指望妳了，反正妳有俸祿。」大郎被她這句話給逗得哭笑不得。

「哎哎，我問你，這幾年，你也該攢了些家底在手中吧？」提到錢財，辛湖忽然想起這傢伙上次說，叫她多裁幾身衣服，他手中還有銀子。

「是啊，我不是把庫房鑰匙都給妳了，妳還沒有點清楚有多少東西嗎？」大郎答，有些驚訝的看她一眼。雖然知道辛湖不太喜歡操心的性子，但真沒想到過去這麼長時間，這女人居然還沒弄清楚他有多少家底？

「哦，就那麼一點啊！我看過了，不過是宮中的賞賜什麼的，也沒見什麼特別出奇的珍玩珠玉、田產鋪子之類啊？」辛湖揉揉鼻子，恍然大悟。

大郎一臉無語的看著她，好半天才說：「就我這六品小官，還剛當上沒多久，妳覺得我能置辦多少產業？就是有銀子也不敢啊！」

——未完，待續，請看文創風599《神力小福妻》4（完結篇）

鴻映雪

巾幗本色，萬夫莫敵

虧她乃將門虎女，先是誤信閨密，後來錯嫁薄情郎，
把人生好局打到爛，真是愚昧得可以！
如今重生後她脫胎換骨了，
還不運用謀略，好好博一把來改寫人生？

文創風 606-610《卿本娘子漢》全套五冊

想她顏寧前世就是蠢死在身邊人的算計下，
縱然她擁有一身武藝謀略及大好家世背景，
最終卻遭廢后慘死、抄家滅族，
想想自己一手好牌能打成這樣，
無怪乎老天爺也看不下去，給她重生的機會。
而今她洞燭機先了，翻轉顏家命數是勢在必行！
於是，她一方面對昔日閨密和薄情郎還以顏色；
另一方面跟鎮南王世子培養出患難與共的情誼……
在步步為營、處心積慮的算計之下，
顏家最終趨吉避凶，她也一戰成巾幗英雄，
人生至此看似春風得意，感情也有了著落，
無奈再如何封賞，都難以改變男人納妾乃天經地義。
看來要讓未來夫婿與她實踐一生一世一雙人，
只好祭出顏家老祖宗的規矩——打趴他，讓他立誓永不納妾！

2/13陸續出版。原價250元/本，**書展特價188元/本**

雷恩那

新年首發，
眾所期待

傳聞「寓清入濁世、秉筆寫江湖」的乘清閣閣主，
馭氣之術蓋世絕倫，有「江湖第一美」稱號。
而她只是一個武林盟大西分舵的小小分舵主。
兩人曾於多年前結下不解之緣，後卻不明不白分別，
如今再次相見，他竟說有求於她?!

橘子說 1256.1257

《求娶嫣然弟弟》上+下

那年天災肆虐，惠羽賢曾瑟縮在少年公子懷裡顫抖，
他明亮似陽，溫柔如月光，令她驚懼的心有了依靠，
她天真以為可以依賴他到底，未料卻遭到他的「棄養」，
多年後再會，名聲顯赫的他已認不出她，她卻一直將他記在心底。
江湖皆傳乘清閣閣主淩淵然孤傲出塵、淡漠冷峻，
怎麼她眼裡所見的他盡是痞氣，耍起無賴比誰都在行！
她隱瞞往昔那段緣分，卻不知他看上她哪一點，硬要與她「義結金蘭」，
他變成她的「愚兄」，而她是他的「賢弟」，她認命地為他所用，
但即使她真把一條命押在他身上，為他兩肋插刀，
他也不能因為頂不住老祖宗的威迫，就把傳宗接代的大任丟給她承擔啊！
儘管如此，他仍是她真心仰望的那人，
只是她都已這般努力，終於相信自己能伴著他昂揚而立，
他又怎能輕易反悔，棄她而去？

2/6出版，上下不分售。原價440元/套，**書展特價330元/套**，還有限量簽名版！
小粉絲專屬 **+30元** 就能擁有**大老爺系列**番外小別冊〈**妻寶大丈夫**〉，只有書展才有唷！

雷恩那(含小別冊)+**莫顏**+**宋雨桐** 三套**簽名書**合售
原價920，**限定價666**(請至過年套組購物車點選)

莫顏

創意天后最新力作，
四大護法情有所屬

寒倚天身為丞相之子，為打聽妹妹寒曉昭的下落，
不得不贖回青樓花魁，豈料竟是引狼入室?!
江湖計謀，難辨真假，
誰輸誰贏，就看誰的手段更高明……

橘子說 1258

《戲冤家》【四大護法之一】

巫離是狐媚的女人，但扮起花心男人，連淫賊都自嘆不如。
巫嵐看起來是個君子，但若要誘拐女人，貞潔烈女也能束手就擒。
兩位護法奉命出谷抓人，該以完成任務為主，絕不節外生枝，
可遇上美色當前，不吃好像有點說不過去。
「你別動我的女人。」巫離插腰警告道。
「行，妳也別動我的男人。」巫嵐雙臂橫胸。
巫離很糾結，她想吃寒倚天，偏偏這男人是巫嵐的相公。
巫嵐也很糾結，他想對寒曉昭下手，偏偏這姑娘是巫離的娘子。
「昭兒是好姑娘，不能糟蹋。」巫離義正辭嚴地說。
巫嵐挑眉。「那妳就能糟蹋那個寒倚天？」
巫離笑得沒心沒肺。「這不一樣，那男人可是很願意被我糟蹋。」
巫嵐面上搖頭嘆氣，心下卻在邪笑，
那麼他也想辦法讓寒曉昭願意來「糟蹋」他吧……

2/6出版。原價250元/本，**書展特價188元/本**，還有限量簽名版！
建議搭配《江湖謠言之雙面嬌姑娘》、《江湖謠言之捉拿美人欽犯》一起享用，風味更佳，書展期間只要**六折**喔！

雷恩那(含小別冊)+莫顏+宋雨桐 三套簽名書合售
原價920，限定價666 (請至過年套組購物車點選)

2018 線上書展

宋雨桐

教你不能不愛的浪漫女王

一會兒是性感火辣的小妖姬，一會兒是古板無趣的老女人，
不變的是，她走到哪都會招來無數的大小桃花……

橘子說 1259

《那年花開燦爛》

算命的說，她命中帶桃花，走到哪都要招蜂引蝶一番；
果真，從小到大，她身邊總是不乏各式各樣的爛桃花。
別的女人害怕嫁不出去，巴不得求神佛賜予桃花運，
夏葉卻剛好相反，迫不及待想要徹底趕走身邊的大小桃花！
沒想到她都躲在家裡當個離塵而居的文字工作者了，
依然逃不過，還招來她生命裡最美、最燦爛的一朵花……
風晉北，長得比花還美，強大氣場足以驅離其他爛桃花，
他一出場，百花低頭，全員退散，簡直比符咒還有效！
這麼好的東西她應該隨身攜帶才是，怎麼可以輕易放過他？
可，他那又美又邪又清純的模樣常讓她有點神智錯亂，
還有那陰陽怪氣又霸道無比的性子，簡直連天皇都比不上，
她豈能收服得了他？那簡直是不可能的任務……

2/6出版，原價200元/本，**書展特價150元/本**，還有限量簽名版！

抽本好書帶回家！

什麼！買一本就能參加抽獎?! 也太好康了吧！

沒錯～～只要上網訂購並完成付款，系統會發e-mail給您，
附上抽獎專用之流水編號，買一本就送一組，買十本就能抽十次，
不須拆單，買愈多中獎機率愈大！快趁過年試試手氣吧~~~

獎項	名額	獎品
福星高照獎	4名	《丫頭有福了》全四冊
吉祥如意獎	4名	《將軍別鬧》全四冊
締結良緣獎	4名	《龍鳳無雙》全三冊
財源滾滾獎	10名	狗屋紅利金 200元

▶ 3/5(一)於官網公布得獎名單，祝您好運滿滿～

▶ 前二個獎項為三月文創風新書，會等出書後再寄送唷！

小叮嚀

(1)請於訂購後**三日內**完成付款，最後訂購於2018/2/26前完成付款才算有效訂單喔！
(2)活動期間親自至本社購買亦享有相同折扣，請先電話聯絡確認欲購書籍，以方便備書。
(3)購書滿千元(含)以上免郵資。未滿千元部分：郵資65元(2本以下郵資50元)／超商取貨70元，限7本以內／宅配100元。
(4)特賣書籍因出書時間較久，雖經擦拭、整理，仍有褪色或整飾痕跡，故難免不如新書亮麗。除缺頁、倒裝外無法換書，因實在無書可換，但一定會優先提供書況較良好的書給大家。若有個人原因需要換書，需自付來回郵資。
(5)各書籍庫存不一，若遇缺書情形可選擇換書或退款。
(6)歡迎海外讀者參與(郵資另計)，請上網訂購或是mail至love小姐信箱(love@doghouse.com.tw)詢問相關訊息。

狗屋．果樹有權修改優惠活動的實施權益及辦法。

加油 和貓寶貝 狗寶貝

廝守終生(一定要終生喔！)的幸福機會

對人來說，貓寶貝狗寶貝只是生活的一部分，但妳（你）對牠們來說，卻是生活的全部，領養前請一定要考慮清楚——

▲ 等著回家的小男孩　Q霸

性　　別：男生
品　　種：米克斯
年　　紀：5個月大
個　　性：親人、活潑、聰明
健康狀況：已結紮，2017年已施打疫苗。
目前住所：台中市霧峰區

『Q霸』的故事：

Q霸是和其他4個兄弟姊妹一起在台中霧峰山區裡被發現的，中途不忍心將這些可愛的毛孩子留在山裡，便將其帶下山，妥善照顧。

事實上，Q霸短暫有過幸福的日子。因為生得特別討喜、可愛，當時很快就有人願意認養Q霸；然而，萬萬沒想到，對方卻很快地反悔了。Q霸對那個曾待過的家其實已經有了感情、信任，也第一次有了專屬於自己的疼愛，可終究還是失去了。Q霸那時好似也知道自己被退養，中途感受得出牠的情緒很低落，因而很心疼牠。

Q霸很親人，是個活潑又聰明的毛孩子，中途希望能為牠找到一個美好的家，讓Q霸再次擁有曾感受過的溫暖，能夠一直一直的幸福下去。若您願意讓Q霸永遠有家的幸福及溫暖，歡迎來信leader1998@gmail.com（陳小姐），或傳Line：leader1998，或是搜尋臉書專頁：狗狗山-Gougoushan。

認養資格：

1. 認養者須年滿20歲，有穩定經濟能力，並獲得全家人的同意。
2. 須同意簽認養寵物切結書，並讓中途瞭解Q霸以後的生活環境。
3. 同意送養人日後之追蹤探訪，對待Q霸不離不棄。
4. 同意讓Q霸絕育，且不可長期關、綁著Q霸，亦不可隨意放養。
5. 為讓中途對您有更深入的瞭解，中途會先有份線上問卷請您填寫。

來信請說明：

a. 個人基本資料：姓名、性別、年齡、家庭狀況、職業與經濟來源等。
b. 想認養Q霸的理由。
c. 過去養寵物的經驗，及簡介一下您的飼養環境。
d. 若未來有結婚、懷孕、出國或搬家等計劃，將如何安置Q霸？

神力小福妻 3

國家圖書館出版品預行編目資料

神力小福妻 / 盼雨著. --
初版. -- 臺北市 : 狗屋, 2018.01
冊 ; 公分. --（文創風）
ISBN 978-986-328-819-0（第3冊：平裝）. --

857.7　　106021472

著作者　盼雨
編輯　林俐君
校對　周貝桂　簡郁珊
發行所　狗屋出版社有限公司
地址　台北市104中山區龍江路71巷15號1樓
電話　02-2776-5889～0
發行字號　局版台業字845號
法律顧問　蕭雄淋律師
總經銷　知遠文化事業有限公司
電話　02-2664-8800
初版　2018年1月
國際書碼　ISBN-13　978-986-328-819-0

本著作物由北京晉江原創網絡科技有限公司授權出版

定價250元
狗屋劃撥帳號：19001626
網址：love.doghouse.com.tw　E-mail：love@doghouse.com.tw